LES CHRONIQUES DE L'IMAGINARIUM GEOGRAPHICA

Ouvrage publié avec l'accord de Simon & Schuster Books for Young Readers,
Une marque de Simon & Schuster Children's Publishing Division,
sous le titre *The Chronicles of the Imaginarium Geographica*, tome 1 :
Here, there be dragons.
Texte © 2006, James A. Owen
Illustration © 2006, Christopher Grassi
Pour la traduction française © Bayard Éditions, 2010
18, rue Barbès, 92128 Montrouge cedex
ISBN : 978-2-7470-2470-9
Dépôt légal : mai 2010

James A. Owen

LES CHRONIQUES DE L'IMAGINARIUM GEOGRAPHICA

L'archipel des Rêves

Traduit de l'anglais (États-Unis) par Stan Barets

bayard jeunesse

Pour Nathaniel

il peut être amusant de collaborer et fit de ce livre un magnifique objet.) Enfin Rick, mon éditeur, sut me donner l'impression qu'un contrat d'auteur s'apparentait à une invitation à une réunion de famille.

Kai Meyer qui, en tant que fan de mes bandes dessinées, fut le premier à me demander si je n'aimerais pas écrire un jour, mais aussi ses collègues Frank, Hannes et Sara me donnèrent la confiance nécessaire pour écrire. Quant à ma mère Sharon et à mon épouse Cindy, elles m'offrirent compréhension, soutien et sympathie.

En tout dernier lieu, en assemblant deux noms de manière insolite, je souhaite remercier ma fille Sophie et mon ami Dave Sim, qui m'ont rappelé combien j'aimais ce que je faisais.

À tous, ma reconnaissance et mes sincères remerciements.

PROLOGUE

Un son parfaitement identifiable, celui de l'acier raclant la pierre, lui apprit que ses visiteurs venaient d'arriver. Il perçut ensuite une sorte de tapotement accompagné d'un frottement de pieds.

Ça remontait l'allée, à l'extérieur. Quand les bruits se firent plus distincts, il reconnut un cliquetis de griffes. Repoussant son stylo et son cahier, le professeur se cala au fond de son fauteuil. Inutile de se leurrer, l'heure était venue.

La faible lumière ambrée d'une fin d'après-midi anglaise perçait à travers les vitres encrassées. La porte du cabinet de travail s'ouvrit lentement.

Il bourra sa pipe avec son mélange préféré de tabac à la cannelle tout en s'intéressant un bref instant aux nuages qui s'amoncelaient à l'horizon.

Un orage allait éclater.

Cela ne lui importait plus, nota-t-il avec une certaine satisfaction. Il avait dit ce qu'il avait à dire à qui devait l'entendre. Il avait protégé ce qui devait être protégé ; il avait transmis le précieux savoir à ceux qui en useraient à bon escient.

En ce monde et en cette vie, il n'y avait plus grand-chose d'autre à tirer d'un vieil érudit comme lui.

Une silhouette apparut sur le seuil. Elle fit un geste dans sa direction, et une pointe d'acier brilla d'un éclat meurtrier. Dans l'allée, les griffes claquèrent plus fort.

— Mes salutations, professeur, déclara l'apparition. Puis-je m'entretenir avec vous ?

— Il n'y a plus rien, ici, répondit le professeur en allumant sa pipe. Vous arrivez trop tard.

Son visiteur le jaugea un moment avant de conclure qu'il disait la vérité :

— J'en suis désolé. Ça ne présage rien de bon pour vous.

Le professeur haussa les épaules :

— Ce qui doit m'arriver est sans conséquence. Vous pouvez prendre ma vie ; j'ai mis un empire hors de votre portée, définitivement. Tout est dit et accompli. Qu'ai-je à désirer de plus ?

Le visiteur leva de nouveau le bras. Du dehors montèrent des grognements et des hurlements de bêtes.

Puis une troupe sauvage fit irruption. Une seconde plus tard, il n'y avait plus dans la petite pièce qu'éclairs d'acier, douleur et sang répandu.

Quand le silence retomba, les visiteurs quittèrent la bibliothèque, la laissant telle qu'ils l'avaient trouvée. À peu de chose près...

Plusieurs heures s'écoulèrent encore avant que les premières gouttes, annonciatrices de l'orage, viennent moucheter les pavés de la rue. Mais le professeur ne les vit pas tomber.

PREMIÈRE PARTIE

L'Imaginarium Geographica

1
L'AVENTURE COMMENCE

Au lieu d'être envoyé par la poste, le mince feuillet de papier beige aurait aussi bien pu être glissé dans une bouteille et jeté à la mer. Quand John le reçut, en effet, son expéditeur, le professeur, était déjà mort.

Pour la centième fois, John le ressortit de sa poche.

Mon cher John,

Je vous en prie, hâtez-vous de venir à Londres. Il y a bien des choses – beaucoup trop, j'en ai peur ! – que j'aurais dû vous expliquer depuis longtemps. J'espère seulement que ma lettre vous trouvera disposé à voyager, et que vous ne me tiendrez pas rigueur des épreuves à venir.

J'ignore si vous y êtes prêt, et cela me soucie. Mais je crois en vos capacités, c'est cela qui compte. J'espère ne pas me tromper.

Professeur Stellan Sigurdsson

Datée d'une semaine auparavant, du 9 mars 1917 exactement, cette lettre lui avait été remise la veille. John se trouvait alors à l'hôpital de Great Haywood. Il télégraphia sa réponse au professeur, sollicita une permission auprès des autorités militaires et envoya un billet à sa jeune épouse, restée dans leur maison d'Oxford, pour lui expliquer qu'il serait sans doute absent quelques jours. Enfin, il réserva son billet pour Londres.

C'est en apportant son message au professeur qu'un jeune télégraphiste découvrit la scène du meurtre ; il prévint la police. Lorsque John arriva à Londres, il sut aussitôt que l'agent posté sur le quai de la gare l'attendait, et pourquoi.

Le train en provenance du Staffordshire avait pris du retard. Ce n'était ni surprenant ni réellement perturbant. Cela faisait partie des tracas quotidiens engendrés par la guerre, qui durait depuis deux ans déjà.

Quelques mois plus tôt, John avait quitté son régiment, le Second Bataillon, pour une permission de longue durée. Selon les médecins, il souffrait de pyrexie, un mal que les soldats appelaient « la fièvre des tranchées ». En d'autres termes, l'organisme de John ne supportait plus la guerre. Cela se manifestait par un épuisement général et un état de constante fébrilité.

À peine installé dans le train, il s'endormit.

Dans le rêve né de sa fièvre, un volcan en éruption déversait des laves et des cendres brûlantes au fond des tranchées où ses compagnons d'armes luttaient contre l'offensive allemande. Les hommes qui fuyaient l'abri étaient hachés par la mitraille. Ceux qui y demeuraient, pétrifiés par la peur, périssaient carbonisés. Tels les anciens habitants de Pompéi, les fils d'Angleterre succombaient dans les flammes et les gaz...

Le coup de sifflet strident signalant l'entrée du train en gare de Londres tira John de cette vision d'horreur. Baigné de sueur, le visage cramoisi, il aurait pu passer aux yeux du policier venu l'accueillir pour le complice du meurtrier. Il s'épongea le front avec son mouchoir, tira son sac à dos du compartiment à bagages et descendit du train.

Quatre individus, habilement dissimulés dans la foule des voyageurs, observèrent son arrivée sur le quai, puis son départ en compagnie du policier. Trois d'entre eux, enveloppés de capes, avaient une démarche bizarre : les articulations de leurs jambes étaient inversées, et ils avançaient comme des chiens dressés sur leurs pattes de derrière.

Oui, comme des chiens...

Ces étranges créatures disparurent dans la cohue pour rapporter à leur maître ce qu'elles avaient vu. Le quatrième personnage, qui avait voyagé dans le train, assis à côté de John, se faufila hors de la gare et tourna dans la rue empruntée quelques minutes auparavant par le policier et le jeune soldat du Staffordshire.

17

— Moi, je dis qu'il y a des tas de choses autrement inté-ressantes à faire la nuit, en Angleterre, que de résoudre une affaire criminelle, lança l'inspecteur chargé de l'enquête.

C'était un bonhomme affable et corpulent, répondant au nom de Clowes.

— Je vous parie que le meurtrier, quel qu'il soit, ne s'amuse pas à patauger dans cette boue, continua-t-il. Non, il est chez lui, à l'heure qu'il est ! Il a fini son boulot, il se chauffe les pieds au coin du feu en sirotant un bon cognac. Moi, pendant ce temps-là, je suis sur la brèche, au risque d'attraper la mort...

Cessant brusquement ses récriminations, Clowes eut un geste d'excuse :

— Non pas que bavarder avec vous trois soit si désagréable. Non, ce sont les circonstances...

Il fallut un court instant à John pour comprendre qu'il n'était pas le seul à être entendu ce soir-là au sujet du meurtre du professeur. Pour la première fois, il remarqua les deux autres individus frissonnants qui hochaient la tête, l'air de se demander comment ils s'étaient fourrés dans un tel pétrin.

Ils vinrent lui serrer la main et se présentèrent. Le plus jeune, un garçon blond comme les blés prénommé Jack, ne tenait pas en place. Le plus âgé, Charles, un binoclard, répondait aux questions de l'inspecteur avec le sérieux et la méticulosité d'un comptable :

— Oui, je suis arrivé à Londres à quatre heures quarante précises. Oui, je respecte toujours mon emploi du temps. Oui, j'ai immédiatement compris qu'il était mort.

— La raison de votre visite ? s'enquit Clowes.

— La remise d'un manuscrit, répondit Charles. Je suis rédacteur aux Presses universitaires d'Oxford, et le professeur Sigurdsson devait annoter une de nos futures publications.

— Vraiment ? intervint Jack. Moi aussi, je suis d'Oxford ! Enfin, je viens juste de réussir l'examen d'entrée à l'université.

— Félicitations, dit Charles.

— Merci.

— Vous, mon garçon, reprit Clowes, vous vous appelez Jack, c'est ça ?

— Oui, monsieur.

— Ah ! Mais vous n'êtes pas le sinistre Jack de Whitechapel...

— Non, non, je suis d'Oxford, répéta Jack avant même d'avoir compris la plaisanterie. L'inspecteur faisait référence au célèbre Jack l'Éventreur.

— D'Oxford tous les deux, hein ? fit remarquer Clowes. Voilà une coïncidence intéressante ! Moi, voyez-vous, je suis de Cambridge.

Il glissa discrètement à John :

— Mais je n'ai jamais mis les pieds à l'université... Et vous, d'où venez-vous... euh... John, c'est ça ?

— De Birmingham, inspecteur. Pour l'heure je suis militaire, cantonné à l'hôpital de Great Haywood.

Ce n'était pas totalement exact. Cependant, souligner qu'ils étaient tous trois d'Oxford ne lui paraissait guère judicieux, étant donné les circonstances. En réalité, ils n'avaient rien en commun. La seule chose qui les réunissait était un meurtre.

Interrogé sur ses relations avec la victime, Jack expliqua :

— Je ne l'avais jamais rencontré. À vrai dire, je venais d'arriver à Londres pour la soirée. J'étais chargé de délivrer une assignation pour un huissier du Kent.

L'inspecteur cligna des yeux à deux reprises, puis se tourna vers Charles.

— Mon histoire n'est guère différente, admit celui-ci en ajustant ses lunettes. Je suis là pour un travail universitaire.

— Il ne reste donc plus que vous, John, conclut l'inspecteur. Et vous non plus, vous ne le connaissiez pas ?

— Si, je l'ai très bien connu. C'était mon directeur d'études.

— Vraiment ? Et dans quelle discipline ?

— Les langues anciennes, principalement. Avec quelques cours complémentaires en mythologie, ethnologie, histoire et culture préhistoriques. Mais je n'étais pas un étudiant très assidu.

— Ah, ah ! Et pourquoi donc ? Ce n'était pas un bon enseignant ?

— Au contraire ! Il était excellent. Seulement, le prêtre qui m'élève depuis la mort de mon père et paye ma scolarité, pense que ce genre d'études n'offre guère de... de débouchés.

— Je vois, fit Clowes en griffonnant sur son carnet. Et qu'entendez-vous par « débouchés » ?

— La banque. Le commerce. Ce genre de choses.

— Hmmm! grommela l'inspecteur. Et vous n'êtes pas d'accord?

John se contenta de hausser les épaules, l'air de dire: «Qu'est-ce que j'y peux?»

— Bon, reprit Clowes. J'en ai à peu près terminé. Vous, John, puisque vous semblez avoir été un proche du professeur Sigurdsson, voudriez-vous jeter un œil sur le lieu du crime? Peut-être détecterez-vous un détail qui cloche, là où nous n'avons rien remarqué.

— Volontiers.

Jack et Charles demeurèrent dans le vestibule sous la garde d'un policier, tandis que l'inspecteur entraînait John dans le cabinet de travail.

Ce fut d'abord la puanteur qui frappa le jeune homme. Une odeur insoutenable de cuir calciné mêlée aux relents de ce tabac à la cannelle que le professeur appréciait tant.

La pièce ressemblait à un champ de bataille. Les livres étaient éparpillés sur le sol. Les étagères avaient été mises en pièces, et il ne restait plus aucun meuble intact. Quantité d'ouvrages, jetés dans l'âtre, étaient partiellement consumés.

— Ce sont les reliures qui sentent si fort, expliqua Clowes. Leur cuir retient l'humidité. Alors, quand elles brûlent, ça pue comme l'haleine du diable et ça dégage une fumée aussi noire que sa barbe. C'est d'ailleurs ce qui a attiré l'attention du télégraphiste, quand il a frappé à la porte.

John examina l'endroit, et son regard s'arrêta sur une tache sombre, en demi-lune, qui maculait le tapis, près du grand bureau du professeur.

— Oui. C'est là que nous l'avons trouvé. Vidé de son sang. Il n'a pas eu le temps de souffrir.

À l'évidence, c'était un mensonge, mais John n'en apprécia pas moins l'intention.

— Je suis incapable de vous dire s'il manque quelque chose, inspecteur. On dirait que tout a été déchiqueté ou brûlé... Ces livres n'ont de valeur que pour des spécialistes comme lui ou moi. Non, rien ne me frappe. Rien qui motive un assassinat.

Clowes soupira.

— C'est bien ce que je craignais. Bon, conclut-il en refermant son carnet. Je vous remercie de votre coopération. Et je vous présente toutes mes condoléances.

— Merci.

Alors qu'il s'apprêtait à sortir, John marqua un temps d'arrêt :

— Inspecteur ? Si je puis me permettre, comment le professeur a-t-il été tué ?

— Tout le mystère est là, répondit Clowes. Il a été transpercé par une lame, ça ne fait aucun doute. Et, comme la pointe de l'arme s'est brisée contre une de ses côtes, nous avons pu analyser le morceau de métal. Un acier antique, dont la technique de fabrication remonte à plus de mille ans ! Pour autant qu'on puisse l'affirmer, il s'agissait d'une lance romaine.

21

*

* *

Lorsque les trois nouveaux compagnons furent enfin libérés, la soirée embruinée avait cédé la place à une de ces nuits anglaises à ne pas mettre un chien dehors. Les derniers trains étaient partis depuis longtemps.

— Je connais un club à quelques rues d'ici, proposa Charles. Si on y passait pour se remettre de cette nuit déprimante ? Nous prendrons chacun notre train demain matin. En attendant, allons nous réchauffer et boire un petit remontant.

Jack et John approuvèrent et laissèrent à Charles le soin de les guider à travers le labyrinthe des rues.

En chemin, Jack fit remarquer :

– Curieux qu'il ait été un spécialiste de Shakespeare.

– Curieux ? Comment ça ? demanda John.

– Parce qu'il a été tué hier, le 15 mars.

Lentement, les deux autres saisirent la relation.

– Le même jour que Jules César, lâcha John.

– Oui, reprit Jack. Rappelez-vous : « Prends garde aux Ides de mars »[1]...

Comme ils le constatèrent bientôt, le club vers lequel Charles les entraînait était sous l'égide de la littérature. Vingt ans plus tôt, il s'agissait d'un appartement privé. Depuis, les lieux avaient été transformés. C'était désormais un cercle réservé aux anciens d'Oxford, comme Charles.

– 221 B Baker Street ? fit John avec une pointe d'incrédulité. Dites, Charles, c'est une blague ?[2]

– Pas du tout. Notre université a financé les travaux d'aménagement. C'est un point de chute très pratique, lorsqu'on vient à Londres pour affaires.

Charles poussa la porte et invita ses compagnons à pénétrer dans le hall.

L'établissement se composait de deux salles de réunion et d'un vaste salon s'ouvrant sur des entrées latérales. John pensa qu'elles devaient conduire à des appartements voisins. La pièce principale, agréablement meublée, était éclairée par deux belles baies vitrées. Pour l'heure, elles donnaient sur un unique bec de gaz qui trouait la noirceur de la nuit. Dehors, l'orage empirait. Les trois hommes s'approchèrent

---

1. Parole du devin dans la pièce de Shakespeare *Jules César*, acte I scène 2.
2. Voir la note de l'auteur p. 324.

de la cheminée, surveillés par un majordome discret. Le feu qui ronflait réchauffa leurs esprits autant que leurs vêtements humides, d'où monta un halo de vapeur.

— Ah, ça va mieux ! soupira Jack.

Jack accapara un immense fauteuil de style victorien, où il se nicha confortablement. John préféra demeurer près de l'âtre pour se sécher. Charles, avec l'aisance d'un vieil habitué, se dirigea vers un cabinet à liqueurs et entreprit de leur servir à boire.

— J'ai donné congé au domestique pour la soirée, expliqua-t-il. Et je doute que d'autres membres du club viennent nous rejoindre par une telle nuit. Pour être franc, après notre rencontre avec l'inspecteur Clowes, j'aspire à un peu d'intimité.

— J'aimerais suivre votre exemple, John, déclara Jack, et m'engager pour aller combattre. J'espérais entrer à l'université au prochain trimestre, mais j'envisage de changer mes plans.

— Vous êtes jeune, observa Charles. Vous verrez, le temps et l'expérience auront tôt fait de refréner votre soif d'aventure.

— N'avons-nous pas déjà eu un petit parfum d'aventure ce soir ? rétorqua Jack. Imaginez qu'on m'ait pris par erreur pour un des étudiants du professeur assassiné...

Le froncement de sourcils de Charles ne suffit pas à interrompre le jeune homme, mais celui-ci remarqua soudain le voile de tristesse qui avait assombri le visage de John.

— Oh, mon cher... Désolé, John, je suis désolé..., balbutia Jack. Je ne pensais pas ce...

— Ce n'est rien, l'interrompit ce dernier, les yeux rivés sur le feu. Si le professeur était encore parmi nous, il serait le premier à en rire.

— Prenez garde aux convenances, Jack, lui conseilla Charles. Surtout lorsque vous commencerez les cours à... Dites ? Vous m'écoutez ?

Non, Jack n'écoutait pas. Il s'était levé d'un bond pour traverser la pièce.

— Il y a un type bizarre, dehors ! lança-t-il. Il nous épiait depuis plusieurs minutes, là-bas, de l'autre côté de la rue, sous le lampadaire. Puis il a passé le coin, et maintenant il est là, derrière la vitre...

John et Charles se tournèrent d'un bloc vers l'étrange apparition : un bonhomme, apparemment en haillons, affublé d'un incroyable chapeau pointu. Il était collé au carreau, le nez écrasé contre le verre, ses moustaches en guidon de vélo alourdies d'humidité.

Soudain, il disparut. Presque aussitôt, des coups pressants ébranlèrent la porte.

— En voilà un malappris, grommela Charles. C'est un club privé, ici. On n'est pas chargés d'héberger tous les vagabonds incapables de se trouver un abri.

— Allons, Charles, un peu de charité ! protesta John en se levant pour aller ouvrir. Sans votre hospitalité, Jack et moi connaîtrions le même sort. Pourtant, nous venons à peine de faire connaissance.

— C'est différent, rétorqua Charles. Vous êtes d'Oxford.

— Je n'ai pas encore commencé ma scolarité, précisa Jack.

— Ce n'est qu'un détail.

John ouvrit la porte, et le bonhomme, une des plus étonnantes créatures qu'ils aient jamais vues, entra en s'ébrouant comme un chien, aspergeant le vestibule au passage.

Imaginez qu'on ait découpé les images d'un livre de contes illustré pour en recoller ensuite les fragments au hasard, et vous aurez une idée de son apparence. Sa veste et son pantalon semblaient sortis à parts égales de *Cendrillon* et du *Brave petit tailleur*. Son couvre-chef aurait pu coiffer la sorcière de *Hansel et Gretel*, et ses souliers auraient affolé n'importe quel savetier. Ses yeux pétillaient au-dessus de sa moustache trempée, et des mèches hirsutes lui couvraient les épaules, à croire qu'il s'était enveloppé d'un col de fourrure mité. Le seul élément cohérent dans cet ensemble composite était un gros paquet enveloppé de toile cirée, qu'il tenait fermement sous son bras.

— Sale temps ! lança-t-il, encore tout dégoulinant. Épouvantable ! Vingt livres de misère dans un sac de dix… Si j'avais su qu'une telle nuit se préparait, j'aurais prévenu ma grand-mère de ne pas engendrer mon pauvre père. Ça m'aurait évité bien du souci !

Charles dissimula prestement la bouteille de cognac derrière d'autres liqueurs moins prestigieuses et l'accueillit d'un ton bourru :

— Bon. Dès que vous vous serez un peu séché, je vous prierai de quitter les lieux. C'est un club privé, ici. Que faisiez-vous dehors à nous épier ?

— Une question pour une question ! riposta l'inconnu. Je réponds à la vôtre. Vous répondrez ensuite à la mienne.

— Rien à dire, Charles, c'est équitable, commenta Jack.

— D'accord. Je vous écoute.

— Bien, commença l'étrange individu. Je vous observais pour m'assurer que personne d'autre n'en faisait autant.

— Joli prétexte ! explosa Charles. Vous appelez ça une réponse ?

— Oh, allons ! intervint John. Laissez-lui une chance !

Il s'adressa au bonhomme :

— À votre tour. Posez votre question.

— Je remercie ce gentleman, fit le visiteur avec une courbette. Voici donc ma question : Lequel d'entre vous s'appelle John ? Et savez-vous que le professeur Sigurdsson est mort ?

2
UNE HISTOIRE
PEU ORDINAIRE

Après un bref instant de stupéfaction, John reprit contenance.

— C'est moi, dit-il en se levant et en tendant la main.

Le bonhomme s'en saisit et la lui serra avec exaltation :

— Enfin ! Enfin ! Je suis si heureux de faire votre connaissance, John. Mon cher, cher garçon ! Et quel meilleur endroit que celui-ci, l'ancienne retraite de Sherlock Holmes ! C'est magnifique, magnifique. Oui...

Charles échangea avec Jack un regard perplexe, et ce dernier fit tourner un doigt sur sa tempe.

Imperturbable, l'homme tendit à John son paquet enveloppé de toile :

— Je peux vous remettre ceci en toute confiance, n'est-ce pas ? Vous savez ce qu'il vous reste à faire ? Le professeur n'a sûrement pas manqué de vous prévenir.

John repoussa le colis :

— Je ne comprends pas un mot de ce que vous me racontez. Nous sortons juste de chez lui. Et je n'ai appris sa mort que ce soir.

— Je vois... Eh bien, si vos assistants veulent bien m'aider, nous pourrions ouvrir la *Geographica* et nous mettre au travail.

— Assistants ? releva Charles. Je ne suis... Nous ne sommes pas... Désolé, mais nous ne sommes pas ses assistants, comme vous dites. Je travaille comme rédacteur au...

— Oui. Je n'en doute pas. Un excellent rédacteur, certainement..., l'interrompit le bonhomme. Mais, attendez... Dites-moi, John, êtes-vous... étiez-vous le seul élève du professeur ?

John acquiesça :

— La guerre a tout perturbé. Rien que pour préparer nos rencontres, il fallait s'y prendre longtemps à l'avance. Le professeur n'avait guère le loisir de former qui que ce soit d'autre.

— Intéressant, nota Charles. Comment en êtes-vous arrivés à cet arrangement inhabituel ?

— C'est difficile à dire, reprit John. Le professeur était tombé par hasard sur quelques essais que j'avais rédigés – des broutilles, en vérité, mais il les avait appréciés. Ayant découvert que j'étais cantonné à l'hôpital de Great Haywood, après mon retour de France, il m'a rendu visite. Et il m'a proposé de diriger mes recherches universitaires.

L'homme au drôle de chapeau écoutait en approuvant de la tête.

— C'est une terrible perte pour vous, constata Charles. Je regrette d'autant plus de ne pas avoir eu la chance de le rencontrer. À vous entendre, ce professeur était un homme extraordinaire.

— Il l'était ! affirma l'étrange visiteur.

— Nous ne sommes dans ce club, ce soir, que grâce à Charles, qui en est membre, s'étonna Jack. Et vous, vous arrivez exprès pour y rencontrer John. Comment avez-vous su qu'il était là ?

— Par hasard. Je marchais dans la mauvaise direction quand je vous ai vus entrer. Je m'embrouille dans toutes ces rues. Je m'y perds régulièrement. Mais il doit y avoir une Providence car, si j'avais débarqué au port au moment prévu, c'est-à-dire un peu plus tôt, je ne vous aurais jamais trouvés.

— Le port ? Quel port ?

— Celui où mon navire est ancré. À présent, nous...

— Un instant ! intervint John. Et si cet individu était le meurtrier ? Il connaissait assez le professeur Sigurdsson pour avoir entendu parler de moi. Or, nous, nous ne savons rien de lui...

En réponse, le petit homme fouilla un moment son manteau en haillons et en extirpa une lettre froissée qu'il tendit à John. Elle était identique à celle qu'il avait lui-même reçue du professeur, bien qu'adressée à un autre destinataire.

— Cette preuve vous paraît-elle suffisante ? demanda-t-il. Je ne suis rentré qu'hier de mon voyage à l'étranger. Je suis aussitôt allé prendre la *Geographica* chez lui pour la mettre en sécurité. Le professeur n'a pas voulu quitter sa maison ; il a insisté pour vous attendre. Nous devions tous nous retrouver ce soir dans sa bibliothèque.

29

— Ce paquet contient donc la *Geographica* ? dit Jack.

— En effet.

— Qu'est-ce que c'est ? questionna John.

Le petit homme leva un sourcil :

— C'est le Monde, mon garçon. C'est le Monde, fait d'encre et de sang, de vélin et de parchemin, de cuir et de peau. C'est le Monde, qu'il vous appartient de perdre ou de sauver.

Sans attendre d'autres questions, le bonhomme déposa le paquet sur la table et entreprit de retirer avec soin les emballages de toile.

— C'est un livre, supposa Jack.

— Vous êtes la grosse tête du groupe, à ce que je vois.

— Merci. Je suis Jack.

— Ravi de vous rencontrer, Jack. Appelez-moi Bert.

– D'accord, Bert, acquiesça Jack, en s'approchant pour l'aider à ouvrir le paquet.

Sous la toile se cachait un épais volume relié en cuir, fatigué par l'âge et par l'usage. Ses rebords étaient renforcés par des bandes de tissu et, sur la couverture, des lettres en relief, qui portaient encore d'anciennes traces de dorure, composaient les mots *Imaginarium Geographica*.

– Hmmm... « Géographie de l'Imagination », lut Charles. Intéressant.

– C'est presque ça, dit Bert. Je préfère une traduction moins littérale : « Géographie Imaginaire ».

– Imaginaire ? répéta John, les yeux rivés sur l'imposant volume. À quoi peut bien servir un atlas des terres imaginaires ?

Bert dissimula derrière un sourire l'ombre qui venait de passer sur son visage :

– John ! Quelle farce nous jouez-vous, mon garçon ? Cela répond exactement à l'usage annoncé. C'est un guide pour voyager vers les pays imaginaires, les traverser et en revenir. Toutes les terres existant dans les mythes, les légendes, les fables ou les contes de fées, se trouvent dans cet ouvrage. Neverland et Fantasia, Lilliput et Eldorado, Xanadu et Thulé, Utopie et Wonderland. Elles y sont toutes. L'ensemble de ces contrées forme l'Archipel des Rêves. Et c'est pour la possession de cet ouvrage, de ce guide vers l'Archipel, que le professeur a été tué.

– Ça ressemble à du grec, constata Jack, le nez à quelques centimètres de la double page où s'étalait la première carte.

– Bien vu. Pour la plupart, les pages du début sont rédigées en grec. Mais, comme vous pouvez le constater, plusieurs cartes ont été annotées en diverses langues, et beaucoup de textes ne sont pas encore traduits.

Poussant John du coude, Bert ajouta :

— Une chance que vous soyez là, n'est-ce pas, mon garçon ?

— Attendez ! Attendez un moment, s'écria celui-ci en reculant. Je ne comprends pas ce que j'ai à voir là-dedans. Et comment avez-vous su qui j'étais ?

— Je l'ai su, John, parce que j'ai été le premier à lire vos essais. C'est moi qui vous ai remarqué et qui ai convaincu le professeur qu'il trouverait en vous le successeur idéal. J'ai décelé en vous le potentiel qui fera de vous le meilleur des Conservateurs. Si j'ai pris vos deux compagnons pour vos assistants – désolé, Charles –, c'est qu'ils vont toujours par trois.

— Trois ? Trois quoi ?

— Les trois Conservateurs de la *Geographica*. Mais il n'est plus temps de musarder. La course a déjà commencé.

— Quelle course ?

— La course pour éviter la catastrophe, mon garçon. Celle qui a pour enjeu l'histoire de l'humanité. J'espère seulement que vous avez d'ores et déjà reçu l'éducation suffisante.

— L'éducation ? répéta John, perplexe. Pourquoi...

Il n'eut pas le temps de poursuivre : le long hurlement d'un molosse déchira la nuit. Il résonna lugubrement, avant de s'estomper pour laisser place au silence. Puis il s'éleva de nouveau, rejoint par d'autres, par d'autres encore.

Quantité d'autres.

Mais, cette fois, ils étaient proches. Beaucoup plus proches.

Derrière les échos de cette meute épouvantable se détachaient, plus faibles, des cris d'hommes en colère. La rumeur d'une foule en chasse...

Pour la première fois depuis son entrée au 221 B Baker Street, Bert s'assombrit. Un masque de peur s'afficha sur son visage :

— Les voilà. Il faut filer, les gars !

— Hein ? cracha Charles. Je ne sortirai pas d'ici ! Surtout avec ce genre de... bêtes qui rôdent dans les rues.

— Vous n'avez plus le choix, je le crains, insista Bert. C'est pour John et moi qu'ils viennent. Mais, s'ils pénètrent ici et découvrent que nous n'y sommes plus, vous risquez le pire.

— Ils viennent pour moi ? s'exclama John. Comment ça ?

— Croyez-vous qu'ils s'arrêteront après le meurtre du professeur ? Ils ne veulent pas. Ils ne peuvent pas. Pas tant qu'ils n'auront pas obtenu ce qu'ils cherchent... Ceci !

Bert fit claquer sa main sur la reliure de l'*Imaginarium Geographica*.

— À présent qu'elle vous appartient, ils n'auront pas le moindre scrupule. Ils vous découperont en morceaux, aussi sûrement qu'ils ont assassiné le professeur.

Bert commença à remballer l'atlas.

— Vite, lança-t-il aux trois jeunes gens. Il faut fuir !

— Fuir ? lança Charles. Où ?

— Au port, naturellement ! Sur mon navire. Mon équipage nous attend. Il doit d'ailleurs commencer à s'inquiéter.

Charles fit mine de protester, mais Bert lui coupa la parole :

— Ce ne sont pas de vulgaires émeutiers qui approchent. Ni des soldats. À vrai dire, ce ne sont même pas des *hommes*, au sens habituel du mot. Croyez ou non à mes avertissements, au fait qu'un navire nous attend au port, à tout ce que j'ai pu vous raconter ce soir, mais soyez au moins sûrs d'une chose : si nous restons ici une minute de plus, nous sommes morts !

Au cas où l'exhortation de Bert n'aurait pas été assez convaincante, la vision des ombres qui s'assemblaient au coin de la rue acheva de les motiver.

La horde qui les guettait brandissait des épées et des lances d'une facture inhabituelle. Mais le plus effrayant était de voir certaines créatures se déplacer à quatre pattes, leurs griffes crissant sur les pavés. Elles se dressaient parfois pour humer l'air avant d'emplir la nuit de hurlements à déchirer les tympans.

— Des Wendigos, marmonna Bert, pour lui-même. Il a passé toutes les limites... Les choses ne feront plus qu'empirer. Charles, dites-moi, Sherlock Holmes n'avait-il pas prévu une sortie sur l'arrière ?

— Si. Par ici. Dépêchons-nous !

Bert, Jack et John suivirent Charles à travers un dédale de petites pièces jusqu'à une porte dérobée au fond de l'appartement.

— Nous y sommes. Le club communique avec le logement adjacent, et une issue donne sur une ruelle.

À cet instant, ils entendirent derrière eux un craquement, suivi d'un fracas de bois volant en éclats

— Vite, les gars ! cria Bert. Vite !

Les quatre compagnons se glissèrent prudemment dans la venelle déserte. À l'intersection de la première rue, ils accélérèrent l'allure.

Ils avaient tout juste dépassé le premier pâté de maisons quand les hurlements de leurs poursuivants montèrent de nouveau, vibrants de colère. Leur fuite avait été découverte. On leur donnait la chasse.

Les quatre compagnons détalèrent à toutes jambes vers le port.

3
RETRAITE PRÉCIPITÉE

En plein jour, les chaussées et les ruelles de Londres ressemblent à un labyrinthe. De nuit, pour des hommes aveuglés par des trombes d'eau et pourchassés par une meute enragée qui semblait les pister à l'odeur, ce dédale devenait un enchevêtrement sans issue.

— Des Wendigos, avez-vous dit ? souffla Jack.

— Oui, les rabatteurs de l'ennemi, expliqua Bert. Sa horde de limiers. S'ils ne représentent pas la pire des abominations sévissant sous notre Ciel, ils ne sont pas loin de décrocher le titre.

— Ce sont des hommes ou des bêtes ?

— Les deux, j'en ai peur. À l'occasion, ils se comportent encore en humains. Mais leur bestialité se renforce à chaque nouvelle tuerie. Les atrocités qu'ils commettent déforment peu à peu leur apparence. Ils acquièrent ainsi le flair, la souplesse et la vélocité des loups.

— Qu'est-ce qui génère une telle métamorphose ?

— Le processus est effroyable. À l'origine, ce sont des hommes au cœur plein de noirceur. Pour devenir des Wendigos, ils doivent manger de la chair humaine.

— Des cannibales..., lâcha John.

— Pire encore. Selon la rumeur, pour devenir un vrai Wendigo, il faut d'abord goûter à la chair de son meilleur ami ou de sa bien-aimée. Après, n'importe quelle proie fait l'affaire.

À la pensée qui lui vint alors, John grimaça d'horreur :

— Vous croyez qu'ils... Le corps du professeur...?

— Non. C'est en le torturant pour qu'il leur révèle où se trouvait la *Geographica* qu'ils l'ont tué. Il n'a pas été dévoré. Les Wendigos aiment les nourritures *vivantes*.

— Vous y croyez, vous, à ce bateau? haleta Jack, quelques minutes plus tard.

— Pas trop, avoua Charles. Mais je ne suis pas d'humeur à m'arrêter pour en débattre.

— Un shilling qu'il existe !

— Pari tenu !

Les pavés humides étaient glissants ; les quatre compagnons risquaient à chaque pas de se tordre une cheville. Bert allait en tête. Sa mémoire de la topographie de Londres avait beau être défaillante, cela ne semblait guère affecter sa course. Il zigzaguait de rue en rue, sous la lueur des becs de gaz, avec une promptitude et une agilité surprenantes.

— On y est presque. Vous sentez?

— Pffff! fit Jack. Ça pue ! Qu'est-ce que c'est?

— Poisson et détritus, commenta Charles. Le commerce, quoi ! Vous savez, le genre de travail dans lequel John hésite à s'investir...

— C'est malin ! marmonna ce dernier.

Bert, qui avait tourné au coin, devant eux, lança un cri de triomphe.

John le suivit et s'arrêta net, si bien que Charles et Jack vinrent s'écraser dans son dos.

Bert avait dit vrai. Il y avait un bateau à quai. Un bateau comme ils n'en avaient encore jamais vu.

Jack tendit sa paume ouverte :

– Un shilling !

Charles laissa tomber une pièce dans sa main en grommelant.

– Le *Dragon Indigo*, annonça Bert avec fierté. Mon navire.

– C'est un galion ? questionna Charles. Il a un air espagnol...

– Un bâtiment du XVIᵉ siècle. Du moins, pour les parties récentes. Les éléments les plus anciens dateraient de la Grèce antique, ce dont je ne jurerais pas. Il est fait de bric et de broc, mais il m'a toujours ramené à bon port.

– Et il se trouve où, ce bon port ? s'enquit Jack.

– Mettons-nous d'abord à l'abri, fit Bert en voyant les ombres de leurs poursuivants danser derrière eux à la lueur des lampadaires. Nous discuterons plus tard.

Aucun des trois autres n'interrogea Bert sur ce qu'il entendait par ce « plus tard » ni sur l'idée que leur dialogue puisse reprendre, une fois le danger écarté.

Le bonhomme se remit à trotter et traversa les docks pour rejoindre la passerelle arrimée au navire. Une jeune femme les y attendait. Avec sa haute taille et sa mise de pirate, elle semblait tout droit sortie d'un roman de Stevenson. Malgré son évidente jeunesse, il émanait d'elle une étonnante autorité.

– Vous êtes en retard, Père ! gronda-t-elle. Nous étions sur le point de descendre à terre pour vous récupérer.

– Inutile, Aven ! Comme tu vois, tout se passe comme prévu pour mes jeunes amis et moi-même.

Jetée depuis l'extrémité du quai, une lance égyptienne fendit la nuit et cloua le manteau de Bert à la coque, manquant de peu son épaule.

— Oh, ah... Eh bien..., balbutia le petit homme en s'extirpant de son vêtement. Voilà qui me fait dire que nous devrions... euh... hâter notre départ.

Tous grimpèrent précipitamment à bord, tandis qu'Aven s'installait à la poupe, bras croisés, au mépris des lances qui la visaient.

— Ça suffit ! lâcha-t-elle, laconique. On lève l'ancre !

Aucune rame ne s'abaissa ; quant aux voiles, bizarrement, elles se gonflèrent dans le sens contraire du vent. Pourtant, dès qu'Aven eut donné ses ordres, le navire s'éloigna du quai et prit aussitôt de la vitesse.

Un hurlement lugubre déchira l'air glacé. Les yeux de la jeune femme s'écarquillèrent :

— Des Wendigos ? Il a lancé des Wendigos à vos trousses ?

Bert hocha la tête :

— Oui. Stellan – le professeur – était déjà mort ; il n'y avait plus rien à faire.

Aven blêmit :

— Vous aviez la *Geographica*. Pourquoi est-il resté chez lui, au risque de se faire tuer ?

— C'était sa décision, affirma son père. Mais je suis autant à blâmer que lui. Je n'aurais jamais dû laisser le livre à sa seule garde alors que j'étais en voyage...

— C'est plutôt la faute de Jamie, protesta Aven. Si ce lâche n'avait pas renoncé, à cause de cette femme et de ses enfants... Il est toujours à Londres ! Pourquoi les Wendigos ne lui donnent-ils pas la chasse ?

— Ce n'est pas lui qu'ils veulent. Ils veulent ceci, conclut Bert en tapotant la *Geographica*. Voilà pourquoi nous sommes venus, pourquoi nous sommes ici. Et pourquoi il faut filer !

— Nous avons été pourchassés par des créatures qui voulaient nous tuer..., commença Charles.

— Nous manger ! le corrigea Jack.

– Exact. Aussi, je suggère que nous terminions cette conversation quand nous serons hors de leur portée.

Jack, qui ne quittait pas Aven des yeux depuis leur embarquement, déclara :

– Je suis d'accord. Et... euh... Peut-être le moment des présentations est-il venu ?

– Bien sûr ! s'écria Bert. Mes amis, je vous présente le capitaine du *Dragon Indigo,* ma fille Aven.

Charles s'avança d'un pas et s'inclina :

– Enchanté. Je m'appelle Charles.

– Et moi, je suis Jack, fit ce dernier en écartant son compagnon et en tendant la main. Si je puis vous être utile en quoi que ce soit, n'hésitez pas.

– Avez-vous déjà travaillé à bord d'un navire ?

– À vrai dire, non... Pas exactement. Je suis un universitaire.

Aven lâcha un soupir agacé :

– Encore un universitaire ! Le Ciel nous préserve de ces incapables et de leurs bouquins !

Elle s'adressa au troisième :

– Et vous ?

– Je m'appelle John. Ravi de faire votre connaissance.

La jeune femme soutint son regard un long moment sans rien dire. Puis elle se détourna en murmurant, de sorte qu'il soit le seul à entendre :

– Tâchez de vous montrer à la hauteur !

Pour la première fois, les trois compagnons purent observer vraiment leurs poursuivants. Massés sur le quai, ils hurlaient de rage et brandissaient leurs armes.

La plupart des Wendigos ne différaient guère des humains. Seuls ceux qui se tenaient accroupis sur leur arrière-train, couverts de poils hirsutes, évoquaient des êtres hybrides.

Ils avaient quelque chose d'indistinct, telle une photo mal développée. Les capes sous lesquelles ils dissimulaient leur corps et leurs armes étaient à présent rejetées en arrière, révélant d'étranges atours issus de civilisations différentes.

— C'est curieux, constata John. Ils portent toutes sortes de costumes. Je vois des Égyptiens, des Indiens... Et, là-bas, n'est-ce pas un Viking ?

— Ce ne sont pas des costumes, précisa Aven. Croyez-vous que ces incarnations du mal, capables de dévorer la chair de leurs amis, soient tous issus des bas-fonds de Londres ?

John frissonna. Il allait se détourner de ce spectacle, lorsqu'il distingua sur le quai une autre silhouette, qui s'avançait au milieu de la meute des Wendigos. Vu la distance, il ne pouvait en être sûr, mais cet homme ressemblait à l'un des voyageurs qui avait pris place à bord du même train que lui, ce jour-là. Si tel était le cas, cela venait appuyer les affirmations de Bert. John était bien plus impliqué qu'il ne le croyait dans les tragiques évènements de la soirée.

Le *Dragon Indigo* prenait de la vitesse. Bientôt le quai et leurs poursuivants disparurent au loin, avalés par l'obscurité.

Après avoir repris leur souffle, les trois compagnons s'intéressèrent à l'extraordinaire vaisseau sur lequel ils venaient d'embarquer. Il s'agissait bien d'un galion, mais d'un modèle très inhabituel. Bien qu'assez sale et quelque peu délabré, c'était un navire taillé pour les grandes expéditions. La figure de proue représentait un dragon aux yeux d'or. Sa tête et son torse étaient peints d'une couleur foncée.

— Pourpre, supposa Jack.

— Indigo, le corrigea Bert.

— Oh ! toutes mes excuses.

John crut alors voir le dragon soupirer. Ce n'était sans doute qu'une illusion.

La cabine était à l'arrière, et les cales, situées juste en dessous. Bizarrement, elles semblaient beaucoup plus vastes que ce que l'extérieur du navire laissait supposer.

L'équipage, composé d'une vingtaine de marins chaudement habillés pour affronter l'humidité de la nuit, s'activait sous les ordres d'Aven.

— Avez-vous remarqué ? souffla Jack. Nous sommes beaucoup plus grands qu'eux. Nous les dépassons d'au moins deux têtes.

Jusque-là, John et Charles n'avaient porté que peu d'attention au remue-ménage des matelots. Ils réalisèrent à quel point Jack avait raison. Aucun des marins ne dépassait un mètre vingt ou un mètre trente. Certains étaient même encore plus petits.

— Dites-moi, fit Jack en interpellant l'un d'eux, comment se fait-il que...

Il se figea soudain, les yeux écarquillés.

— Jack ? s'enquit Charles. Que se passe-t-il ?

Ignorant l'interruption, le matelot s'éloignait déjà. Jack, le doigt pointé, désigna ses pieds... qui n'en étaient pas...

C'étaient des sabots fourchus.

Aven et son père étant plongés dans une grande discussion au sujet de la *Geographica*, Charles, John et Jack allèrent s'isoler dans un coin de la cabine.

— Vous avez vu ça ? souffla Jack quand il eut retrouvé l'usage de la parole. Vous avez vu... ?

— Du calme, fit Charles. Oui, j'ai vu. Tout cela est des plus insolites. Pour ma part, je commence à en avoir assez de cette histoire.

— D'accord avec vous ! renchérit John. Nous avons mis une bonne distance entre nous et ces... je ne sais quoi qui nous poursuivaient. Nous devrions pouvoir accoster quelque part et contacter les autorités. L'inspecteur Clowes saura peut-être démêler cette affaire. Après tout, c'est son boulot.

— Parfaitement, acquiesça Jack, encore tout tremblant. Dès que nous arriverons au London Bridge, ils seront bien obligés de diminuer la vitesse, s'ils ne veulent pas s'échouer sur les hauts-fonds. Nous leur demanderons de nous débarquer sur le quai.

— J'approuve ce plan, dit Charles. Je vais leur en parler.

Peu après, le *Dragon Indigo* s'engagea sous le pont.

Mais, au lieu de ralentir comme les trois hommes s'y attendaient, il fendit les flots à une allure redoublée. Le brouillard qui montait en permanence du fleuve semblait s'épaissir et se refermer sur eux. La pluie elle-même avait cessé. D'autres évènements se préparaient.

À une courte distance derrière eux, tapi dans l'ombre du London Bridge, un second navire à la voilure sombre, noir comme un cauchemar, leva l'ancre et s'engagea en silence dans leur sillage.

Charles se hâta d'expliquer son idée à Aven :

— Nous avons semé nos poursuivants, me semble-t-il. Je vous suis infiniment redevable de votre intervention et de votre aide. À présent que le danger est écarté, pouvez-vous me dire où vous comptez nous débarquer ?

— Oui, s'il vous plaît, approuva Jack, en lorgnant les matelots à la dérobée. Nous aimerions redescendre à terre.

Aven jeta à son père un coup d'œil complice :

— Je suis navrée. C'est tout simplement impossible.

— Pourquoi donc ? demanda John.

En guise de réponse, Aven désigna les lueurs de la ville, qui miroitaient faiblement sur la berge noyée de bruine.

Les trois hommes virent alors la brume monter rapidement, s'épaissir, envelopper le navire jusqu'à ce que les dernières lumières de Londres soient avalées.

Lorsque le brouillard se dissipa, la ville avait disparu.

L'épais manteau de nuages qui obscurcissait le ciel quelques minutes auparavant s'était écarté. Des milliers d'étoiles étincelaient au-dessus de leurs têtes. Autour d'eux, il n'y avait plus que l'océan, sans le moindre signe de rivage à l'horizon.

— Mais... Mais... c'est impossible ! bégaya Charles, plus incrédule qu'effrayé. Nous ne naviguons que depuis quelques minutes ! Nous ne pouvons pas être déjà en pleine mer...

— C'est exact, renchérit Jack. J'ai vogué sur la Tamise un grand nombre de fois. Nous avons encore... Nous devrions encore parcourir au moins une vingtaine de miles avant d'atteindre l'embouchure.

— Oh, je vois ! dit Bert. Vous n'avez pas compris. Nous avons quitté l'Angleterre à l'instant même où le navire a levé l'ancre. Nous ne sommes plus dans les parages de Londres, de la Manche ni même de l'Europe. À vrai dire, nous ne naviguons même plus sur le même océan.

— Où sommes-nous, alors ? Où nous entraînez-vous ?

Aven désigna John d'un signe de la tête :

— Demandez-le-lui. *Lui*, il sait.

Adossé au bastingage, le regard plongé dans les ténèbres, John laissa l'écho de la phrase se perdre dans les airs. Frissonnant, il réfléchissait à cette promesse qu'ils attendaient tous et qui s'accomplirait, dès qu'il prononcerait les mots. Finalement, d'une voix mêlée d'émerveillement et d'incrédulité, il murmura :

— L'Archipel. C'est là que nous allons, n'est-ce pas ? Nous faisons voile vers l'Archipel des Rêves.

4
AVALON

En dépit de leurs doutes, John, Jack et Charles durent se rendre à l'évidence : ils naviguaient en pleine mer. Jusqu'à ce que leur destination soit connue, la traversée accomplie et leur débarquement assuré, ils se trouveraient à la merci du capitaine et de ses étonnants hommes d'équipage.

Charles passa sa colère sur Bert :

— Tout ça, c'est de votre faute ! Si vous ne nous aviez pas forcés à quitter le club...

— S'il ne vous y avait pas forcés, le coupa Aven, vous seriez là-bas, raides morts. Vos poursuivants n'étaient pas exactement des comptables ou des clercs de notaire, au cas où vous ne l'auriez pas remarqué...

— Elle a raison, intervint Jack en repoussant du pied une des lances qui traînaient sur le pont. Ces trucs sont noirs de sang séché. Ce ne sont pas des armes de parade. Ils nous auraient massacrés, Charles.

— C'est vrai, enchérit John. Quelle que soit notre situation, tout vaut mieux que d'être restés à Londres.

S'adressant à Bert non sans une certaine défiance, il ajouta :

— Vous seriez cependant aimable de nous dire quand nous pourrons rentrer chez nous.

— C'est donc là votre question ? Une parmi beaucoup d'autres, j'imagine. Comme j'ai, moi aussi, plusieurs choses à vous demander, je vous propose d'accoster pour discuter du programme.

— Accoster ? s'étonna Charles. À quel rivage, si nous faisons effectivement voile vers votre « Géographie Imaginaire » ?

— Il existe une île, à la jonction de l'océan que vous connaissez et des eaux de l'Archipel. J'ignore comment on l'appelait à l'origine. Seul le professeur aurait pu nous l'apprendre. Mais, depuis un millénaire, cette terre est connue sous le nom d'Avalon.

Ayant estimé qu'ils se trouvaient encore à une bonne heure d'Avalon, Aven suggéra à ses passagers involontaires de s'installer commodément pour profiter de la traversée. La brise nocturne était fraîche sans être froide, et les eaux calmes promettaient une navigation paisible.

Bert remarqua que John gardait ses distances avec l'*Imaginarium Geographica*. Le jeune homme choisit de s'installer à la proue, peut-être dans l'espoir d'apercevoir l'île.

Charles ne cessait de secouer la tête, comme pour s'éveiller du cauchemar dans lequel il se trouvait plongé malgré lui. Seul Jack se comportait bravement. À condition de rester aux côtés d'Aven, il semblait prêt à endurer n'importe quel danger ou désagrément.

L'équipage du *Dragon Indigo*, leur expliqua la jeune femme, était constitué de faunes, ces créatures mi-hommes mi-chèvres décrites dans la mythologie. Si leur petite taille les rendait un tantinet susceptibles, leur ascendance caprine leur donnait une grande agilité en terrain accidenté. Ce qui les rendait fort utiles sur le pont d'un navire secoué par les tempêtes.

— Il faut les voir par gros temps, ajouta-t-elle. Des déferlantes de dix mètres, un pont transformé en patinoire, des trombes d'eau qui se déversent sur leurs têtes, et on dirait qu'ils se promènent dans un parc !

– Des satyres ne feraient-ils pas mieux l'affaire ? demanda Jack. Ils sont plus forts, plus grands, non ?

– Les satyres, pfff ! Plus forts, oui, sûrement, mais trop imprévisibles. Ils passent leur temps à boire ou à courir après les femmes.

– Les faunes ne boivent pas ?

– Pas autant que les satyres. Un petit punch à l'occasion. La plupart du temps, ils se contentent d'un verre de vin chaud.

Charles leva les bras au ciel :

– Êtes-vous conscients que vous discutez de créatures mythologiques ? Les faunes et les satyres, ça n'existe pas !

Comme par un fait exprès, un des matelots lui fit alors tomber une pièce de bois sur le pied. Il la ramassa, toucha le rebord de son chapeau en guise d'excuse et s'éloigna en trottinant.

Charles poussa un cri et s'assit pour masser son pied endolori.

– Je crains qu'une créature mythologique sans existence réelle ne vous ait brisé les orteils ! ironisa Jack.

– Oh, vous, fermez-la !

Peu après, la vigie héla le capitaine depuis la hune : la terre était en vue. Enveloppée d'un fin voile de brume, se découpant contre les sombres nuées orageuses, apparut l'île d'Avalon

Le *Dragon Indigo* ralentit et se fraya un chemin entre les hauts-fonds avant de s'amarrer le long d'une jetée délabrée. Non loin de là, la plage de galets cédait la place à une pente herbeuse, puis à d'épais fourrés étouffant ce qui avait été autrefois une grande et noble bâtisse.

Bert et ses passagers mirent pied à terre. Jack prit la tête, ouvrant le chemin à ses compagnons, plus timorés ou plus prudents. Aven fermait la marche, jetant régulièrement derrière elle des coups d'œil prudents.

Le sommet de la butte était parsemé de colonnes brisées, d'arches effondrées, de fondations éventrées et de pierres branlantes. Dans le demi-jour crépusculaire, les trois jeunes gens imaginèrent les fiers édifices qui s'étaient autrefois élevés sur l'île. Cette époque était révolue depuis longtemps, et la nature avait repris ses droits.

Il se dégageait de ces ruines une atmosphère empreinte de magie et de mystère. Elle imprégnait le sol, les arbres, l'air lui-même. Jusque-là, aucun d'eux n'avait cru, ne fût-ce qu'un instant, qu'ils avaient vraiment fait voile vers l'île d'Avalon, la légendaire demeure du roi Arthur.

À cet instant, ils étaient bien près d'y croire.

Éparpillés parmi les décombres, on apercevait des socles de marbre. Sur certains se dressait encore une statue intacte. Debout sur son piédestal, une de ces immenses effigies gardait l'accès de l'ancien hall d'entrée. Les plantes grimpantes lui donnaient l'aspect d'un arbre en forme de chevalier.

Jack plissa les yeux pour la contempler ; il fut salué en retour d'un clignement de paupières.

Stupéfait, il avertit les autres :

— Cette statue ! Je crois que... qu'elle a bougé !

— Ah ! souffla Bert, resté quelques pas en arrière. Je dois vous prévenir...

Avant qu'il ait achevé sa phrase, le chevalier leva un pied et descendit de son piédestal. Dans un craquement métallique, il brandit son épée, visa la tête du jeune homme.

— Jack ! Baissez-vous ! hurla John en le tirant hors de portée.

Le glaive décrivit un arc de cercle et vint s'abattre à l'emplacement exact où Jack s'était tenu. Après un roulé-boulé, les deux jeunes gens se redressèrent, les poings en avant, prêts à se battre.

Ils n'avaient pas besoin de s'alarmer. Avec son armure rouillée et rongée par le lichen, le chevalier n'aurait pu relever son arme pour un second assaut. Il esquissa quelques pas à grand-peine et, dans la faible lumière, ils découvrirent son visage raviné par les ans. Les ans et quelque chose d'autre...

— Parlez, dit-il d'une voix éraillée. Parlez et faites-vous connaître.

Bert s'empressa de répondre en leur nom à tous :

— Ce n'est que moi, mon vieil ami. Moi, Bert, et mes compagnons.

Un éclair de compréhension passa dans les yeux du chevalier. Il dévisagea les intrus.

À l'évidence, il n'y avait plus rien à craindre de l'antique sentinelle. John, Jack et Charles s'approchèrent. Ce fut John qui perçut le premier toute l'étrangeté de leur assaillant :

— Votre chair... C'est du bois, n'est-ce pas ?

— Mes enfants, intervint Bert en passant un bras autour de la taille du vieux chevalier, je suis heureux de vous présenter le Chevalier Vert, le Gardien d'Avalon.

Les membres et le torse du Chevalier Vert étaient taillés dans un bois dur, chêne ou érable ; ses articulations et son visage, dans du pin tendre et ligneux. Sa chevelure d'écorce et de brindilles feuillues ressemblait à un nid d'oiseau. Quand il parla à nouveau, ce fut pour s'adresser à Jack avec les bruissements et les craquements d'un vieux saule agité par la brise nocturne :

— Pardonnez mon jugement trop hâtif. Si j'avais su que vous veniez en ami, je n'aurais pas tenté de séparer votre tête de vos épaules.

— Nous comprenons, le rassura Bert. Vous n'avez fait que votre travail.

— Si j'en juge par votre accent, vous étiez français ? demanda Jack.

— Vous *êtes* français, corrigea Charles avec un regard de reproche à son compagnon.

Le chevalier s'inclina avec un profond respect :

— À *votre service, monsieur*[1]. Si chétive soit-elle, ma vaillance est à vos ordres.

— Merci. Vous pouvez m'appeler Charles.

— Charles ? reprit le chevalier avec étonnement. Moi aussi, je m'appelais ainsi, il y a très longtemps, dans une autre vie...

— Enchanté de faire votre connaissance. Voici mes amis, Jack...

— Salut ! fit ce dernier.

Il tendit la main au chevalier, puis l'examina brièvement après que celui-ci l'eut serrée dans sa paume d'écorce.

— ... et John.

— Ah ! Le Conservateur.

John cligna les yeux d'étonnement :

— C'est ainsi que Bert m'a appelé. Mais comment le savez-vous ?

— Les Morgane, dit le Chevalier, comme si ce simple mot expliquait tout. Les Trois Qui Sont Une ont annoncé votre venue. Ainsi que tous les noirs évènements qui s'ensuivront.

Devant l'air interrogateur du trio, Bert se frotta le menton et soupira :

— Cette prédiction, ce n'est pas bon. Pas bon du tout...

Il se tourna vers le Chevalier Vert :

---

1. En français dans le texte.

— Conduis-nous aux Morgane. Il nous faut apprendre ce qu'elles savent. Ou du moins ce qu'elles accepteront de nous révéler.

La petite troupe emboîta le pas au chevalier, qui leur fit contourner l'île par le rivage.

— Les Chevaliers Verts ont vocation à servir, expliqua Bert. Le premier de leur lignée était un ancien Croisé. Il avait accepté cette charge en échange d'un présent de grande valeur. Ses successeurs l'ont assumée par désir de pénitence ou en réparation de quelque méfait. Sur les vingt-cinq Gardiens ayant servi à Avalon, seuls deux d'entre eux, notre brave ici présent et un de ses frères d'armes, l'ont fait de leur plein gré.

— Je ne voudrais pas vous contredire, mon vieil ami, intervint le chevalier. On peut affirmer que j'y ai été contraint, comme les autres.

— Comment ça ? s'enquit Charles.

Le chevalier répondit par une question :

— En quelle année est-on ? Là-bas, dans le monde ?

— Vous parlez du monde comme s'il s'agissait d'un autre endroit, nota Jack. Pourtant, il n'en est rien, n'est-ce pas ? En dépit de ce que prétend Aven, je constate que nous avons levé l'ancre dans les eaux anglaises et, depuis, nous ne les avons jamais quittées. L'océan est toujours l'océan, quelle que soit l'étrange nature des terres qu'on y rencontre.

— Ah, mon jeune ami ! Ce monde-ci *est* un autre monde, répliqua le chevalier. La terre que vous connaissez est celle des descendants d'Adam et Ève. Celle que nous foulons à présent est beaucoup, beaucoup plus ancienne.

— Pour revenir à votre question, nous sommes en 1917, coupa Charles.

— Ah ! S'est-il vraiment écoulé tant de temps ?

Il poussa un profond soupir, lourd de regrets, et tous marchèrent un moment en silence. Puis le chevalier reprit la parole :

— J'ai choisi de servir en tant que Gardien d'Avalon, afin de rembourser une dette que je ne pouvais honorer autrement. Une place m'avait été réservée au Royaume des Morts, et un autre y est allé pour moi.

— Un parent, sans doute, risqua John. Ou un ami proche...

— C'était un Anglais. Un roturier, un homme de basse extraction. Il a fait preuve d'abnégation pour une question d'honneur. Après avoir échappé à mon destin, j'espérais jouir d'une existence heureuse. Mais le souvenir de son sacrifice m'oppressait. Je devins instable et inconstant. Mon épouse et ma fille, mes deux amours, ne m'apportaient plus aucune joie car je n'avais pas payé à son juste prix le droit de vivre auprès d'elles. Un jour, je fis la connaissance d'un de vos prédécesseurs, un Conservateur de l'*Imaginarium Geographica*. Je lui narrai mon histoire. Lui, en retour, me raconta celle du dernier Chevalier Vert, un homme épuisé par sa tâche, qui s'exténuait à veiller sur ces lieux, sans espoir de soulagement.

— Il n'y a pourtant pas grand-chose à garder, ici, glissa Jack, en désignant les amas de pierres éparpillés au long du chemin. Sans doute n'était-il pas à la hauteur de sa mission...

— Jack ! le tança Charles. C'est inconvenant !

— Désolé, s'excusa-t-il en rougissant. Mais, à vrai dire...

— Non, ce jeune homme a raison, intervint le chevalier. À première vue, il semble que rien ici ne mérite tant de soin. Pourtant, parfois, l'essentiel n'est pas tant de veiller sur des biens de valeur que de se comporter en gardien de valeur. Ainsi, le jour où quelque chose doit vraiment être gardé, on sait que vous êtes digne de cette tâche.

— Le cas s'est-il déjà présenté ? s'enquit John.

Le chevalier ne répondit pas ; à moins que le vent qui souf-flait de l'ouest n'eût emporté ses paroles.

La partie occidentale de l'île présentait un fort contraste avec celle où avait accosté le *Dragon Indigo*. Surgissant de la rive, des aiguilles volcaniques et des rocs acérés, battus par les flots, montaient à l'assaut des collines. Les compagnons progressaient, humant l'air salé, fouettés par les embruns qui mouillaient leurs vêtements.

— Cette partie d'Avalon jouxte la Frontière, la lisière de l'Archipel des Rêves, expliqua Bert en désignant les nuages qui marquaient la ligne d'horizon. De nombreux navires se sont abîmés dans les parages, brisés par les tempêtes et déroutés par les marées.

Le chevalier les guida le long d'un sentier tortueux, à travers les broussailles et les rocs érodés. Par moments, la piste frôlait un précipice vertigineux qui s'ouvrait dangereusement sur son flanc.

Devant eux, dans un creux de rochers, un feu rougeoyait. Au-dessus trônait un énorme chaudron noir. Et trois vieilles femmes, accroupies autour, psalmodiaient.

Le groupe s'approcha.

— Des sorcières..., souffla John.

— Les Morgane, dit le chevalier.

Chaque femme, tour à tour, lançait une phrase de la complainte :

Par cette douleur en mon flanc...
Ils arriveront du Levant...
Avant de gagner le Couchant...

En dépit des tempête en travers de sa route...
L'héritier du Cartographe cherchera le jour...

Ne redoutant ni forces du mal ni blessures...
Il restaurera sur son trône le roi Arthur...

Il réunira les Humains et Paralon...
Si en ce lieu enfin reviennent les dragons...

Bert et le Chevalier Vert échangèrent un regard entendu. Les trois jeunes gens venaient-ils de surprendre une prophétie ? Ou s'agissait-il d'une simple coïncidence ?

— Petit ! cria soudain l'une des sorcières, enveloppée d'un lourd manteau à capuchon. Où es-tu, petit ? Ah, te voilà ! Dépêche-toi !

Puis elle fit signe à la petite troupe de s'approcher du feu.

Un jeune garçon chargé d'un pot en cuivre apparut sur le seuil d'une caverne à quelques pas du foyer. Les cheveux blond sable, le visage maculé de suie, simplement vêtu, il n'était peut-être qu'un domestique. Mais son expression déterminée révélait qu'il mettait du cœur à l'ouvrage.

— Apporte la bouilloire, petit ! Nous avons des visiteurs, c'est un évènement. Et, si nous ne les nourrissons pas convenablement, ils n'auront pas envie de revenir, commenta la deuxième sorcière.

— Comme si ça pouvait être la seule raison, chuchota Jack à l'oreille de Charles.

— Sans doute pas la seule raison..., intervint la troisième sorcière, dont les longs cheveux blancs soigneusement nattés étaient retenus par un foulard.

Avec un sourire railleur, elle ajouta :

— Peut-être notre hospitalité vous déplaît-elle.

Elle avait apparemment l'oreille plus fine que Jack ne l'avait supposé.

— Euh... Ravi de vous rencontrer, hasarda John. Mais comment doit-on vous appeler, euh... mesdames ?

— En voilà, une question ! Une des meilleures que j'aie jamais entendues ! reprit la première sorcière, dont les yeux pétillaient d'intelligence. On ne nous a plus demandé nos noms depuis...

Elle se gratta la tête au moyen d'un crâne d'oiseau emmanché sur un long bâton, ce qui fit cliqueter sa dizaine de colliers.

— Depuis qu'il est arrivé à Avalon, décréta la deuxième en désignant le chevalier du pouce. Soixante-dix, quatre-vingts ans peut-être ?

— C'est exact, approuva la troisième. Je m'en souviens. C'était un mardi.

— On est mardi, aujourd'hui, lança Jack.

— Eh bien, voilà qui nous facilite les choses, n'est-ce pas, mon canard ? reprit la première sorcière. Le mardi, je me nomme Keridwen. Elle, c'est Keledriel, et elle, on l'appelle Kul.

— Je ne veux pas m'appeler Kul ! se renfrogna la troisième sorcière. Je veux être Gwynhfar.

— Ma très chère Kul, la sermonna Keridwen. En premier lieu, tu ne peux être Gwynhfar que le dimanche. Or nous sommes mardi. En outre, Gwynhfar nous a quittées, il y a déjà fort longtemps, pour épouser son ami La Verrue. Tu ne peux donc en aucun cas t'appeler Gwynhfar. Enfin, il faut bien que l'une de nous se nomme Kul.

— Pourquoi faut-il toujours que ça tombe sur moi ? grommela l'intéressée.

— Parce que tu es la cadette, gloussa Keledriel. Pour devenir une Keridwen, tu dois d'abord avoir été une Kul pendant au moins deux ou trois siècles.

— Tout cela est fort déroutant, marmonna Charles.

— Faites comme moi, suggéra le chevalier. Je les appelle Milady, ça leur convient à toutes les trois.

Jack s'approcha du foyer et aida le jeune serviteur à équilibrer la bouilloire sur les braises. Celui-ci remercia d'un signe de tête et repartit vers la caverne.

— Un bon garçon, ce Puceron, lâcha Keridwen. On a bien fait de ne pas le manger.

Charles ne put réprimer un frisson :

— Est-ce à cela que ce grand chaudron est... euh... destiné ?

— Surtout pas ! s'écria Keledriel. On ne met pas d'être vivant dans celui-ci. On ne pourrait plus s'en servir après.

— Ma chère, tu confonds avec l'autre, la reprit Keridwen. Celui avec les inscriptions et les motifs de corbeaux. Celui qui a été volé par le dénommé Asticot, tu te souviens ? C'était un an ou deux avant l'arrivée de notre Puceron.

— Ce satané Asticot ! s'exclama Kul. Il faudra qu'il paye pour son forfait un jour ou l'autre ! C'était mon chaudron préféré.

— Parce que tu y fourrais tout un fatras, répliqua Keridwen. Des mauvais sorts, des esprits, des spectres, des ombres. Que sais-je encore ?

— Il était commode pour ranger des tas de choses, admit Keledriel. Les en sortir, c'était une autre affaire. Une fois qu'on l'avait ouvert, impossible de prévoir ce qui allait s'en échapper ! Mais, mille pardons ! Nous négligeons nos invités.

— Dans l'incantation que vous chantiez, lors de notre arrivée, intervint Bert, vous avez mentionné Paralon...

— Paralon ! s'exclama Puceron, qui écoutait depuis l'entrée de sa caverne. La demeure du roi et de ses chevaliers !

— Ah, bravo ! bougonna Kul. Celui-là, quand on le lance sur les chevaliers, la chevalerie et tout le toutim, il n'y a plus moyen de le faire taire.

— Un jour, je serai chevalier, affirma fièrement le garçon. Un *vrai*. Pas un de ces... Hum... Vous voyez.

Le Chevalier Vert lui lança une grimace affectueuse :

— Sale gosse !

— Tu le seras, Puceron, j'en suis sûr, dit John en lui ébouriffant les cheveux.

— Si ces Miladies acceptent de se séparer de lui, repartit le chevalier, j'aimerais bien que ce jeune écuyer – à ce mot, Puceron se rengorgea – aille faire le plein d'eau fraîche sur le *Dragon Indigo*, en prévision du long voyage à venir.

Bert protesta qu'ils n'avaient nul besoin d'eau supplémentaire, mais le chevalier lui coupa la parole :

— Deux précautions valent mieux qu'une.

Se tournant vers le garçon, il ajouta :

— Eh bien, qu'attends-tu ?

Puceron tourna les talons et dévala le sentier. Le Chevalier Vert le regarda s'éloigner avec une étrange expression de contentement. Bert observait la scène d'un œil intrigué. Il ne fit cependant aucun commentaire.

Le Chevalier Vert s'adressa de nouveau aux Morgane :

— Nous sommes venus quérir votre conseil.

— Nous vous l'avons déjà donné, répliqua Kul. À moins que vous n'ayez pas écouté ?

— Plus personne ne dirige Paralon, expliqua Keledriel. Du moins, ce n'est plus une main humaine qui tient le gouvernail. Ce qui a été perdu doit être retrouvé ; ce qui a été brisé doit être réparé.

— Hélas ! sans l'héritier, tout est perdu, se lamenta Keridwen.

— Il n'est donc pas trop tard ! conclut Bert avec soulagement. J'ai amené John à temps.

Les Morgane restèrent muettes, le regard fixé sur le feu. Finalement, le chevalier fit signe à ses compagnons de quitter les lieux et la troupe reprit le chemin du navire.

Tandis que Bert faisait ses adieux au Chevalier Vert, John monta à bord du *Dragon Indigo* et se mit en quête de Puceron.

– Alors, demanda-t-il à Aven, nous avons une réserve d'eau fraîche ?

La jeune femme le fixa d'un air étonné :

– Évidemment. Pourquoi cette question ?

– Aucune importance, répliqua John avec un geste évasif. Oubliez ça.

On se prépara à lever l'ancre. Bert fit à Aven un compte rendu de sa rencontre avec le Chevalier Vert et les Morgane. La jeune femme s'assombrit et resta silencieuse. De leur côté, Jack et Charles reprirent leur place habituelle près de la cabine.

– Nous ne retournons pas à Londres, n'est-ce pas ? fit Charles, contrarié. Qu'on le veuille ou non, nous voilà embrigadés...

– C'est plutôt *lui* qui vient d'être embrigadé, répliqua Jack en désignant John. Et nous l'accompagnons dans l'aventure. Courage, Charles ! Ce sera peut-être très amusant.

– Vous aurez besoin de quelqu'un pour vous rappeler à la réalité, marmonna Charles.

Alors que le navire s'éloignait de la jetée, il ajouta :

– Je veux bien, s'il le faut, plonger dans le terrier du lapin blanc. Je tiens seulement à garder un œil sur la porte de sortie...

Le Chevalier Vert resta le bras levé en signe d'adieu bien après que le *Dragon Indigo* eut disparu à l'horizon. Quand il l'abaissa, sa respiration était courte et haletante.

– Enfin..., murmura-t-il pour lui-même. Enfin ma tâche s'achève ! Puisse mon âme connaître la paix.

Assis sur le rivage, le chevalier passa les dernières heures de sa dernière nuit de garde en méditation. Quand, à l'aube, le ciel de l'Archipel s'embrasa, il leva les yeux vers cette clarté nouvelle et poussa un profond soupir :

— Ah ! ma Lucie... Je vais te rejoindre dans un monde meilleur et connaître le vrai repos...

Ses derniers mots se perdirent dans le tourbillon de poussière qui enveloppa ses membres. Puis son corps perclus d'années s'effondra sur lui-même, tomba lentement en cendres. Bientôt, il n'y eut plus, gisant dans l'herbe, que son heaume et sa cuirasse.

Le Chevalier Vert avait disparu.

DEUXIÈME PARTIE

L'Archipel des Rêves

5
LE CORSAIRE

Au large d'Avalon couraient de lourdes nuées d'orage traversées d'éclairs. Les flots furieux ballottaient le *Dragon Indigo* tel un jouet. Mais l'équipage, très expérimenté, connaissait ce passage difficile. Chacun accomplissait sa tâche habituelle sans broncher, se contentant de s'assurer de temps à autre qu'aucun des passagers n'avait été emporté par-dessus bord. Ils retrouvèrent bientôt une zone de navigation plus calme.

Dès l'entrée dans les eaux menant à l'Archipel des Rêves, la consistance même de l'atmosphère changea. S'ils étaient toujours en haute mer, sans aucune terre à l'horizon, la grisaille du petit matin leur révélait des fonds variables, qui affleuraient parfois.

— Une barrière de corail comme en Australie ? supposa John.

— Cela n'y ressemble guère, objecta Charles. On dirait plutôt des îles submergées.

— Ce sont les Terres Englouties, leur expliqua Bert. Certains les appellent les Terres Perdues de l'ouest. Vous ne les trouverez pas dans l'*Imaginarium Geographica*. Car, pour aussi ancien que soit l'atlas, ces continents sont infiniment plus vieux.

Jack, penché par-dessus le bastingage, tentait d'attraper des bribes d'écume. Aven le mit en garde :

— À votre place, je ne ferais pas ça. Pas par ici, en tout cas. Si vous souhaitez conserver vos mains...

Jack se rejeta en arrière, lançant à Bert un coup d'œil interloqué.

— Regardez le fond, lui dit le petit homme. On distingue encore la silhouette des tours et des nobles cités autrefois dressées sur ces îles. Selon la légende, elles constituaient l'orgueil du monde au temps où les terres de l'Homme et celles de l'Archipel n'étaient pas séparées comme aujourd'hui.

— Que leur est-il arrivé ?

— Nul ne le sait. Certains prétendent que ces peuples ont causé leur propre destruction en cherchant à percer les mystères de la vie. Selon d'autres, ils furent anéantis par les dieux pour la même raison. Il existe une troisième théorie : le désastre aurait été dû à la distraction d'un ange placé là par le Ciel pour veiller au développement de cette civilisation. Pour ce que j'en sais, ce fut simplement le résultat d'une catastrophe naturelle.

Bert posa la main sur l'épaule de Jack et conclut :

— Quoi qu'il en soit, mon garçon, cette terrible disparition n'était pas de bon augure. On murmure que tous les habitants n'ont pas péri, que les descendants de cette grande culture engloutie vivent encore dans les profondeurs fangeuses. Ils n'auraient plus rien d'humain. Leurs cœurs auraient noirci, leurs membres seraient devenus nageoires, leurs poumons, branchies...

— ... et leurs dents seraient coupantes comme des rasoirs, conclut Aven.

Elle réprima un sourire en voyant Jack reculer vivement jusqu'au milieu du pont. Charles et John, penchés au-dessus du bastingage, crurent en effet discerner les contours de cités disparues depuis la nuit des temps.

— Bert? lança John, frappé par une soudaine évidence. Serait-ce...

Il se mordit les lèvres avant de reprendre :

— C'est l'Atlantide?

Bert soupira, mélancolique :

— C'était, mon gars. C'était.

Revenant sur la prophétie des Morgane, Bert leur fournit de nouvelles explications :

— Paralon est le siège du gouvernement de l'Archipel. Il en a toujours été ainsi, depuis le règne du premier souverain qui unifia les deux Mondes, le Grand Roi Arthur Pendragon. Pendant des siècles, ses descendants ont régné dans la justice et la droiture, jusqu'à ce que le dernier souverain soit assassiné il y a un peu moins de vingt ans. Depuis, le pouvoir de Paralon est sans cesse remis en question. C'est une des raisons de votre présence ici, John. La crise est à son paroxysme, et sa résolution aura de graves répercussions, tant dans ce monde que dans le vôtre.

— Et c'est maintenant qu'on a besoin de moi? demanda John. Si la situation est aussi sérieuse que vous le dites, le professeur Sigurdsson n'aurait-il pu y remédier depuis longtemps?

— Il aurait pu. Mais les conditions n'ont jamais été réunies. Ce n'est pas la première fois dans l'Archipel qu'un roi meurt assassiné. Cela arrive, comme dans votre monde, lorsqu'un membre de sa parenté aspire à monter sur le trône. Or, toute sa famille a été massacrée en même temps que lui. Il ne reste aucun héritier.

Il marqua une pause avant de reprendre :

— Et puis, il y a celui dont les sbires ont tenté de vous trucider la nuit dernière. Quel est son véritable nom? Nul ne le sait. Ici, dans l'Archipel, on l'appelle le Roi Hiver.

En l'absence d'un Grand Roi, un parlement de rois et reines locaux gouverne Paralon dans l'attente d'un successeur. Hélas ! faute d'héritier légitime, on a assisté à des débats sans fin. Le Roi Hiver y a mis un terme en éliminant tour à tour chacun des prétendants. Certes, il existe d'autres souverains qui pourraient accéder au Trône d'Argent, symbole de Paralon. Mais ce serait une rupture avec la tradition, car ils ne sont pas Humains. Le Roi Hiver est un Humain, et normalement soumis aux ordonnances du Parlement. Or, dans quelques jours aura lieu la Grande Assemblée, où tous les rois, représentant les diverses races de l'Archipel, se réuniront pour choisir le successeur au trône.

— Eh bien, commenta Charles, vous devriez faire confiance à ce Parlement. Il a longtemps assuré le gouvernement. Ne peut-il continuer jusqu'à l'élection du nouveau roi ?

— Non. C'est désormais impossible. À cause de ça, conclut Bert en désignant le sud.

L'horizon s'était obscurci ; une ombre noire ourlait les flots, sous la ligne des nuages.

— On dirait qu'un géant s'est amusé à lessiver le paysage, commenta Jack.

— Vous ne croyez pas si bien dire, mon jeune ami, approuva Bert. Nous appelons les îles conquises par le Roi Hiver, les Terres Ombreuses. Dès qu'il s'en est emparé, à la tête de ses armées, elles ont disparu de l'Archipel. Et les cartes correspondantes dans l'*Imaginarium Geographica* se sont effacées.

— S'il a mis en route un processus d'effacement de l'*Imaginarium*, s'étonna John, pourquoi cherche-t-il encore à nous tuer pour s'en emparer ?

— Je l'ignore. Ce qui se passe actuellement dans l'Archipel des Rêves est fort mystérieux. Mais le pouvoir grandissant du Roi Hiver lui assurera la prédominance sur tous les souverains de ces terres. Ou des autres...

— Vous voulez dire que..., commença Charles.

— Bien que nos deux mondes soient séparés, ce qui se passe dans l'un affecte l'autre. Le roi Arthur le savait ; il avait donc institué un trône unique pour diriger les deux. En plein cœur de la crise ici, la guerre a éclaté chez vous. Croyez-vous que ce soit une coïncidence ?

— À propos de Paralon, intervint Aven, il serait temps que notre Conservateur nous indique la direction. L'aube pointe. Même si le *Dragon Indigo* peut tracer seul son chemin, des coordonnées précises faciliteraient la navigation.

— Oh... euh... Oui, balbutia John, comprenant que ce discours s'adressait à lui.

Sur un signe de Bert, il déballa la *Geographica* et entreprit de la feuilleter. Il finit par trouver une page dont le titre pouvait se traduire par « Paralon ». La feuille était couverte d'indications incluant des instructions nautiques. Il l'examina, les sourcils froncés :

— C'est... C'est rédigé en vieux saxon !

— Cela vous gêne ? demanda Aven.

— Euh... non. Non, pas vraiment.

John étudia longuement le parchemin. Puis il balaya du regard les visages attentifs qui l'entouraient :

— Ça dit... euh... Ça dit qu'on devrait faire voile... Euh... par là.

Il désignait vaguement tribord.

Aven leva un sourcil étonné. Mais Bert lui fit un signe d'assentiment, et la jeune femme transmit à l'équipage l'ordre de changer de cap.

D'un geste nerveux, John remballa l'*Imaginarium Geographica* et fourra l'ouvrage sous son bras.

*
* *

Charles interrogea Bert :

— Vous êtes l'un des trois Conservateurs. Alors, pourquoi avez-vous besoin de John ? Ne pouviez-vous quitter Londres dès que vous êtes entré en possession de la *Geographica* ?

— Il faut toute une vie d'étude pour devenir Conservateur Principal, répondit le petit homme. Je possède quelques talents et un minimum de connaissances, mais, en vérité, je n'ai pas eu de réelle formation. C'est pourquoi le professeur Sigurdsson avait pris sa retraite : pour instruire son éventuel successeur. Vous, John.

— Et le troisième ? poursuivit Charles. Il y en a toujours trois, avez-vous dit.

Aven cracha par terre :

— Parlons-en, de celui-là ! Aussi utile qu'un taureau dans une laiterie ! S'il avait assumé ses responsabilités, vous, Père, ne seriez pas en danger. Et vous, John, poursuivriez tranquillement vos études sous la direction du professeur.

— Calme-toi, Aven ! la réprimanda Bert. Jamie mène sa vie comme il l'entend, on ne peut le lui reprocher. Tout le monde n'est pas taillé pour ce genre d'aventure.

— Jamie l'était, vous le savez bien, répliqua la jeune femme. Qu'il ait abandonné l'Archipel pour jouer la comédie sur la scène de Kensington Gardens, ça me met hors de moi.

— Me trompé-je ? glissa Jack à Charles en confidence. N'y aurait-il pas une touche d'amour blessé dans son ressentiment ?

Il n'avait pas été assez discret. Aven lui lança un regard venimeux. Puis, repoussant le bras que son père avait posé sur son épaule, elle s'éloigna d'un pas furieux et s'enferma dans la cabine.

Peu après, on entendit une bordée de jurons, suivis de cris et d'invectives. Elle reparut, le souffle court et le rouge aux joues.

— Si certains hommes ne sont pas taillés pour l'aventure, aboya-t-elle, il y a des gamins incapables d'y résister !

Coincé sous son bras comme dans un étau apparut le visage cramoisi de Puceron.

Le *Dragon Indigo* avait un passager clandestin.

Une personne de plus à bord, ce n'était pas un problème. Aven suggéra néanmoins de balancer l'intrus à la mer sans autre forme de procès. Bert fit remarquer que le prétexte d'apporter de l'eau fraîche n'avait été qu'une ruse du Chevalier Vert pour permettre au garçon d'embarquer.

— Ah, les Français ! persifla Charles.

— Si le chevalier voulait qu'il vienne avec nous, fit remarquer John, pourquoi ne pas l'avoir demandé, tout simplement ?

— Je vous demande pardon, coupa Aven. Je ne me souviens pas de vous avoir donné autorité pour décider de qui monte ou non à bord de *mon* navire

— Quoi qu'il en soit, il est là, raisonna Charles. Qu'est-ce qu'on fait de lui ?

— Il ne manquait plus que ça, ronchonna Jack. Un gamin à surveiller !

Puceron le regarda de travers :

— Je ne suis pas beaucoup plus jeune que vous.

— Ça suffit, intervint John. Je le prends à mon service en tant que...

— ... en tant qu'écuyer ? ironisa Charles.

— Qu'importe ! trancha Aven. Du moment qu'il ne reste pas dans mes jambes.

Elle se pencha, car l'un des faunes lui chuchotait quelque chose à l'oreille.

— Non, fit-elle en regardant Puceron. Non, on ne le donne pas à manger aux sirènes. Pas encore...

Le garçon se tourna vers John :

— Elle plaisante ?

— Probablement. Mais reste près de moi, ça vaudra mieux.

À cet instant, un appel de l'équipage les alerta. Tout le monde se porta à bâbord. Dans un bouillonnement furieux, une masse gigantesque montait des profondeurs marines.

— Une baleine ? supposa Jack.

— Non, trop gros, fit Charles.

— Regardez bien, conseilla Bert en souriant, tandis qu'un engin étrange émergeait lentement des flots.

Une ombre recouvrit les passagers, muets de stupeur. Contre le flanc du *Dragon Indigo* s'élevait, étincelante et magnifique, une prodigieuse nef d'or. Le vaisseau n'avait ni voiles ni mâts. Hermétiquement clos, il rappelait le *Turtle*, le tout premier sous-marin, ayant servi en Amérique lors de la guerre de Sécession. D'énormes hublots blindés s'alignaient le long de la coque, et divers orifices recrachaient des torrents d'eau sous la ligne de flottaison. Le torse et la tête d'un dragon se dressaient fièrement à la proue.

Une passerelle métallique glissa sans heurts hors d'une fente de la coque avant de s'arrimer au bastingage du *Dragon Indigo*. Un panneau s'ouvrit silencieusement, et une silhouette impressionnante se découpa dans l'ouverture.

— Dieu du Ciel ! s'écria John, face à cette extraordinaire vision. Est-ce bien...

— C'est lui, affirma Bert. Jeunes gens, permettez-moi de vous présenter le capitaine du plus grand vaisseau qui ait jamais navigué dans les océans des deux Mondes, le *Nautilus* !

Un grand barbu basané, dont la peau sombre luisait dans le petit jour, s'avança sur la passerelle et les salua, les mains jointes, à la mode hindoue.

Sans être hostile, le sourire qui étirait ses lèvres était indubitablement celui d'un prédateur :

— Capitaine Nemo, à votre service.

Tour à tour, chacun se présenta, y compris Puceron, que le capitaine scruta longuement d'un air étonné.

— Nous nous rendons au Conseil de Paralon, déclara Bert.

— Moi de même, répliqua Nemo. L'agitation qui se propage du nord au sud devra être réprimée si nous voulons faire front commun contre le Roi Hiver. Un conseil toutefois. En continuant sur ce cap, vous allez être drossés par les courants qui entraînent au large des Terres Ombreuses. Vous n'atteindrez jamais Paralon. J'aurais cru votre jeune capitaine plus avisée...

Rougissante, Aven glissa à John un regard noir.

— Quel est notre écart ? demanda-t-elle.

— Cinq degrés vers le sud, cela corrigera votre course.

Aven s'éloignait déjà pour donner ses ordres, lorsque Nemo remarqua le paquet que John portait sous son bras.

— Cet emballage protégerait-il la *Geographica* ?

— Oui, l'*Imaginarium Geographica*.

Pour la première fois, le capitaine marqua une légère hésitation :

— Puis-je... Puis-je la toucher, monsieur John ?

— Certainement.

John ôta l'enveloppe de toile et tendit le livre au capitaine. Celui-ci le reçut entre ses mains comme s'il s'agissait d'un fragile document menaçant de s'effriter au premier contact.

— Il a déjà traversé bien des épreuves, commenta Charles. C'est du costaud ! Il ne se brisera pas, ne craignez rien.

— Vous vous méprenez sur mon geste, expliqua Nemo. Pour nous, peuples de l'Archipel, c'est un livre saint. Parmi les terres alentour, on dénombre un bon millier de civilisations et de cultures différentes. Certaines reposent sur des régimes féodaux. D'autres sur des relations commerciales. Le seul lien qui nous unit, l'unique Graal qui nous renforce en gommant nos disparités, c'est l'*Imaginarium Geographica*.

— Donc, intervint Charles, chaque fois que le Roi Hiver conquiert une terre...

Nemo hocha la tête :

— Oui, la carte correspondante disparaît. Et nous régressons un peu plus, ramenés vers les cultures barbares dont nous sommes issus.

— Autant détruire le livre, alors, intervint Puceron.

Jack le fit taire d'un coup de coude dans les côtes.

Au lieu de rejeter cette suggestion avec colère, Nemo acquiesça :

— D'autres l'ont suggéré, petit. On a même essayé. Peut-être vaudrait-il mieux qu'il disparaisse, si cela empêchait le Roi Hiver de s'emparer des terres...

Le capitaine avança vivement d'un pas, s'approcha du brasero incandescent qui brûlait sur le pont et y laissa choir l'*Imaginarium Geographica*.

Des cris de consternation et d'incrédulité s'élevèrent. John bondit pour tirer le livre des flammes.

Il n'avait subi aucun dommage. Les braises avaient à peine roussi l'emballage de toile.

— C'est de la magie ! souffla Jack.

— Oui, dit Nemo. La *Geographica* ne peut être détruite. Pour la personne chargée de sa conservation, c'est à la fois un fardeau et une bénédiction.

Il épousseta les cendres et rendit le livre à John :

— Gardez-le bien, mon ami. C'est une lourde responsabilité que d'être l'axe du compas. Mais j'ai connu le professeur, votre maître, dont je déplore la perte. Je suis sûr qu'il a choisi son successeur avec sagesse et discernement.

Il donna l'accolade à Bert, embrassa Aven sur la joue et remonta sur sa passerelle.

— Portez-vous bien, mes amis, lança-t-il avant de disparaître dans son vaisseau. Nous nous reverrons bientôt.

Lorsque le *Nautilus* se fut éloigné, Aven accula John dans un coin. Ses yeux flambaient de colère :

— Une chance qu'il ait croisé notre route ! Un écart de cinq degrés nous conduisait droit vers la mer du Nord. Nous aurions perdu une journée et raté le Conseil de Paralon.

Elle désigna la *Geographica* d'un geste agacé :

— Pouvez-vous lire ça, oui ou non ?

— Bien sûr qu'il le peut ! intervint Puceron. Il lui faut juste un peu de pratique. N'est-ce pas, monsieur John ?

Aven ricana, mais Bert renchérit :

— John en a vu de rudes, ces dernières heures, ma fille. Mais il sera très vite efficace, j'en suis sûr.

Sans un mot, Aven tourna les talons, aussitôt suivie de Jack.

— Vous devriez vous installer dans la cabine pour étudier la *Geographica* plus commodément et vous familiariser avec l'ouvrage, suggéra Bert.

— Bonne idée, approuva John. Ainsi, j'aurais l'air moins sot si Phileas Fogg[1] débarque à son tour pour corriger mes indications.

— Aucun danger, fit Bert. Fogg déteste naviguer.

— À propos, nota Charles qui scrutait l'horizon, Nemo a dû oublier quelque chose. Il revient.

Aven surgit aussitôt :

— Quoi ? Il faisait route devant nous. Il ne peut pas arriver de l'est !

73

---

1. Comme le Capitaine Nemo, héros de *Vingt mille lieues sous les mers* et de *L'île mystérieuse*, Phileas Fogg est un personnage créé par Jules Verne. On le rencontre notamment dans *Le tour du monde en quatre-vingts jours*. (NdT.)

Bousculant Charles, elle observa à la lunette d'approche la zone qu'il avait désignée :

— Ce n'est pas le *Nautilus* ! Je crains que notre ennemi n'ait décidé de sortir de l'ombre pour nous révéler clairement ses intentions.

Le brouillard se déchira, et une coque massive, plus large et bien plus inquiétante que celle du *Nautilus*, apparut. C'était le *Dragon Noir*, le vaisseau du Roi Hiver. Il fonçait droit sur le *Dragon Indigo*.

— Qu'est-ce qu'on fait ? demanda Charles.

— Accrochez-vous à quelque chose de solide, et laissons ma fille s'occuper de la manœuvre. Il n'y a rien de mieux à faire pour l'instant.

— À Londres, notre navire a quitté le quai vent debout, se souvint Charles. Ne pourrait-on virer et éviter l'abordage ?

— Le *Dragon Indigo* est un navire, pas un chat, répliqua Bert. Même s'il agit parfois selon sa propre volonté, il ne pirouette pas sur commande.

Aven arpentait le pont de la proue à la poupe et criait furieusement ses ordres. La nef du Roi Hiver mesurait cinq fois la taille du *Dragon Indigo*. Ce dernier ne résisterait pas à une collision.

Tout en enroulant son bras à un cordage, John supputait leurs chances. Pour supporter l'impact, il faudrait que leur navire réussisse à virer de bord au moment précis où le *Dragon Noir* l'éperonnerait. Or, il ne leur restait que quelques secondes. Pas assez pour réorienter les voiles.

Tous croyaient l'abordage inévitable. Sauf Jack.

Dans sa jeunesse, il avait passé un été à naviguer en compagnie d'un moniteur qui adorait louvoyer dans le vent, évitant les collisions au dernier moment.

Acrobatie facile à la barre d'un dériveur ; moins évidente avec un galion. La manœuvre, néanmoins, méritait d'être tentée. Jack sauta sur le toit de la cabine, arracha par surprise un grand coutelas à l'un des faunes et entreprit de couper les cordages qui retenaient le côté bâbord des voiles.

Aven lui lança un regard incrédule :

— Vous êtes fou ! Si vous sectionnez ces drisses, les voiles vont...

Comprenant soudain son plan, elle ordonna à tous les membres d'équipage de l'imiter.

La sinistre masse du *Dragon Noir* fonçait sur eux à une vitesse terrifiante, mais, en quelques secondes, toutes les drisses furent tranchées. Les voiles se mirent à battre dans le vent.

— Au gouvernail ! hurla Jack. Maintenant ! Paré à virer !

John, Charles et Aven se précipitèrent sur la barre pour la tourner de toutes leurs forces. Dans un terrifiant gémissement de bois et de métal, le navire pivota brutalement pour faire face au *Dragon Noir*, juste au moment où celui-ci arrivait sur eux. Les deux vaisseaux se croisèrent, flanc contre flanc, à peine séparés de quelques centimètres.

— Voilà bien la manœuvre la plus folle à laquelle j'aie jamais assisté ! glissa Aven à Jack d'un ton acide.

Mais son sourire démentait la dureté de ses propos, et le jeune homme sentit son cœur bondir dans sa poitrine.

Les compagnons regardèrent le vaisseau de cauchemar s'éloigner, glissant sur l'onde avec son équipage de scélérats, de forbans et même de Wendigos, si surpris par cette dérobade soudaine qu'ils en oubliaient de lancer leurs flèches et leurs javelots.

Dès qu'ils furent hors de portée, Aven retrouva sa mine sévère :

— Jack vient de nous sauver la vie. Mais il va nous falloir du temps pour réparer les gréements. Le *Dragon Noir* ne va pas tarder à virer pour fondre de nouveau sur nous. Je crains le pire...

— Je ne voudrais pas commettre deux fois la même erreur, intervint Charles. Mais à présent j'en suis sûr. Le *Nautilus* a rebroussé chemin.

Approchant encore plus vite que le *Dragon Noir*, le sous-marin du Capitaine Nemo fonçait vers eux.

— Je ne dénigrerai plus jamais l'œuvre de Jules Verne ! déclara Charles.

— Entièrement d'accord, renchérit John.

À l'issue d'une rapide manœuvre, le *Nautilus* se rangea le long du *Dragon Indigo*. Le Capitaine Nemo héla Aven :

— Aviez-vous jamais connu un tel péril, lorsque vous étiez maître d'équipage sur le *Nautilus* ?

— Non. Mais il s'appelait alors le *Dragon d'Or*. Et ni vous ni moi n'avions encore de rêves de grandeur !

— Donnez l'ordre à vos hommes de réparer les gréements. Et, dites-moi, que s'est-il passé exactement ?

— Cet imbécile a sectionné tous les cordages, fit-elle en désignant Jack. Je n'y aurais jamais songé. Mais il a sauvé le navire.

— Bien joué, jeune matelot, le félicita Nemo avec une inclinaison de tête.

Constatant qu'au loin, le *Dragon Noir* virait de bord, il ajouta :

— À mon tour de livrer bataille !

— Nemo..., commença Aven

— Non ! Vous transportez la *Geographica*. Conduisez le livre et son Conservateur à Paralon. Je vais occuper le Roi Hiver assez longtemps pour protéger votre fuite.

Nemo plaça un bras contre sa poitrine, le poing fermé, un geste de respect de capitaine à capitaine.

Aven lui rendit son salut et, criant ses ordres, remit le *Dragon Indigo* vent arrière. Le navire, comme s'il comprenait ses intentions, bondit et fendit les flots.

Au grand soulagement de tous, les dommages causés au navire étaient minimes. Après qu'ils se furent éloignés de quelques lieues, Aven reporta son attention et sa fureur sur John :

— Ça suffit, maintenant ! C'est la deuxième fois que je mets mon navire en péril à cause de vous !

Bert tenta de s'interposer, mais elle ne voulut rien entendre :

— Pas cette fois, père. Vous lui avez fourni assez d'excuses comme ça, je n'en digérerai pas davantage. Tous les capitaines disposent de cartes de leurs territoires et des îles qui s'y trouvent. Tous, y compris le Roi Hiver, savent trouver leur cap à l'instinct. Mais un seul atlas au monde regroupe la totalité des informations ; un seul nous permet de nous **rendre** où nous voulons, quand nous le voulons. Et un seul être au monde, formé à la connaissance des anciens dialectes, peut en interpréter les indications.

Elle abattit son poing sur l'*Imaginarium Geographica* :

— Le voici, cet atlas. Et vous, fit-elle en désignant John du doigt, vous êtes le Conservateur. Savez-vous le lire, oui ou non ?

Défait et honteux, John baissa les yeux :

— Je n'y arrive pas. Je ne sais pas par quel bout le prendre.

6
« TIC-TAC »,
FAIT LE PARLEMENT

— Si c'est vrai, alors nous sommes perdus ! gémit Bert. Seul un Conservateur entraîné peut diriger un navire à travers l'Archipel des Rêves. Les cartes de la *Geographica* sont annotées dans une douzaine de langues, souvent fort anciennes et oubliées depuis longtemps. Presque plus personne ne les comprend.

On n'aurait pas pu tracer plus clairement la ligne de démarcation : d'un côté Aven, Bert et, curieusement, Jack. De l'autre, John, Charles et Puceron.

— Jack ? s'étonna Charles. Comment pouvez-vous faire bloc avec eux ? Après tout ce que...

Il parut reconsidérer les choses avant de conclure simplement :

— Ce n'est pas bien.

— Aven a raison, argumenta Jack. Nous avons dû fuir Londres pour sauver notre peau, le professeur a été assassiné, le *Dragon Indigo* a failli être coulé, tout ça à cause de ce fichu livre. John est le seul être au monde supposé capable de le lire, et il déclare forfait...

— Jack ! Ça suffit.

— C'est vrai, reconnut John. Je ne suis pas à la hauteur.

Aven jura et porta la main à son sabre. Bert retint son bras :

— Je vous dois une explication. C'est moi qui ai choisi John.

Se tournant vers le jeune homme, il continua d'une voix presque implorante :

— J'ai lu vos textes. Vous avez le don, je le sais. Le professeur le savait, lui aussi. C'est pour cela qu'il a accepté de vous former. J'ai lu la correspondance que vous échangiez, il avait commencé votre initiation...

— Oui. Il avait commencé. Mais je ne travaillais pas. Pas autant que j'aurais dû...

John s'adressa à ses deux camarades, d'un ton fataliste :

— Ça ne m'a jamais semblé important. Ces langues mortes que plus personne ne parle... Comment aurais-je pu imaginer en avoir besoin un jour ? Mes amis, ma femme elle-même s'interrogeaient : était-il sage de consacrer autant de temps à de vaines études ?

— Elles ne vous paraissent plus si vaines, aujourd'hui, hein ?

— Pour l'amour du ciel, Jack ! Nous sommes en guerre ! J'étais sur le front. J'aurais dû passer mes rares moments de liberté à potasser des manuscrits en vieux saxon ?

— Des hommes vont mourir parce que vous ne l'avez pas fait, déclara Aven. Peut-être certains sont-ils déjà morts.

— Il s'en moque.

— C'est faux ! cria John en saisissant Jack par le col. Je ne m'en moque pas, espèce d'abruti ! J'ai vu tomber des hommes à mes côtés. Leur sang m'a éclaboussé. Des amis avec lesquels j'avais ri, partagé mes repas ou tremblé au fond des tranchées. Pouvez-vous en dire autant ?

John haletait, le visage couvert de sueur. Finalement, il relâcha Jack et s'effondra, le visage dans ses mains.

Après un long silence, il balbutia :

– Pardonnez-moi, Jack. Oui, j'ai l'impression de vous avoir trahis. Et le professeur plus encore. Croyez-moi, j'ignorais... Je ne me serais jamais douté...

Charles passa un bras autour de ses épaules, coupant court à ses lamentations :

– Assez, John. Nous avons tous besoin de nous reprendre. Examinons cet atlas et tentons de le déchiffrer ensemble. Trois cervelles valent mieux qu'une, n'est-ce pas ? Qu'en dites-vous, Jack ?

Mais Jack avait déjà filé avec Aven vers l'autre extrémité du navire. Bert se tenait sur le seuil de la cabine, les yeux baissés, partagé entre l'espoir et la crainte. Seul Puceron demeurait là, désireux d'aider, même si le problème dépassait de très loin sa compétence.

Le lien d'amitié était brisé. Il ne leur restait qu'à voguer vers Paralon.

Après une heure passée à étudier l'*Imaginarium Geographica*, Charles, en dépit de sa bonne volonté, dut convenir qu'il s'y cassait les dents. Son expérience d'éditeur aux Presses universitaires d'Oxford lui avait donné une bonne connaissance du latin. Quelques passages, ainsi que certaines phrases en grec ancien, étaient à peu près déchiffrables. Mais cela ne les avançait guère.

– J'ai relevé des expressions en vieil anglais, quelques mots en hébreu. Le reste est totalement hermétique, reconnut-il. On trouve un bon nombre d'annotations en anglais moderne. Mais impossible de les classer, sinon en ordre vaguement chronologique.

Cette constatation ne contribua guère à égayer l'humeur mélancolique de John ni à apaiser la défiance de Jack. Bert, cependant, n'avait pas perdu espoir.

– Écoutez, dit-il. Depuis que Paralon est la capitale de l'Archipel, la carte a souvent été annotée en anglais. J'ai moi-même ajouté une ligne ici ou là. Je peux donc la lire en me fiant à mon expérience. En outre, grâce aux indications de Nemo, nous suivons le bon cap ; nous devrions atteindre notre but sans encombre. Une fois arrivés, nous trouverons peut-être un érudit ou bien nous soumettrons une requête au Parlement pour consulter les archives de la bibliothèque royale. Allez, ne faites pas cette tête ! Il nous reste encore quelques chances.

Puceron, qui observait la scène blotti dans un coin de la cabine, suggéra :

– Le Conseil désignera peut-être aussi un nouveau roi. Ainsi, vous n'aurez plus de souci.

– Voilà qui est bien pensé, mon garçon, lança Bert.

Sur ces mots, il sortit de la pièce et referma la porte derrière lui.

Le soleil approchait du zénith lorsque la voix de la vigie tomba de la hune :

– Terre !

Paralon était en vue.

L'île était bien plus vaste qu'Avalon ou que n'importe laquelle des Terres Ombreuses précédemment entrevues. Loin sur l'horizon, on distinguait une barrière montagneuse et le vert sombre des forêts. Le spectacle était grandiose. Les faunes eux-mêmes, habituellement indifférents, suspendirent leurs activités pour regarder.

Le *Dragon Indigo* faisait voile vers un estuaire formant un port naturel, juste assez profond pour que des navires y accostent. Au-delà, le sol s'élevait en pente douce, formant un paysage de collines et de vallons, avant de grimper brusquement vers une ligne de plateaux qui dominaient la vallée.

Une lourde forteresse en pierre, imposante et grise, trônait au sommet : le château de Paralon, le siège du Trône d'Argent, la résidence du Grand Roi, souverain de l'Archipel.

Contrairement à ce qu'ils avaient imaginé, ce n'était pas Camelot, la ville mythique, sur laquelle régnait autrefois le roi Arthur. Ce lieu semblait irradier l'énergie brute des mythes. Paralon donnait corps à la légende.

– Dieu du ciel ! s'exclama Charles. Quelle splendeur !

John et Jack approuvèrent. Le roi Louis II de Bavière lui-même, dans ses rêves les plus fous, n'aurait jamais imaginé pareil édifice.

– De nombreux navires sont ancrés dans le port, constata Aven. Le Conseil a sans doute déjà commencé.

– Voici donc Paralon, commenta Charles en débarquant. La plus puissante base militaire de l'Archipel, n'est-ce pas ?

– Qu'est-ce qui vous fait penser cela ? demanda Bert, surpris.

– Serait-ce le siège du pouvoir, autrement ?

– Vous voyez ces vergers, là-bas ? Des pommeraies centenaires, millénaires peut-être ! La domination militaire est changeante. Elle va, elle vient. Mais les bons fruits, il faut travailler au jour le jour pour les récolter.

Jack s'efforçait de seconder Aven, qui l'ignorait de son mieux sans vraiment y parvenir. Son initiative aussi habile que désespérée lors de l'affrontement avec le vaisseau du Roi Hiver ainsi que la distance qu'il marquait à l'égard de John l'avaient enhardi, au grand dépit de la jeune femme.

Bert aida John, toujours aussi morose, à mettre la *Geographica* à l'abri dans une solide mallette de cuir munie de lanières. On pourrait ainsi la transporter aisément, ce pour quoi Puceron se proposa aussitôt. Prenant très au sérieux son rôle d'écuyer, il ne perdait jamais une occasion de rendre service. De toute manière, comment le tenir à l'écart, alors que s'offrait enfin à lui la possibilité de rencontrer d'authentiques chevaliers et de véritables rois ?

Charles avait déjà atteint l'extrémité du quai quand il aperçut une étrange silhouette. L'individu pestait et jurait en tapant sur un engin bizarre, quelque chose entre une voiture à pédales et la citrouille-carrosse de Cendrillon.

— Continuez, lui conseilla Charles. Continuez, et je suis sûr qu'il va repartir.

— Je fais de mon mieux, comme chacun de nous, n'est-ce pas ?

Charles recula vivement en poussant un petit cri : la créature qui venait de lui répondre n'était pas un homme. Ce n'était pas non plus un faune. Il s'agissait d'un blaireau.

L'animal, dressé sur ses pattes arrière, était vêtu d'une veste et d'un gilet. Une paire de guêtres enveloppait ses pattes poilues. À son œil brillait un lorgnon.

Charles en écarquillait encore les yeux de surprise lorsque ses amis le rejoignirent.

— Une veste, un gilet, mais pas de pantalon ? s'amusa John.

— Votre remarque frise l'impertinence ! lui souffla Bert.

— Qui êtes-vous, messieurs ? demanda le blaireau. Gens de royauté ou émissaires officieux ?

— Étudiants... Nous sommes des... des étudiants, balbutia Charles.

— Des étudiants ? Et en quel lieu étudiez-vous ?

— À Oxford.

L'animal sembla trouver la réponse fort naturelle :

— Ah oui, Oxford ! Une cité renommée pour ses clercs et ses druides. Le seigneur Pryderi, de lignée humaine, y a étudié.

— Et vous ? s'enquit Jack. Qui êtes-vous ?

— Pardonnez mes manières, messieurs, déclara le blaireau, pliant les pattes en une révérence pataude. On me nomme Jaboteur. Jaboteur, c'est moi.

Jack prit la patte que lui tendait le blaireau, ce qui parut enchanter l'animal :

— Ravi de faire votre connaissance, monsieur Jaboteur. Je suis Jack. Voici mes camarades, John et Charles, ainsi qu'Aven, notre capitaine. L'homme au chapeau s'appelle Bert.

— Bienvenue, Jack et vous tous. Vous êtes ici pour le Conseil ?

— En effet, dit Bert. A-t-il déjà commencé ?

— Pas encore. De nombreux délégués, comme vous, débarquent à peine. Le Conseil de Paralon a donc prié le vieux Jaboteur d'escorter les nobles et les émissaires arrivant à la dernière minute.

Du bout de la patte, il leur indiqua le chemin :

— Par ici, madame et messieurs. Le Conseil vous attend.

85

Aven, pour ne pas embarrasser le blaireau devant ses visiteurs, lui signala discrètement une énorme touffe de poils qui créait un faux contact dans le moteur. Jaboteur fit embarquer les compagnons et démarra. Le véhicule s'engagea sur la route menant au château en lâchant des pets de vapeur.

— On appelle ce genre de véhicule une « théorie », expliqua Jaboteur. Comme dans la phrase : « En théorie, il est facile de se rendre d'un point à un autre. » Mais chacun est unique. Celui-ci se nomme la *Curieuse Variété*.

— Fascinant, fit Charles. Comment marche-t-il ?

— Suffisamment bien pour mes besoins pratiques.

— Non, je veux dire, d'où tire-t-il sa puissance motrice ?

— Quand vous voulez vous rendre quelque part, qu'est-ce qui vous donne votre puissance motrice ?

— Je... je décide simplement de me rendre là où je veux. Et je... j'y vais, bafouilla Charles.

— Eh bien, c'est pareil avec une théorie. Sauf que c'est moi qui décide.

Aven désigna John du menton :

— Cet engin a été mis au point par Bacon, un de ses prédécesseurs. Il fonctionne en partie à la vapeur, en partie à l'électricité. En fait, personne ne sait exactement comment ça marche. Bacon n'a transmis le secret de sa machine qu'au capitaine Nemo et à certains animaux. Ces derniers sont incapables de l'expliquer. Et Nemo se refuse à tout commentaire.

— Bacon ? s'étonna John. Vous parlez de Roger Bacon, l'ancien moine franciscain[1] ? C'était un Conservateur, lui aussi ?

— Parfaitement, confirma le blaireau. Ces gens d'Oxford sont tous sortis d'une excellente couvée !

La *Curieuse Variété* s'engouffra sous une immense arche de pierre, gardée par deux statues géantes. Leur main gauche levée faisait signe de s'arrêter, la droite, repliée sur la poitrine, invitait à entrer.

— Ce sont les Grands Rois de Paralon, expliqua Jaboteur. Deux d'entre eux montent ainsi la garde à chacune des quatre portes, à l'est, à l'ouest, au nord et au sud.

— Fabuleux ! s'exclama John.

— Oh, attendez de découvrir la Grande Salle !

Bert leur fournit quelques explications :

Au temps de la fondation du Trône d'Argent, le roi Arthur n'habitait qu'un modeste castel sur l'île d'Avalon. C'est

---

1. Surnommé « le Docteur admirable » en raison de sa science, Roger Bacon (1214-1294), moine, philosophe et alchimiste anglais, est considéré comme le père de la méthode scientifique. (NdT.)

Arigel, son fils aîné, qui avait transféré le siège du pouvoir à Paralon et engagé les Nains pour construire cette vaste cité.

En entrant, ils croisèrent de nombreuses autres théories, toutes différentes, qui pétaradaient le long des rues pavées. Ils longèrent de hauts bâtiments de verre et de pierre blanche, surmontés de tours et de toits pentus.

Contrairement à ce qu'ils avaient cru en le contemplant depuis le port, le château n'était pas érigé sur le plateau, mais découpé dans la roche. C'était une création architecturale tout à fait remarquable. Jaboteur gara la *Curieuse Variété* au pied de l'édifice, sur une vaste place à l'intersection de plusieurs rues. Il conduisit ensuite ses passagers jusqu'au pont-levis qui donnait sur une imposante double porte en bois de pommier.

— Voilà, messieurs, fit le blaireau en agitant la patte. Je vous attendrai ici jusqu'à ce que tout soit dit et consommé. Un dernier conseil : méfiez-vous d'un individu nommé Arawn, le fils aîné de Sarum, le vieux roi des Trolls. C'est un malfaisant, pourri jusqu'au trognon ! Depuis de nombreuses années, il réclame la tenue du Conseil et n'a jamais caché que, selon lui, le temps des Hommes était passé. Le Grand Roi devrait être choisi au sein d'une autre race. Pas besoin d'être devin pour savoir à qui il pense ! Bonne chance à vous, messieurs !

— On dénombre un millier de races différentes dans l'Archipel, exposa Bert. Davantage si on inclut les animaux. Mais seules quatre espèces principales, à savoir les Trolls, les Gobelins, les Elfes et les Nains, sont autorisées à envoyer leurs émissaires auprès du Conseil. Selon la tradition, il appartient à la cinquième race, celle des Hommes, de convoquer ledit Conseil. En dépit de quelques conflits sporadiques, toutes ces races s'accordent pour respecter la lignée d'Arthur. Après l'assassinat du roi précédent et de sa famille, elles sont restées fidèles au Parlement. À présent, elles s'impatientent. Chacune d'elles convoite le Trône d'Argent.

— Serons-nous acceptés ? s'enquit Charles. Nous ne sommes ni des nobles ni des émissaires.

— Vous le serez, affirma Bert. J'ai mes entrées au Parlement. Et John – il tapa affectueusement sur l'épaule du jeune homme – est le Conservateur.

À ce mot, Aven pesta en levant les yeux au ciel.

— Enfin, concéda Bert, disons qu'il est le porteur de l'*Imaginarium Geographica*. Cela lui confère un certain statut. Ainsi qu'à vous, mes amis.

John soupira et jeta un coup d'œil à Puceron, qui lui adressa un sourire d'encouragement.

Ils pénétrèrent tous ensemble dans la Grande Salle de Paralon. Jaboteur n'avait pas exagéré : la splendeur des lieux les laissa sans voix.

Chacune des quatre entrées, correspondant aux points cardinaux, s'ouvrait sur une arche aussi haute que les voûtes d'une cathédrale. Dans une longue galerie, deux rangées de stalles se faisaient face. Très haut au-dessus des têtes, la lumière tombait d'une coupole de cristal, encastrée dans le plateau rocheux. D'innombrables niches, creusées dans les piliers, abritaient des torches qui nimbaient la salle d'une lumière resplendissante. En un mot, c'était spectaculaire.

— Le Roi Hiver n'accédera jamais au Trône, murmura Jack à l'attention de Charles.

— Pourquoi donc ?

— Parce qu'il serait obligé de tout repeindre en noir !

La moitié des stalles était déjà occupée. Bert guida ses compagnons vers un escalier dissimulé derrière une colonne et, après avoir grimpé quelques marches, ils accédèrent à une loge, située environ au tiers de la hauteur.

— La zone centrale est réservée au Parlement humain, expliqua Bert. Ses membres ne sont pas encore arrivés, c'est une bonne chose. Nous ne sommes pas en retard.

Les Elfes, la délégation la plus importante, étaient assis près du centre, légèrement sur la droite. C'étaient des créatures graciles, à la peau claire et aux cheveux pâles, arborant le comportement hautain des peuples qui ne redoutent pas la mort.

Sur le côté gauche, un peu au-dessus des nouveaux arrivés, se trouvaient les Nains, de petits êtres costauds et bien armés. Chaque délégué portait au moins deux courtes épées, un arc et un carquois plein de flèches.

— Prenez garde à toujours rester de leur côté, prévint Bert. C'est une bande de querelleurs. Ils n'aiment rien tant que se bagarrer, surtout avec les Elfes.

Jack interpella l'un des Nains, assis trois rangs plus haut :

— Alors, c'est vous qui avez édifié ce lieu ?

— Oui.

— Beau boulot !

— Humph ! grommela le Nain.

Bert salua de la main un vieil homme adipeux, revêtu d'une éblouissante robe de soie. Il se tenait en hauteur, au centre de la galerie.

— C'est le sire Uruk Ko, le roi des Gobelins, au milieu de sa cour, expliqua-t-il.

— Les Gobelins ont donc un roi ? s'étonna John.

— Oui. C'est un homme plutôt affable. Stellan – le professeur Sigurdsson – et moi avons autrefois effectué un long périple en sa compagnie dans les îles méridionales. Nous voguions sur l'*Aurora* pour un voyage d'exploration, afin de relever des cartes à ajouter à la *Geographica*. Ça s'est terminé par une aventure assez étonnante.

Haussant les épaules, il conclut :

— Rien de surprenant quand le capitaine n'est autre qu'une souris bavarde.

Plus bas dans la galerie, juste en face des Gobelins, trônait un personnage corpulent, à la mine sombre. À l'évidence, c'était un Troll. Ses bras musculeux étaient croisés sur son imposante poitrine revêtue d'une lourde cuirasse. Son attitude et son comportement, ainsi que les nombreux courtisans massés autour de son siège surélevé, montraient qu'il s'agissait d'un personnage de haut rang. Peut-être même du roi des Trolls en personne.

— Je ne le connais pas, fit Bert. Les Trolls ont tendance à vivre à l'écart, dans leurs îles à l'est de l'Archipel.

— Je parie qu'il s'agit d'Arawn, intervint John. Ce type sinistre contre lequel Jaboteur nous a mis en garde.

— Silence, souffla Bert. Voilà le Parlement.

90   Sortant d'une cinquième ouverture, entre le portail est et le portail nord, les représentants du Parlement firent leur entrée. Ils avançaient, la mine sombre, sans regarder ni à droite ni à gauche. Ils étaient vêtus selon les couleurs des cartes à jouer : trèfle, carreau, cœur ou pique.

Bert fronça les sourcils en les voyant s'installer au milieu des autres membres du Conseil.

— Que se passe-t-il ? souffla John.

— Je ne saurais le dire. Il y a là quelque chose d'inhabituel, mais je n'arrive pas à mettre le doigt dessus.

Ils observèrent en silence ces hommes et ces femmes, revêtus de leurs plus beaux atours, qui prenaient place dans la galerie. Finalement, un homme à l'air chafouin, dont la tenue indiquait le rôle officiel, s'avança jusqu'au centre de la Grande Salle et réclama le silence.

— En tant que Régisseur de Paralon, il m'appartient de veiller à la régularité des débats, annonça-t-il. En l'absence d'un héritier légitime au Trône d'Argent, le Parlement a gouverné jusqu'à ce jour, sous ma conduite, Paralon et l'Archipel des Rêves. À présent, un prétendant fait valoir son droit de naissance et manifeste sa volonté d'accéder au Trône.

Aussitôt, une rumeur s'éleva des tribunes.

— De qui s'agit-il ? chuchota John à Bert. Je croyais tous les héritiers décédés.

— Je n'en sais rien. Écoutons la suite.

— Cette revendication, continua le Régisseur, a reçu l'aval du Parlement. Si nul ne s'y oppose, avant la fin de ce jour nous aurons un nouveau Grand Roi.

De partout, des voix interpellèrent le Régisseur. Celui-ci attendit que la cacophonie prenne fin avant de poursuivre :

— Cette requête a été formulée par un des descendants de feu le roi Arthur. Son bon droit ne saurait donc souffrir aucune contestation. Bien que, jusqu'à présent, il n'ait pas réclamé cette charge, la plupart d'entre vous le connaissent déjà sous le nom de Roi Hiver...

— Attendez ! éclata Bert. Puis-je prendre la parole ?

Le Régisseur grimaça et tenta de continuer :

— Le Parlement...

— Le Parlement, l'interrompit Bert, a convoqué le Conseil pour débattre de la succession ! Qu'il existe ou non un héritier, comme vous le prétendez, nous avons le droit d'en appeler à ses membres.

— À quel titre vous exprimez-vous ? l'interrogea le Régisseur.

— Je suis l'un des Conservateurs de l'*Imaginarium Geographica*, rétorqua Bert. L'autre est assis à mes côtés.

Cette intervention suscita de nombreuses approbations dans l'assistance. Le Régisseur fut forcé d'en convenir :

— J'apprécie votre désir de participer..., commença-t-il.

— Laissez-le parler ! tonna une voix courroucée.

C'était celle d'Uruk Ko, le roi des Gobelins.

Si le Régisseur était capable de défier la majorité de l'assemblée, il ne pouvait s'opposer au souverain d'un tel peuple. À contrecœur, il s'inclina et recula de quelques pas en jetant des regards nerveux aux membres du Parlement.

Bert descendit, marcha jusqu'au centre de la Grande Salle et s'adressa à l'assemblée :

— Mesdames et messieurs, j'ai récemment eu affaire à ce prétendu Roi Hiver...

Il n'eut pas le temps d'en dire davantage. Le roi de Carreau se leva, le poing brandi :

— C'est intolérable ! Le Parlement ne peut accepter une telle proposition.

— Il a fait une proposition ? glissa John à Charles. Si c'est le cas, je ne l'ai pas entendue !

Bert, de même, parut interloqué :

— Votre Majesté, si j'ai été trop présomptueux...

— Oui, c'est hors de question ! continua le roi, ignorant la tentative de Bert. Un morse ne peut devenir Grand Roi ! Quelle absurdité ! De même, nul ne l'ignore, un chapelier ne saurait être Grande Reine ! Si nous permettions cela, qui organiserait les bals ?

— Voilà qui est bizarre, constata Charles.

— Chut ! souffla Jack. Regardez. Un autre roi va prendre la parole.

Le roi de Pique leva la main :

— Je vous en prie, ne boutez pas le feu aux canons ! Sinon, je devrai enfoncer des patates dans mes oreilles.

Sentant que les choses allaient de travers, les Nains se mirent à marmonner.

— Ils sont tous fous ! s'exclama Jack. Qu'est-ce que ça signifie ?

— Je ne sais pas, fit Aven. Je crains le pire.

Le Régisseur s'apprêtait à repousser Bert quand la tête de la reine de Trèfle prit feu. De grandes flammes s'élevèrent. Elle demeura cependant tranquillement assise, les mains croisées, un sourire aimable sur le visage, comme si de rien n'était.

L'agitation qui s'était emparée des Nains s'étendit aux Elfes et aux Gobelins. Les Trolls dégainaient déjà leurs armes.

C'est alors que la reine de Cœur, une brune corpulente, s'empara d'un maillet de croquet dissimulé sous son siège et l'abattit sur les côtes du roi de Cœur.

— Je déteste les roses, fit-elle. Elles ne vous répondent jamais quand on leur adresse la parole !

Bert, effaré, chercha des yeux le Régisseur. Il avait disparu. Dans toutes les stalles, les délégués se levaient en vociférant.

Au mépris de toutes les convenances, un des Trolls se saisit de sa massue et frappa la reine de Cœur. Sous le choc, sa poitrine explosa, laissant échapper une quantité de rouages et d'engrenages qui rebondirent sur le sol et projetèrent des gerbes d'étincelles sur ses voisins.

Les membres de ce Parlement n'avaient rien d'humain. Ce n'étaient que des automates.

— C'est une mascarade ! hurla Arawn, le prince Troll, en agitant son poing revêtu d'un gantelet de fer. Ce conseil n'est qu'une fumisterie !

En quelques instants, la Grande Salle de Paralon fut livrée au chaos.

7
LE SENTIER INTERDIT

Une fumée acide saisit John à la gorge et lui brûla les poumons. Dans un geste désespéré, il se couvrit la tête de ses bras et chercha à s'enfoncer dans la boue de la terre de France. Le pilonnage n'avait pas cessé. Et, alors que l'on croyait avoir vécu le pire, un nuage sinistre, révélateur de la présence des gaz, s'était mis à flotter entre les arbres déchiquetés.

John hurla, sauta sur ses pieds et partit en courant. Il vint buter contre les rouleaux de barbelés déployés à l'arrière de la tranchée. Autour de lui, le sol retourné et noirci était jonché de cadavres boursouflés. Les gaz s'approchaient en rampant, accompagnés par les déflagrations assourdissantes de l'artillerie.

Boum ! Boum ! Boum !...
Boum !

— John ! l'appela une voix.

Il la reconnut. Pourtant, ce n'était pas celle d'un de ses compagnons d'armes.

— John ! Pour l'amour du ciel ! Revenez à vous !

Il s'ébroua, battit des paupières comme si sa vision s'éclaircissait à mesure qu'il recouvrait ses sens. Charles le tenait par les épaules et le secouait en criant son nom. Les autres gagnaient la sortie en s'abritant derrière les stalles. Incrédule, John jeta un œil sur la salle du Grand Conseil en proie à une totale confusion. Au milieu des flammes et des armes brandies, les délégués hurlaient et luttaient au corps à corps.

Les Gobelins avaient disparu, et les derniers Elfes couraient se réfugier à l'abri de l'arche nord. Déployés dans la galerie, les Nains lançaient des explosifs contre les Trolls, qui déferlaient en horde par les deux issues situées au sud et à l'est. Ils envahissaient les stalles du centre et fracassaient les automates du faux Parlement. Tout en haut de la galerie, Arawn, le prince Troll, hurlait des ordres pour déployer ses troupes.

De nombreux complots, semblait-il, s'étaient tramés en prévision de ce jour.

— Je comprends pourquoi il y avait tant de navires au port, lança Aven. Les Trolls avaient fomenté une révolte sans attendre l'issue du Conseil.

Bert acquiesça. Tout en soutenant John, encore sonné, avec l'aide de Charles, il se dirigeait vers la porte de l'ouest.

— Avec sa déclaration, le Régisseur leur a coupé l'herbe sous le pied, commenta-t-il. Tout cela sonne sans doute le glas de l'Archipel.

— Qu'est-ce qu'il a ? s'enquit Jack en désignant John.

— Ce sont les explosions, expliqua Charles. Elles l'ont replongé au cœur de la guerre.

— Ça va aller, protesta John en tentant de repousser ses deux aides.

— Alors, lâcha Aven entre ses dents, filons d'ici, avant que le plafond nous tombe sur la tête !

Empruntant une série de couloirs qui conduisaient vers la sortie, les compagnons se hâtèrent de regagner la grande place, où Jaboteur stationnait avec sa théorie. Autour d'eux, toutes les races se bousculaient pour fuir, incapables d'analyser ce qui se passait. Derrière eux, de nouvelles explosions retentirent dans la Grande Salle ; une odeur de fumée envahit les corridors.

— Les Trolls ont sûrement bloqué le port, dit Aven. Nous ferions mieux de sortir de la cité et de revenir en la contournant quand la pagaille aura cessé.

— Et si elle ne cesse pas ? fit Jack.

— Et le *Dragon Indigo* ? s'inquiéta Charles, hors d'haleine. S'il était brûlé ?

— Non, mon navire sait se défendre. Il s'est sûrement déjà mis à l'abri.

Ils franchirent enfin les portes et débouchèrent à l'air libre. Jaboteur les attendait au volant de la *Curieuse Variété*, dont le moteur ronflait déjà.

— Vite, messieurs-dame ! cria-t-il. Montez ! Montez !

Ils prirent place à bord du véhicule dans un méli-mélo de bras et de jambes.

— Vers le nord ! commanda Aven. Filez vers le nord !

Jaboteur démarra, les pneus crissèrent, et la théorie s'élança en direction des faubourgs, laissant derrière elle les tours du château.

Il leur fallut plusieurs minutes pour sortir de l'enceinte fortifiée de Paralon, et quelques autres encore pour franchir les derniers postes de garde où ils risquaient d'être interceptés. Mais la chance était avec eux. Soldats et sentinelles avaient déserté leurs postes pour aller combattre les émeutiers.

La panique qui s'était emparée de John s'était apaisée, le laissant dans une sorte de torpeur, interrompue par de fréquents tremblements.

Jaboteur fit claquer sa langue :

— C'est l'effet de la fièvre, ça. De quoi souffre monsieur John ?

À tour de rôle, Bert et Aven détaillèrent les évènements qui venaient de secouer le Grand Conseil. Quand ils évoquèrent les automates, l'animal s'agita nerveusement et changea de sujet :

— Dès que j'ai appris la venue du prince Arawn à la tête de ses Trolls, j'ai su qu'il y aurait du grabuge. Mais cessez de vous tracasser ! Je vais vous mettre en lieu sûr.

Il quitta la route principale pour engager la *Curieuse Variété* sur une piste empierrée, en direction de l'ouest. Elle menait à l'extrémité d'un canyon qui avait creusé le plateau et qui, souligna Bert, était supposé inaccessible.

— Sauf aux animaux, corrigea Jaboteur. Ce passage n'était autrefois connu que de quelques rares humains. Depuis l'extinction de la lignée royale, nous sommes les seuls à l'emprunter.

— Un sentier interdit ? s'étonna Charles. Pourquoi ?

— Parce qu'il conduit aux vestiges de notre première capitale, expliqua Bert, l'antique cité érigée par Artigel quand il monta sur le Trône. Après la première alliance avec les Nains, elle a été abandonnée pour donner naissance à la ville actuelle. Cependant, la cité originelle subsiste. C'est là, si je ne m'abuse, que sont conservées les archives de la bibliothèque royale.

— Mais, s'inquiéta Charles, n'est-ce pas aller au-devant des problèmes ?

— Ils ne seront pas pires que ceux que nous laissons derrière nous, ironisa Aven. De toute manière, permis ou non, je doute que les autorités s'en soucient.

— L'intérêt des sentiers interdits, souligna Jaboteur, c'est que personne ne s'y aventure.

— Drôle de logique, fit Charles.

— C'est la logique des animaux, rétorqua le blaireau.

John s'éveilla en sursaut : quelqu'un le reniflait bruyamment. Ce n'était que Jaboteur. Accroupi sur ses petites pattes, il l'observait.

— Monsieur John, vous êtes réveillé ? Comment vous sentez-vous ?

Il y avait une réelle note d'inquiétude dans sa voix.

— Je va... Je vais... euh... Je me sens très bien, affirma John, en se redressant sur les coudes.

Il était allongé sur le siège arrière de la *Curieuse Variété*. Près de lui, Bert et Charles étaient en grande conversation, tandis que Jack et Aven tenaient conseil un peu plus loin.

La voiture était arrêtée au creux du canyon, près d'un ruisseau, au centre d'un petit cirque où poussaient de maigres arbustes. Le soleil était encore haut dans le ciel. Depuis le fiasco du Grand Conseil et leur fuite hors de la ville, il s'était écoulé une heure tout au plus.

Assis sur le siège avant, Puceron semblait réfléchir intensément.

— Les autres, dit-il sans se retourner, ils disent que vous êtes un chevalier, là-bas, dans le monde d'où vous venez. Que vous avez vu des combats, et que c'est ça qui vous a tourne-boulé. C'est vrai ?

John s'assit :

— Je suis un soldat. Une sorte de chevalier, en effet. Et, oui, c'est vrai, je suis tombé malade à cause de la guerre. Il y a des souvenirs qui me hantent.

— Un souvenir peut rendre malade ?

John eut un temps d'hésitation, ne sachant comment formuler sa réponse.

— J'avais des amis, expliqua-t-il finalement. Des camarades qui ont été tués sous mes yeux. Et j'ai eu peur de mourir. Ce genre de peur, quand on l'a connue, on ne l'oublie plus jamais. Tu comprends ?

Pour toute réponse, Puceron déglutit bruyamment et se détourna. John sentit que le garçon avait parfaitement compris. Peut-être mieux qu'aucun de ses compagnons.

Sous la conduite du blaireau, la troupe s'engagea à pied dans le canyon, en direction de l'ouest.

— Cette piste, expliqua-t-il, mène là où nous voulons aller.

— Nous devrions poursuivre vers le nord, objecta Aven. Ce détour nous fait perdre du temps.

— Et, une fois revenus au navire, quel cap devrons-nous prendre ? grommela Bert. Nous n'avons personne pour nous guider, et l'échec du Conseil n'a fait que renforcer la puissance du Roi Hiver. Il n'a pas renoncé à mettre la main sur la *Geographica* – et sur nous. Si seulement nous trouvions par ici quelqu'un capable de traduire l'atlas ! Et de remettre un semblant d'ordre dans les territoires de l'Archipel, avant qu'ils ne s'effacent définitivement.

Tous acquiescèrent, à l'exception de John, qui baissa la tête, honteux. Il ne s'était jamais senti aussi inutile. Il l'aurait volontiers avoué s'il n'avait craint qu'aucun d'entre eux ne le contredise.

En route, Bert leur expliqua que, lors de la création du Trône d'Argent, il n'y avait pas encore d'alliance entre les races :

— Même si leurs liens de vassalité étaient assez lâches, des fidèles entouraient Arthur. Ses descendants héritèrent d'un champ autrement dur à labourer. Les Nains furent les premiers à signer un pacte avec le roi, imités par les Gobelins. Puis ce fut au tour des Elfes, qui s'unirent à sa dynastie par un mariage. Enfin, beaucoup plus tard, vinrent les Trolls. C'est à cette époque qu'Artigel ressentit le besoin d'installer le siège du pouvoir en un lieu plus facile à défendre. Ce canyon constituait un endroit idéal.

Bert marqua une pause avant de poursuivre :

– Le consentement des Quatre Royaumes – représentés par les races principales, les Trolls, les Elfes, les Gobelins et les Nains – à être gouvernés par les Hommes fut érigé en règle absolue. C'est grâce au Parlement qu'ils ont toléré une aussi longue vacance du trône. Et uniquement parce que le Régisseur exerçait le pouvoir en leur nom.

– Le Régisseur de Paralon, intervint John, il m'a semblé le reconnaître...

– Après tous les personnages bizarres que nous avons côtoyés, dit Jack, n'importe quel humain vous aurait paru familier.

– Non. Je suis sûr de l'avoir rencontré auparavant. J'aurais bien aimé le voir de plus près...

– Quoi qu'il en soit, coupa Bert, il a été le premier à prendre la fuite. Il était de mèche avec ce faux Parlement d'automates, c'est certain.

À ces mots, Jaboteur grinça des dents. Il continua d'avancer, les yeux rivés au sol.

– Nous y voici ! annonça-t-il finalement.

Il désigna la paroi abrupte du canyon, où un gigantesque édifice semblait avoir été sculpté dans la pierre, selon la technique employée à Paralon. Quoique plus grossier, plus brut, il portait à l'évidence la marque du même habile concepteur. Un chambranle monumental de pierre et d'acier, encastré dans la roche, servait de support à deux immenses portes en bois. Un bas-relief représentant un dragon enroulé en une attitude protectrice les encadrait, entouré de mystérieux caractères dorés.

— Une écriture elfique, déclara le blaireau, aussitôt approuvé par Bert.

— Comment entre-t-on ? demanda Jack, qui examinait les portes. Je ne vois ni poignée ni serrure.

— Cette inscription doit avoir quelque chose de magique, supposa Charles. N'oubliez pas où nous sommes et la manière dont les choses fonctionnent, dans ce monde.

— Je suppose que vous ne savez pas lire ça ! lança Jack à John, qui rougit de confusion.

— Jack ! le gronda Charles. Jaboteur nous a conduits ici. Il va nous aider à y pénétrer, j'en suis sûr.

— Ah ! Zut et crotte ! jura l'animal. J'ai encore oublié la formule magique.

— Que signifie cette inscription ? demanda John, sans oser toucher les lettres, profondément gravées dans le granit et usées par les ans.

— C'est du langage elfique, répéta le blaireau. Ça dit en gros : « Déclarez allégeance et soyez le bienvenu. »

— Alors, supposa Jack, le mot magique qui ouvre la porte est peut-être « allégeance » en elfique.

— Quelle idée stupide ! fit John. Dans ce cas, n'importe quel Elfe pourrait entrer.

— Exactement, dit le blaireau. Non, c'est bien un terme magique, extrêmement ancien. Il a été créé par l'un des premiers grands rois des Elfes, nommé Eledin.

— Eledin ? remarqua Charles. C'est très proche de « Aladin » ! Si c'était aussi simple que dans le conte, il suffirait de prononcer « Alakazam »...

Avec un sourd grincement de bois et de métal, les grandes portes de chêne s'écartèrent lentement.

Jaboteur écarquilla les yeux d'admiration :

— Vous connaissiez la formule sacrée ! Vous êtes un grand érudit, monsieur Charles !

— Joli tour de passe-passe ! approuva Jack.

— Bravo, renchérit Bert.

— Bizarre, s'étonna John. La formule qui agit sur les portes, c'est celle d'Ali Baba : « Sésame, ouvre-toi. »

— Oh, John, pour l'amour du ciel ! soupira Charles.

L'entrée était jonchée de squelettes revêtus de lambeaux de costumes divers. Certains semblaient difformes, avec des os trop longs ou trop courts. Jack fit remarquer que ces restes n'étaient pas tous humains.

— Est-ce vraiment une bonne idée d'entrer ? demanda-t-il. Nos prédécesseurs n'ont pas réussi à aller très loin...

— Ne faites pas attention aux ossements, dit Jaboteur. C'est l'Archiviste qui les éparpille un peu partout pour conférer à cet endroit une certaine atmosphère.

— On a peur, Jack ? demanda Aven avec une grimace malicieuse.

— Pas du tout.

Et il s'engagea hardiment.

Derrière lui, la petite troupe suivit un couloir aussi monumental que les portes d'accès. Gravées sur les murs, plusieurs mètres au-dessus de leurs têtes, des inscriptions en runes projetaient une lueur surnaturelle.

— Encore de l'elfique, constata Bert.

Le couloir débouchait sur une vaste caverne dont les parois criblées de petits alvéoles donnaient l'impression de pénétrer dans une ruche. Toutes ces niches étaient remplies de livres, d'objets précieux et parfois même d'or et de joyaux.

— Holà ! cria Jaboteur. Il y a quelqu'un ?

— Bienvenue, tonna une voix rauque. J'espère que vous n'êtes ici que pour prendre une tasse de thé. C'est le seul genre de visiteurs que je tolère désormais. Dans le cas contraire, je vous tuerai tous.

8

UNE INVITATION
À PRENDRE LE THÉ

La lumière qui tombait des runes sembla baisser lorsqu'un immense dragon rouge, surgi des profondeurs ténébreuses de la caverne, se dressa lentement sur ses pattes et s'avança vers eux.

— Je m'appelle Samaranth, gronda l'imposante créature. Les squelettes gisant autour de vous sont ceux de vos prédécesseurs qui ont décliné ma proposition. Ils cherchaient à s'emparer de mon trésor. Donc, Fils d'Adam, choisissez ! Boirez-vous avec moi ou préférez-vous me piller et mourir ?

— Vous parlez sérieusement ? demanda Jack. Le thé ou la mort ? Nous prendrons le thé, bien sûr.

Ses compagnons opinèrent du chef avec conviction.

— Qui serait assez fou pour choisir le trépas ? ajouta le jeune homme.

— Je parie que c'étaient des étudiants de Cambridge, hein, monsieur Charles ? fit Jaboteur en clignant de l'œil.

— Sans l'ombre d'un doute, approuva Charles avec le plus grand sérieux.

D'un geste, le dragon les invita à prendre place sur un des tapis persans qui couvraient le sol.

Tandis qu'ils s'asseyaient en demi-cercle, Bert souffla à John :

— Depuis le décès du roi, il n'y a plus d'autre dragon dans l'Archipel. Alors, partager le thé avec Samaranth...

— Qu'a-t-il de si particulier ? chuchota John, tout en surveillant le monstre du coin de l'œil. Je veux dire, par rapport aux dragons... euh... ordinaires ?

— Il est le premier. Le plus vieux. Le dragon originel de l'Archipel des Rêves. En vérité, c'est peut-être la plus ancienne créature encore vivante.

— Vous avez raison, dit Samaranth en souriant. Je suis, semble-t-il, l'être le plus âgé au monde. Mais, comme vous le savez, vous, Fils d'Adam, le temps est une chose relative.

Rougissant d'avoir été entendu, Bert s'inclina, les bras croisés sur la poitrine :

— Je ne voulais pas vous manquer de respect, Samaranth. Je suis infiniment honoré de faire votre connaissance, et je vous remercie de votre hospitalité.

Le dragon s'inclina en retour, saluant ensuite chacun de ses hôtes. Puceron eut droit à une inclinaison de tête plus profonde et plus longue que les autres, et il s'empourpra.

Puis Samaranth s'adressa au blaireau, qui se tenait à l'écart, l'air ravi.

— Et toi, Fils de la Terre, veux-tu te joindre à nous ?

— Avec plaisir, fit Jaboteur. Vous resterait-il par hasard de ces petits biscuits que j'aime tant ?

Samaranth émit un son strident évoquant le sifflet d'une locomotive à vapeur : le dragon riait.

— Les galettes de Farfadets ? Oui, il m'en reste. Un moment, je vais les chercher.

— Elles ne sont pas fabriquées avec de vrais Farfadets, expliqua le blaireau. C'est moi qui les appelle comme ça.

Le dragon revint, portant en équilibre sur l'une de ses pattes un service à thé en argent et sur l'autre un petit paquet de biscuits.

— Mademoiselle, fit-il en se tournant vers Aven. Nous feriez-vous le plaisir de nous servir ?

Aven aurait bien rétorqué qu'il n'était pas dans sa nature de jouer les soubrettes. Mais le ton du dragon était si respectueux qu'elle n'osa refuser. Elle prit le plateau. Jack se leva pour distribuer les petits gâteaux.

— Ce sont des biscuits pour le thé, remarqua-t-il, intrigué. Nous avons exactement les mêmes chez nous.

— Les marchands qui les importent de votre monde les vendent à nos animaux, expliqua le dragon. Ce sont eux qui me fournissent.

— Humf, humf ! approuva le blaireau, la bouche pleine.

— Et qu'exportez-vous en échange ? s'enquit Charles. De l'or ? Des joyaux ?

— Est-ce donc tout ce qui vous paraît avoir quelque valeur, Fils d'Adam ? Les richesses de la Terre ?

Charles battit en retraite :

— Oh ! euh... Non, c'était juste une question.

— La connaissance, intervint Bert. Vous exportez la connaissance.

Le dragon émit un grognement de satisfaction :

— Humm ! Je savais qu'un Conservateur de la *Geographica* comprendrait cela.

— C'est la seconde fois que vos paroles laissent entendre que vous me connaissez, s'étonna Bert. Pardonnez ma question : nous serions-nous déjà rencontrés ? Cela me paraît peu probable, car je n'aurais jamais pu oublier un être tel que vous.

— Non, dit Samaranth. Cependant, j'ai tout intérêt à me tenir au courant de ce qui se passe dans l'Archipel. Et à connaître ceux qui ont un rôle à jouer dans ses affaires. D'ailleurs, racontez-moi. Qu'est-ce qui vous a conduits ici ? Pourquoi être venus prendre le thé avec un vieux dragon ?

Il leur fallut une bonne heure pour rapporter au dragon ce qui leur était arrivé, depuis le meurtre du professeur Sigurdsson et leur fuite de Londres jusqu'au grand Conseil de Paralon, en passant par la prophétie des Morgane et le combat contre le *Dragon Noir*. Au grand embarras de l'intéressé, ils lui révélèrent aussi l'incapacité de John à lire les langues anciennes de la *Geographica*. Et ils insistèrent sur l'urgence d'y parvenir, afin de combattre les visées du Roi Hiver.

Le dragon s'abstint de tout commentaire, se contentant d'écouter. Il faisait parfois une pause le temps de remplir la théière et d'approvisionner en biscuits le blaireau, qui grignota tout le temps que dura le récit.

Lorsque les compagnons eurent terminé leur narration, Samaranth resta assis, méditatif. Quand il prit enfin la parole, ce fut pour évoquer le passé :

— Aux temps anciens, l'Archipel des Rêves était protégé par des milliers de dragons. Leur vol emplissait le ciel. Puis, assez récemment, ils se mirent à disparaître l'un après l'autre. Je suis le dernier survivant. Seuls les mythes, les légendes et les ouvrages anciens conservent le souvenir de notre espèce.

Il coula vers John un regard lourd de sous-entendus avant de poursuivre :

— Nous avions pour mission de garder les frontières de l'Archipel. Nos jets de flammes terrorisaient les voyageurs venus de votre monde qui s'aventuraient trop près. Or, voilà près de vingt ans que je n'ai pas rencontré un seul dragon. Et des hommes comme celui que vous nommez le Roi Hiver cherchent à s'approprier le secret de nos terres. Non pour les gouverner sagement, mais pour s'en emparer par la force.

— Il a déjà envoyé de nombreuses îles dans le royaume des Ombres, intervint Bert. Et, pour je ne sais quelle raison, il s'imagine que la possession de l'*Imaginarium Geographica* l'aidera dans son entreprise.

— Pourquoi il cherche à vous dérober la *Geographica*, je ne saurais l'expliquer, fit Samaranth. En tout cas, si l'ouvrage venait à tomber entre ses mains, cela ne présagerait rien de bon pour l'Archipel.

— Que faire alors ? Il n'y a plus ni roi ni Parlement valable pour nous conseiller. Pire encore, il semble que ce Parlement fantoche, enfin démasqué, régnait déjà depuis longtemps. Cette tromperie a mis fin à toute possibilité d'union dans l'Archipel.

— C'est bien le problème, approuva Samaranth.

Il se tourna vers Jaboteur :

— Peux-tu nous dire, Fils de la Terre, ce qu'en pensent les animaux ?

Le blaireau se figea, un morceau de biscuit entre les dents. Ce fut Aven qui prit la parole :

— Les animaux ? Suggérez-vous qu'ils sont les constructeurs de ces automates qui siégeaient au Parlement ?

— Ce serait vraisemblable, approuva Charles. À part le Capitaine Nemo, ne sont-ils pas les seuls capables de fabriquer des véhicules ? Les mécanismes de ces faux rois et reines me paraissent moins complexes.

Tous les regards se portèrent sur le blaireau, qui tirebouchonnait le coin de sa veste d'un air renfrogné :

— C'est exact, je dois l'avouer. Nous..., les animaux..., avons conçu ces automates il y a plusieurs années, en espérant éviter, justement, ce genre de calamité...

— Pourquoi ? demanda Jack. N'y a-t-il pas assez d'humains à Paralon ?

— Mais ni rois ni reines ! gémit Jaboteur. Le Parlement doit être composé des souverains régnant sur les principales îles de l'Archipel. Et il n'en reste plus un seul en vie.

— Plus un seul ? s'exclama Bert. Ce n'est pas possible !

— Si, hélas ! En l'absence d'un Grand Roi, d'un héritier légitime et d'authentiques rois et reines pour composer le Parlement, les autres royaumes n'auraient pas tardé à comploter pour s'emparer du Trône d'Argent. Il fut donc décidé que nous... euh ! les animaux, fabriquerions des automates pour que le Parlement puisse se réunir et élire le nouveau Grand Roi.

— Qui a pris cette décision ? l'interrogea Bert.

Jaboteur se passa une patte sur le museau et haussa les épaules :

— Je l'ignore. Je ne l'ai jamais su. Le vieux Jaboteur n'a rien fait d'autre que de convoyer des marchandises de-ci, de-là, à bord de la *Curieuse Variété*.

— Et le Régisseur ? s'enquit Charles. Est-ce un automate, lui aussi ?

— Je ne sais pas, fit Jaboteur en secouant la tête.

— Ça se tient, conclut Charles. Si tout le monde ignorait que les rois et les reines avaient été massacrés, ainsi que la famille du Grand Roi, on pouvait aisément les remplacer par des contrefaçons.

— Dans quel but ? demanda Jack

— Au nom du consensus, dit John. Seule la continuité d'un gouvernement humain assurait la cohésion entre les diverses races. C'est ce qui permettait au Parlement de mettre sur le trône quelqu'un comme le Roi Hiver. Tel était le but du Régisseur.

— Et Bert l'a mis en échec. Bien joué, Bert, le félicita Charles.

— À présent, la capitale est livrée au chaos et l'Archipel tout entier va entrer en guerre, commenta Jack. Mais inutile de s'appesantir sur le passé.

— Alors, qu'est-ce qu'on fait ? interrogea Aven. Quels que soient les conflits entre les quatre races, le Roi Hiver ne renoncera pas à s'emparer de la *Geographica*. Il ne faut pas qu'elle tombe entre ses mains.

— Je suis d'accord, reprit Samaranth. Même s'il m'en coûte de le dire, la *Geographica* doit être détruite.

— On a essayé, dit Jack. Le Capitaine Nemo l'a jetée dans un brasero. Elle n'a pas voulu brûler.

Le dragon souffla, et une fumée noire sortit de ses naseaux :

— Seul celui qui l'a créée peut détruire sa création. Il faut la rapporter au Cartographe des Terres Oubliées.

— C'est un cercle vicieux, qui nous ramène à notre point de départ, déclara Aven en jetant à John un regard noir. À l'exception de quelques cartes de base et de rares annotations, nous sommes incapables de lire la *Geographica*. Faute de pouvoir la traduire, nous ne trouverons jamais le chemin menant à l'île du Cartographe. À supposer que celui-ci existe réellement...

— Oh ! il existe, affirma Samaranth. Il préfère vivre à l'écart, pour éviter tout contact avec quiconque venant d'un monde ou de l'autre. Mais il n'a jamais cessé de dresser de nouvelles cartes à l'intention des Conservateurs.

Bert approuva de la tête :

— Personnellement, je ne l'ai jamais rencontré. Mais Stellan s'est entretenu avec lui à plusieurs occasions, lorsque la *Geographica* nous a été confiée. Les trois dernières cartes ont d'ailleurs été ajoutées à cette époque. Malheureusement, elles ne concernent que certaines îles situées aux limites extrêmes de l'Archipel. Elles ne nous seront d'aucune aide pour localiser celle du Cartographe.

— Ainsi, demanda Samaranth en se tournant vers John, vous n'avez pas encore la formation nécessaire pour devenir Conservateur ?

— J'ai reçu un début d'enseignement. Hélas ! j'en ignorais l'importance. Je possède une bonne connaissance de quelques langues anciennes. Beaucoup d'autres me sont inconnues.

— Inconnues ? Vous ne savez même pas les déchiffrer ?

— Les déchiffrer, si, un peu. Mais pas assez pour traduire les cartes.

— Pas assez ? répéta le dragon. Pas assez pour remarquer que certaines phrases reviennent régulièrement ?

— Attendez... J'oubliais... Oui, il y a un élément que j'ai pu traduire !

Il fouilla dans le sac que portait Puceron, en sortit le livre et le déballa. Il tourna les pages jusqu'à trouver une carte, presque au milieu de l'ouvrage.

— Ici, fit-il en désignant une gravure. Vous voyez l'annotation à côté d'une image de dragon ? Ça ressemble à un avertissement que j'ai déjà trouvé sur d'anciennes cartes marines : « Ici, il peut y avoir des dragons. »

— Exact, approuva Samaranth. À une différence près.

Tous se penchèrent sur l'*Imaginarium Geographica*, mais aucun d'eux ne comprit de quelle différence il était question. Finalement, John eut une illumination :

— Sur les anciennes cartes marines du British Museum, cette inscription est à l'ouest, à l'extrémité des terres autrefois connues. Mais, ici...

Feuilletant rapidement la *Geographica*, John conclut :

— Ici, la même gravure accompagnée d'une légende se trouve toujours à l'est.

— Exact, répéta Samaranth. Voilà qui devrait vous donner la clef.

John étudia successivement chacune des cartes :

— C'est pareil partout.

Samaranth approuva de la tête :

— Oui, la même phrase sur toutes les cartes, dans toutes les langues.

— Un élément de base ! s'exclama Charles. John, vous avez étudié de nombreuses langues, au moins un peu...

— Je comprends où vous voulez en venir. En examinant ces différentes versions d'une même phrase, j'en déduirai une ébauche de vocabulaire et de syntaxe.

— Commencez à lire l'atlas à partir des dernières pages, conseilla Bert. Vous débroussaillerez les textes par ordre chronologique, en commençant par les langues les plus récentes, situées à la fin.

— Qu'en dites-vous, John ? Vous y arriverez ?

Le jeune homme paraissait en douter, néanmoins, il s'absorba rapidement dans la lecture.

— Du vieil anglais, du teutonique, de l'italien. Et ici... hum... du latin..., murmurait-il pour lui-même.

Aven et Jack échangèrent un regard sceptique. Mais Bert et Puceron s'adressèrent un sourire complice. Charles tira de sa poche un crayon, qu'il tendit à John. Celui-ci s'assit sur le tapis et commença à griffonner des notes, à présent absorbé par sa tâche.

— Vous voyez ! observa Samaranth. Vous aviez un traducteur avec vous depuis le début.

Laissant John à son travail, Puceron et Aven desservirent la table, tandis que Bert, Charles, Jack et Jaboteur établissaient une stratégie avec le dragon.

— Les mers ne seront pas sûres, souligna Bert. Les Trolls vont déferler en masse, s'ils ne sont pas déjà sur le pied de guerre.

113

— Arawn, cette saleté de fils de Troll ! siffla le dragon en postillonnant sur le tapis une nuée d'étincelles, que Jack s'empressa d'éteindre. Son père est du genre à brûler un arbre pour faire cuire un œuf. Puis à jeter l'œuf et accuser ses domestiques de n'avoir pas baissé le feu !

— Si seulement il subsistait ne serait-ce qu'un membre de l'ancienne Maison Royale de Paralon ! soupira Bert. On organiserait une belle cérémonie de couronnement, et on retournerait à nos affaires...

Samaranth éclata de rire en exhalant un large nuage de fumée :

— Si c'était aussi simple, vous l'auriez déjà fait !

Bert voulut lui demander ce qu'il entendait par là. Mais le dragon continua :

— Les quêtes ne sont jamais faciles. Du moins, celles qui en valent la peine.

Il alla fouiller dans une des niches creusées dans la paroi :

— Vous voulez un couronnement ? Alors prenez ceci. Peut-être pourrez-vous le remettre à quelqu'un d'assez fou pour monter sur le Trône d'Argent et régner sur ce royaume.

Sur ces mots, le dragon tendit un minuscule objet à Bert. Celui-ci y jeta un bref coup d'œil avant de le lui rendre, les yeux écarquillés.

— Ah, grogna le dragon. Vous êtes bien pressé de refuser un royaume, hein, petit Voyageur !

— Qu'est-ce que c'est ? demanda Charles.

— Un anneau, dit Bert. L'Anneau du Grand Roi.

— En effet, confirma le dragon. C'est moi qui l'ai forgé, moi qui le remets à chaque souverain montant sur le Trône d'Argent. Et c'est moi qui l'ai repris lorsque le dernier roi a montré par ses actes qu'il était devenu indigne de le porter.

— Ce n'est qu'un anneau ordinaire, fit remarquer Jack.

— L'Anneau du Grand Roi — aussi appelé Anneau de Pouvoir — est le symbole de sa charge, expliqua Bert. La source de sa puissance dans tout l'Archipel.

Samaranth parut surpris :

— Vous croyez ? On trouve beaucoup d'anneaux dans l'Archipel ! Les Elfes et les Nains en portent. Ainsi que les Hommes. Est-ce l'anneau qui fait le porteur ou le porteur qui fait l'anneau ? Pour moi, je ne vois guère de différence.

Élevant le petit cercle d'or dans sa patte ouverte, il conclut, pensif :

— D'ailleurs, il n'est peut-être pas ce que vous ou le Roi Hiver voudraient qu'il soit.

— C'est vrai, intervint Jack en prenant l'anneau dans la grande patte griffue. Nous ne découvrirons sans doute son pouvoir qu'en cours de route.

— Le pouvoir, on l'a ou on ne l'a pas, répliqua le dragon. Ce n'est pas quelque chose que l'on se transmet à travers un objet, que ce soit un trône ou un anneau. Le pouvoir, le pouvoir véritable, vient de la foi aux valeurs authentiques. Il repose sur la volonté de les défendre, même si l'univers entier conspire à déjouer vos plans. Le chaos peut s'installer, le feu s'éteindre, des mondes peuvent naître et disparaître, les vraies valeurs demeurent. Ce sont elles qui vous guident. N'est-ce pas, monsieur John ?

Le jeune homme leva le nez de son travail. Il avait des traces de crayon au coin de la bouche et jusque sur le front, mais ses yeux étincelaient. Une dizaine de languettes de papier constellées d'inscriptions marquaient les pages de la *Geographica*.

— Mon cher John, s'enquit Charles, où en êtes-vous ?

— J'ai réussi, annonça-t-il, un accent de triomphe dans la voix. Il reste encore beaucoup de travail. Mais Samaranth m'a fourni la clef. Je comprends à présent la plupart des cartes.

— Est-ce que ça signifie…, commença Bert.

— Oui. J'ai localisé l'île. Je sais où trouver le Cartographe des Terres Oubliées.

Lorsqu'ils firent leurs adieux à Samaranth, l'atmosphère était infiniment moins tendue qu'au moment de leur arrivée. Le grand dragon leur indiqua une crique, sur la côte nord, où le *Dragon Indigo* les attendait vraisemblablement, loin des désordres de Paralon. Il leur permit également de renouveler leurs provisions en puisant dans ses propres réserves.

Tour à tour, chacun le remercia de son aide et de son hospitalité. Puceron sursauta lorsque Samaranth le gratifia d'un clin d'œil. Quant à John, toujours occupé à griffonner ses notes, il ne s'aperçut qu'il avait quitté l'antre du dragon qu'en prenant place à bord de la *Curieuse Variété*.

Ils furent bientôt sortis du canyon et se dirigèrent vers la crique où, bien entendu, le *Dragon Indigo* les attendait, la passerelle déjà abaissée.

En moins d'une heure, les provisions furent stockées à bord. Le navire était prêt à lever l'ancre vers l'île du Cartographe, lorsque le blaireau, un peu intimidé, tira Charles par sa veste :

— Monsieur ? J'ai ici un petit… euh… présent, que je souhaiterais vous remettre.

Charles et John s'agenouillèrent à la hauteur de l'animal, et celui-ci leur tendit un livre de bonne taille, qui sentait le cuir neuf et l'encre fraîche.

— De quoi s'agit-il, mon ami ?

— C'est un ouvrage que j'ai écrit et publié moi-même, fit le blaireau en tortillant les pans de sa veste. Un manuel de cuisine.

Sur la couverture, le titre gaufré à l'or indiquait : *Les Denrées exotiques en provenance des îles et les meilleures manières de les préparer, par Monsieur Jaboteur.*

— Très intéressant, le remercia Charles, sincèrement touché. Vous en avez vendu beaucoup ?

— Oh, en tant qu'érudit d'Oxford, vous connaissez le monde de l'édition ! Je l'ai publié à la belle saison et l'ai mis en dépôt dans une boutique de Rivington Lane, dans le quartier commerçant. J'ai même ajouté un écriteau annonçant « Par un auteur local ». Mais... Ah... !

— Vous n'en avez pas vendu ?

— Pas un seul. Néanmoins, j'ai quelques espoirs.

— En tout cas, c'est du beau travail, déclara Charles. Merci infiniment, monsieur Jaboteur.

— Vous savez, ajouta le blaireau, étant donné que je n'en ai pas encore vendu un seul, je dispose de nombreux exemplaires. Au cas où vous voudriez chacun le vôtre...

— Non, non, un seul nous suffira. Nous avons déjà un ouvrage très important à déchiffrer, comme vous le savez. En étudier un autre d'un tel intérêt nous tiendra suffisamment occupés.

La poitrine gonflée de fierté, au point que les boutons de sa veste manquèrent de sauter, Jaboteur approuva :

— Très juste, messieurs. Je vous souhaite un excellent voyage.

Le blaireau se posta sur une petite éminence pour les saluer. L'équipage leva l'ancre et le navire gagna rapidement la haute mer.

Longtemps après que le *Dragon Indigo* eut disparu à l'horizon, le petit animal continua d'agiter les pattes en signe d'adieu.

TROISIÈME PARTIE
Les Enfants de la Terre

9
Dans les ténèbres

Un brin décontenancé par la nouvelle assurance dont faisait preuve le Conservateur, Jack se tenait à la proue du navire, morose. Désormais, Aven et son équipage prenaient leurs ordres directement de John, comme si tous ses échecs antérieurs avaient été sans conséquence. Quant au jeune laveur de pots d'Avalon, pourquoi traitait-il John en authentique chevalier, alors qu'il n'était qu'un étudiant, sans doute assez médiocre ?

Et comment Aven avait-elle pu oublier aussi vite les nombreuses erreurs qu'il avait commises ? Certes, en tant que capitaine, elle devait le consulter sur la navigation. C'était normal. Mais elle avait une façon de lui sourire... Ça, Jack ne l'admettait pas.

Comme les faunes n'avaient pas besoin de lui pour la manœuvre, il marmonna une excuse et se dirigea vers l'entre-pont dans l'espoir de trouver une activité quelconque pour passer le temps.

Au moment où il s'engouffrait par l'écoutille, il surprit une discussion.

– Il subsiste encore quelques vides, dus à l'absence des cartes représentant les Terres Ombreuses, disait John.

Pourtant, je ne pense pas que ces pages soient irrémédiablement perdues. Si nous comprenions la raison de leur disparition, nous réussirions peut-être à inverser le processus. Or, seul le Roi Hiver serait capable de l'expliquer. Et j'aimerais autant éviter de lui poser la question !

— Chaque fois que le Roi Hiver conquiert un nouveau territoire, la carte correspondante disparaît de la *Geographica*, c'est ça ? demanda Puceron.

— Oui. Le contour demeure, mais l'intérieur est flou et noirci.

John feuilleta l'atlas jusqu'à trouver une de ces cartes devenues illisibles. C'était une feuille de parchemin jaunie par le temps, comme les autres. Or, à la place des enluminures et des annotations, on ne voyait plus que des bavures charbonneuses, à croire que la page avait été gommée à la hâte.

— Et qu'arrive-t-il aux gens ? demanda encore Puceron.
Ceux qui vivent sur les Terres Ombreuses ?

— Ils deviennent ce qu'on appelle des Nés de l'Ombre, intervint Bert. Personnellement, j'en ai rarement rencontré.

— Ce sont des sortes de Wendigos ? voulut savoir Charles.

— Pire encore, autant qu'on puisse l'imaginer. Les Wendigos, aussi redoutables qu'ils soient, ne sont que des mercenaires. Les Nés de l'Ombre comptent parmi les plus sinistres serviteurs du Roi Hiver. À ce qu'on dit, ce ne sont plus que des coquilles vides, animées d'une vie factice. Des silhouettes muettes et noires, qui exécutent les ordres sans questionnement ni remords. J'ignore l'origine d'un tel maléfice, je répète seulement ce qu'on m'a raconté. On prétend que le Roi Hiver, pour les réduire en esclavage, s'empare de l'ombre de ses victimes.

— Qu'entendez-vous par « vie factice » ? reprit Charles.

— Je fais allusion à une autre rumeur. Il serait impossible de tuer un Né de l'Ombre. Si c'est vrai, ces êtres sont vraiment pires que les Wendigos.

— Combien de cartes de la *Geographica* sont-elles noircies ? demanda Aven.

— Environ un quart.

Personne ne trouva rien à ajouter.

John situait l'île du Cartographe à une bonne journée de navigation, à quelques heures près. Pendant qu'Aven conférait avec son père, Jack et Puceron faisaient mine d'examiner un vieil obusier, non loin de la cabine, d'où ils pouvaient garder un œil sur la jeune capitaine. Aven ayant surpris le regard de Puceron, celui-ci entreprit de s'occuper des cordages, ce qui n'eut d'autre effet que de les détendre, au grand agacement des faunes.

— Désolé, s'excusa-t-il, avant d'aller se réfugier à l'autre extrémité du navire.

Aven observait la scène en souriant. Soudain, elle fronça les sourcils.

— Que se passe-t-il ? s'enquit Bert.

— Là, fit-elle, en désignant un point situé derrière eux.

Bas sur l'horizon, comme surgie du soleil couchant, montait la silhouette d'un navire.

Le *Dragon Noir* avait-il retrouvé leur trace ?

En quelques instants, le doute fut levé : c'était sans conteste le navire du Roi Hiver. L'équipage fut aussitôt sur le pied de guerre.

Aven restait l'œil rivé à sa longue-vue, l'air perturbée par ce qu'elle découvrait.

— Que voyez-vous ? demanda John.

— Des ennuis...

— Vraiment ? Je ne m'en serais pas douté !

Elle lui jeta un regard noir et tendit la lunette à son père :

— C'est pire que je ne le pensais. Il y a des Nés de l'Ombre à bord. Quatre.

— Quatre ! s'exclama Bert. D'après ce que l'on dit, on n'en rencontre jamais plus de deux ensemble. S'ils sont quatre, il faut s'attendre au pire.

— Merci de nous remonter le moral, Bert ! ironisa Charles. Pour moi, je n'ai jamais été aussi heureux de mon sort.

— Notre seul espoir est de filer plus vite que lui, ce que je ne crois guère possible. Nemo n'est pas là pour le retarder...

— J'ai examiné la réserve d'armes dans la cale, fit Jack. On n'a pas grand-chose, à ce qu'il me semble.

Aven opina de la tête :

— Le navire est allégé, au bénéfice de la vitesse. Nous n'avons d'ailleurs jamais été vraiment équipés pour le combat.

— J'ai une idée, s'exclama Jack. Je descends à l'entrepont. Hé, Puceron, viens me donner un coup de main !

— Qu'avez-vous encore imaginé, Jack ?

— Pas le temps de vous expliquer ! Ordonnez simplement aux faunes de rouler un canon à la poupe.

— À la poupe ?

— Oui, faites vite ! ordonna-t-il, avant de disparaître par une écoutille.

Quelques instants plus tard, Jack et Puceron réapparurent, portant un énorme boulet qu'ils entreprirent de charger dans l'obusier.

— Quelques-uns de ces projectiles leur apprendront à qui ils ont affaire ! approuva Charles.

— On n'a que celui-là.

— Ah... Alors visez bien ! Montrez-leur de quoi est capable un étudiant d'Oxford !

— C'est mon but. Aven, faites virer le navire !

— Ils s'attendent à ça, objecta-t-elle. Depuis le tour que vous leur avez joué la dernière fois...

— C'est bien ce que j'espère, répliqua Jack. Faites virer. Vite !

L'équipage exécuta la manœuvre, et les deux navires se retrouvèrent face à face. Comme Jack l'avait prévu, le vaisseau ennemi ralentit, afin de ne pas se laisser distancer quand il aurait croisé son adversaire.

Lorsque le *Dragon Noir* longea la coque du *Dragon Indigo*, une grêle de flèches et de javelots s'abattit sur le pont. Aven s'était juchée dans les haubans pour mieux évaluer la situation.

— Notre ruse ne fonctionnera pas, cette fois, cria-t-elle à Jack. Ils ne nous laisseront pas le temps de changer de cap. On n'a aucune chance de leur échapper, ils sont trop rapides.

— Peu importe leur vitesse, s'ils sont incapables de virer de bord ! rétorqua Jack.

Au moment où l'arrière du *Dragon Noir* passait à sa hauteur, il ordonna :

— Feu ! Feu !

Les faunes allumèrent la mèche. Le canon tonna et cracha son unique boulet. La masse d'acier fendit l'air. Et elle frappa la cible prévue par Jack. Le gouvernail du *Dragon Noir* explosa dans une gerbe d'éclats de bois et de métal.

L'équipage des faunes poussa un vibrant « Hourra ! » et se dépêcha de mettre toutes les voiles au vent pour prendre de la vitesse. Enthousiastes, John, Charles et Bert félicitèrent Jack à grand renfort de claques dans le dos. Aven descendit même de son perchoir pour lui poser un baiser sur la joue. Seul Puceron demeurait perplexe.

— Je ne voudrais pas jouer les rabat-joie, dit-il, mais je crains que ce ne soit pas fini...

Il avait raison.

Malgré la perte du gouvernail, l'équipage du *Dragon Noir* ne tentait même pas une réparation. Les hommes continuaient de s'agiter, hurlant et brandissant leurs armes, comme si cette joute nautique n'en était qu'à son préambule.

D'une façon aussi soudaine qu'incompréhensible, le *Dragon Noir* vira de bord et, regagnant de la vitesse, reprit en chasse le *Dragon Indigo*.

Jack n'en croyait pas ses yeux :

— Mais... Mais ils n'ont plus de gouvernail ! Au nom du ciel, par quel miracle ont-ils pu manœuvrer ?

— Je ne vois qu'une seule explication, souffla Bert. Le *Dragon Noir* n'est pas un véritable navire, c'est un dragon-nef. Comment le Roi Hiver a-t-il réussi à mettre la main sur l'un d'eux ? Ça dépasse mon entendement. Les dragons-nefs sont des êtres vivants, dotés d'une volonté propre. Et leurs pouvoirs dépassent de très loin ceux d'un vaisseau tel que le nôtre.

— Alors, qu'est-ce qu'on fait ?

Pour toute réponse, Aven tira son sabre du fourreau :

— On fait ce qu'on peut. Armez-vous ! Préparez-vous à l'abordage !

Tandis que les faunes lançaient le *Dragon Indigo* à pleine vitesse, Bert, Puceron, Jack et Charles se répartirent les rares armes disponibles, vieilles et en mauvais état. John avait disparu.

— Le seul d'entre nous à avoir été soldat, grommela Jack. Et il se cache quelque part. Je comprends qu'on l'ait renvoyé dans ses foyers !

Charles lança un regard désapprobateur à son jeune compagnon. Sans autre commentaire, il reporta son attention sur le navire ennemi, qui se rapprochait rapidement.

Avec l'aisance que lui conférait sa puissance de propulsion, le *Dragon Noir* vint se ranger le long de leur flanc. Une paire de canons pointés sur eux se mit à tonner, et des masses de fer incandescent sifflèrent au-dessus de leurs têtes.

— Ils n'essaient pas de nous couler ? cria Charles.

— Ils ne peuvent risquer de perdre ce qu'ils convoitent, hurla Jack en retour. Le Roi Hiver veut la *Geographica*. D'ailleurs, où John s'est-il caché avec son maudit livre ?

— Je l'ai vu entrer dans la cabine.

Tandis que les canons continuaient de cracher leurs projectiles, Bert et Aven se disputaient sur la stratégie à tenir. Le premier plaidait pour la fuite, sa fille pour une manœuvre offensive.

C'est alors que John réapparut, le sabre à la main, prêt à se joindre à la mêlée. Au même instant, un boulet particulièrement bien ajusté, brisa le grand mât ; un second fracassa le gouvernail. Un troisième abattit la figure de proue, l'âme même du navire.

Le *Dragon Indigo* était mort.

L'instant d'après, les Wendigos déferlaient sur le pont. Malgré tout leur courage, les compagnons obéirent au simple bon sens et laissèrent tomber les armes.

Les Wendigos les obligèrent à s'agenouiller, leur lièrent les mains derrière le dos et les alignèrent le long du bastingage.

Les serviteurs du Roi Hiver avaient allumé des torches qui projetaient sur le pont des ombres effrayantes. Malgré les protestations véhémentes d'Aven, les faunes furent conduits sans ménagement à bord du *Dragon Noir*, lançant à leur capitaine des regards accablés.

— Ils vont devoir servir le Roi Hiver, supposa Charles.

— Pas vraiment, fit Aven.

Elle désigna les Wendigos, qui contemplaient les nouveaux venus d'un air vorace :

— Plutôt que de servir le roi, ils seront servis à son équipage...

— Dieu du ciel ! lâcha Charles.

— Ils nous ont gardé le meilleur pour la fin, grommela Bert. Regardez ! Nous avons de la compagnie...

Deux Nés de l'Ombre venaient de monter à bord ; à leur approche, l'air se refroidit brusquement. Ils portaient des robes noires informes ; un capuchon leur masquait le visage. Seules leurs mains sortant de leurs amples manches, pâles et presque immatérielles, témoignaient encore de leur origine humaine. Les Wendigos eux-mêmes s'écartaient devant eux.

— Voilà donc à quoi ressemblent des Nés de l'Ombre, glissa Jack à l'oreille de Charles. Ils ne me paraissent pas si terrifiants. Je ne vois pas pourquoi Bert et Aven s'en effrayent tant.

À cet instant, un faune échappa à ses ravisseurs. Il courut le long de la passerelle jusqu'au pont du *Dragon Indigo*. À une vitesse surnaturelle, l'un des Nés de l'Ombre bondit et lui coupa la route. Le fuyard s'immobilisa, et le spectre tendit la main. Tressautant telle une marionnette au bout d'un fil, le malheureux faune émit un cri strident qui cessa d'un coup, lorsque le spectre lui arracha son ombre.

Le Né de l'Ombre serra son butin contre sa poitrine. L'ombre volée tremblota, puis elle disparut. Et la substance du Né de l'Ombre se fit plus noire encore.

Les yeux révulsés, le faune retomba sur le pont. Sa chair et sa fourrure avaient perdu toute couleur, aspirée en même temps que son ombre. Il était mort. Ou pire. Car son corps inerte aurait dû constituer une proie tentante pour les féroces Wendigos. Or, ils restaient prudemment à l'écart.

Après cela, les jeunes gens ne firent plus aucun commentaire au sujet des Nés de l'Ombre.

Un troisième personnage monta enfin à bord. Et, pour la première fois, les prisonniers découvrirent leur adversaire, celui qu'on appelait le Roi Hiver.

Nettement plus petit que ce qu'ils imaginaient, il avait cependant une démarche impérieuse. Son allure et ses vêtements étaient ceux d'un Mongol de haute caste, évoquant Genghis Khan plutôt qu'Attila. Sa peau basanée luisait encore de la sueur du combat. Sa fine moustache et sa barbiche en pointe accentuaient ses traits asiatiques. John dut l'admettre à regret : il émanait du Roi Hiver, tout ennemi qu'il fût, une noblesse et une majesté qui retenaient l'attention, si elles n'imposaient pas le respect.

Fait troublant, le personnage n'avait pas d'ombre.

Enfin, détail caractéristique, sa main droite manquait, remplacée par une plaque d'acier recourbée en forme de crochet.

Après avoir pris pied sur le pont du *Dragon Indigo*, le Roi Hiver vint examiner ses captifs.

Aven lui cracha à la figure. De la main gauche, le personnage essuya la salive et, au grand dégoût des prisonniers, la lécha :

— Pas vraiment l'accueil que j'espérais, mais je n'en suis pas étonné.

Il parlait avec un accent européen difficile à déterminer, mi-vieil anglais mi-latin, sur un ton d'autorité qui ne souffrait aucune contestation.

— Vous naviguiez autrefois avec l'Indien, n'est-ce pas ? lança-t-il à Aven. Vous étiez son premier lieutenant, si je me souviens bien. Vous auriez dû rester en sa compagnie. Cela aurait mieux valu pour vous.

— Il vous a échappé, lui, commenta la jeune femme.

Un rictus de colère à peine perceptible crispa le visage du Roi Hiver :

— Pour le moment. Un jour futur, nous réglerons nos comptes. J'ai eu tort de m'engager dans ce combat avec le *Dragon d'Or*. Cela m'a mis en retard, et je n'ai pu regagner

Paralon à temps pour assister au Conseil. Sans cet empêchement, je serais roi, à présent.

— Vous n'aviez pas la moindre foutue chance ! railla Bert. Votre Parlement d'automates ne valait rien.

Le Roi Hiver s'approcha, arborant un sourire de franche camaraderie :

— Ah ! mon vieil ami, le Voyageur Lointain.

— Nous ne sommes pas amis.

— Ce n'est que trop vrai. Merci de me le rappeler.

Il se tourna vers John, Jack et Charles :

— Et vous, qui êtes-vous ? Encore des Conservateurs engendrés par les Enfants d'Adam et Ève ?

— C'est moi le Conservateur, déclara vivement John. Eux ne sont que mes compagnons.

— Quelle noblesse d'attirer ainsi l'attention sur vous ! Cela ne changera rien à leur sort, mais le geste est beau. Et toi, qui es-tu ?

Il s'adressait à Puceron. Ce dernier désigna John :

— Je suis son écuyer.

Les yeux du Roi Hiver s'agrandirent de surprise :

— Son écuyer ?

— Oui. Et j'espère être un jour chevalier.

— Voyez-moi ça ! As-tu été initié aux règles de la chevalerie ?

— Non, pas vraiment. Une fois, j'ai cru avoir tué un dragon. J'ai découvert récemment que je m'étais trompé. Mais je suis sûr de devenir un bon chevalier, je me sens toujours mieux quand je porte une épée. Vous devriez donc nous libérer, avant que Sir John et moi nous nous fâchions et vous fassions prisonnier, vous et votre équipage.

Le Roi Hiver éclata de rire :

— Ha ! ha ! ha ! Il me plaît, celui-là ! Il a plus de panache que vous tous réunis.

Il se tourna de nouveau vers John :

— Nous vous surpassons en nombre, en armes, en vitesse de manœuvre. Je peux tous vous tuer d'un mot. Mais vous savez ce que je veux réellement.

— Oui.

— Oh ! mon garçon..., gémit Bert.

— Ne vous inquiétez pas, Bert, le rassura John. Si nous lui donnons ce qu'il désire, il ne nous fera aucun mal. N'ai-je pas raison ?

— Je n'ai rien promis de tel, répliqua le Roi Hiver. En revanche, si vous refusez de coopérer, vous savez ce qui arrivera...

John approuva de la tête :

— Le livre est dans la cabine, dans un sac en cuir, enveloppé d'un morceau de toile.

Aven marmonna un juron incompréhensible et détourna le regard. Charles et Bert s'effondrèrent sur eux-mêmes, tandis que Jack fixait le vide, droit devant lui. Seul Puceron semblait approuver John d'avoir pris l'unique décision raisonnable.

Un des Nés de l'Ombre se glissa à l'intérieur de la cabine. Il en ressortit peu après avec le paquet, qu'il remit au Roi Hiver.

Celui-ci caressa l'objet et murmura avec une sorte de ronronnement :

— L'*Imaginarium Geographica*. Magnifique ! Cet ouvrage recèle des merveilles innombrables, pour peu qu'on sache les discerner. Vous, vous en êtes incapables, n'est-ce pas ? Autrement, je n'aurais jamais réussi à vous capturer.

John rougit sous l'insulte, mais garda le silence.

— Nous en avons donc presque terminé. À un ou deux détails près...

D'un signe de son crochet, il envoya un peloton de Wendigos à bord du *Dragon Noir*. Ils en revinrent, traînant un être qui gémissait et se débattait, et le jetèrent sur le pont devant les autres prisonniers. Quand il releva la tête, ils lâchèrent une exclamation de surprise.

C'était le Régisseur de Paralon.

— Je vous en prie, supplia-t-il. Aidez-moi !

— Il s'adresse à nous ou à lui ? grogna Charles. À l'heure qu'il est, je ne me sens pas particulièrement bien disposé à son égard...

En entendant ces mots, le Régisseur se roula sur le sol en se lamentant.

— Je n'ai plus besoin de toi, Magwitch ! lui lança le Roi Hiver. Un autre peut m'accompagner, s'il le désire.

Il passa en revue la rangée de prisonniers et s'arrêta devant Jack.

— Qui ? Moi ? fit le jeune homme.

— Vous. C'est grâce à votre ingéniosité que le *Dragon Indigo* m'a échappé, lors de notre précédente rencontre. Au cours du combat d'aujourd'hui, vous avez fait preuve, une fois de plus, de bravoure et d'astuce, en adversaire digne de moi.

— Pffft ! ricana Aven. Vous ne parlez pas sérieusement !

— Très sérieusement, affirma le Roi Hiver sans quitter Jack des yeux. Mes serviteurs ne sont pas tous des Nés de l'Ombre. Certains, les meilleurs, ont choisi de me suivre par goût de la gloire et pour forger leur propre avenir.

— Un avenir de laquais, ricana Bert.

— Restez poli, Voyageur Lointain ! Autant qu'il m'en souvienne, vous n'avez guère réussi avec vos protégés. Soit ils vous ont abandonné, soit ils n'avaient pas le cœur à l'ouvrage. Soyez honnête ! Selon vous, vous êtes « bon » et je suis « mauvais ». Ce sont pourtant mes compagnons et non les vôtres qui vivent selon leurs convictions.

— Vous avez tout de même dû tuer les rois et les reines du Parlement, répliqua Bert. Et les remplacer par des automates.

Le Roi Hiver jeta un regard venimeux au Régisseur qui rampait sur le sol :

— Ces joujoux n'étaient pas destinés à prendre la parole. Encore moins à fonctionner durablement. Ils n'étaient là que pour maintenir un semblant d'ordre, jusqu'à mon accession au Trône d'Argent. Mais vous vous trompez sur un point. Je n'ai tué ni rois ni reines. Ils me servent d'une autre manière, voilà tout.

D'un geste de son crochet, il ordonna aux deux Nés de l'Ombre d'ôter leurs capuchons.

— Le roi de Cœur ! s'écria Bert.

— Et le roi de Pique ! souffla Aven.

À bord du *Dragon Noir*, les deux autres se dévoilèrent à leur tour, et Bert reconnut les rois de Trèfle et de Carreau.

— Ils ne vous auraient jamais suivi, accusa Bert. Vous leur avez volé leur âme pour les contraindre à vous servir !

Le Roi Hiver haussa les épaules :

— L'exception qui confirme la règle. Les autres se montrent d'autant plus attentifs à ne pas me décevoir. Néanmoins, si puissants soient-ils, ils restent des serviteurs, pas toujours aussi utiles que les Wendigos, qui ont plus de...

— De vie ? coupa John.

— J'allais dire « plus de substance ». Mais, oui, vie est un mot qui convient. C'est ce que j'offre au jeune Jack : la vie éternelle. La chance de ne jamais vieillir. Abandonnez de votre plein gré ce qui vous fait humain, et faible. Renoncez à votre âme, devenez un Sans Ombre, et vous vous découvrirez plus grand et plus puissant qu'aucun roi.

Fixant Jack, il ajouta :

— Alors, que décidez-vous ? Vous êtes troublé, je le sais. Mais la vie est faite de choix, avec les conséquences qu'ils entraînent. Voulez-vous devenir un roi pirate et suivre à mes côtés la route de l'aventure ? Ou préférez-vous demeurer avec ce vieux vagabond détraqué, et passer vos jours enfoui sous des piles de bouquins poussiéreux ?

— Il faut... Il faut que j'y réfléchisse...

— Jack ! siffla Charles. Vous ne songez tout de même pas à... Il... Il a assassiné le professeur !

— Jack, intervint Aven, avec une note de sincérité et même une certaine douceur dans la voix. Je vous en prie, ne l'écoutez pas. Vous valez mieux que lui, vous le savez bien.

Jack regarda tour à tour le visage implorant de ses compagnons. Puis il fixa le Roi Hiver dans les yeux :

— Merci. Mais je n'irai pas avec vous.

Le Roi Hiver se gratta le menton du bout de son crochet, pensif. Soudain, il fit un pas en avant. Jack se redressa, cachant sa peur – du moins il l'espérait – dans une attitude de défi. Il sentit sur lui le souffle du Sans Ombre quand celui-ci se pencha pour lui murmurer quelques mots à l'oreille, trop bas pour que les autres entendent. Jack demeura impassible, ne laissant rien deviner de ce qui lui était dit.

Puis le Roi Hiver se redressa, tourna les talons et se dirigea vers le *Dragon Noir*.

D'un geste interrogatif, un des Nés de l'Ombre lui désigna les prisonniers.

Élevant le précieux paquet dans sa main, il émit un grognement et jeta, sans même se retourner :

— Détruisez le navire ! Envoyez-le par le fond, et qu'ils se noient !

10
LES NAUFRAGÉS

— Eh bien, quel adieu ! commenta Charles. Quoique je préfère encore périr noyé que d'avoir à écouter ces jérémiades.

Le Régisseur de Paralon émettait une espèce de mélopée, entrecoupée de reniflements et de sanglots. Charles lui flanqua un coup de pied, ce qui arracha au bonhomme terrifié des gémissements suraigus.

— Tout est de votre faute ! l'accusa Puceron. Vous n'êtes ni un Sans Ombre ni un Né de l'Ombre. Pas même un Wendigo. Vous n'aviez donc pas compris que votre maître finirait par se débarrasser de vous ?

— C'est pathétique ! enchérit Charles. Vous vous preniez pour la main droite du diable ; vous n'étiez que le larbin qu'on envoie au coin de la rue acheter une boîte d'allumettes.

— Laissez-le tranquille, conseilla John. On ne tirera rien de lui, de toute façon.

Le Régisseur sortit un mouchoir de sa poche et se moucha bruyamment :

— J'avais un contrat. Je ne mérite pas d'être traité comme ça.

— Bon sang ! rugit Charles. Vous n'êtes pas menotté, imbécile ! Alors, détachez-nous !

Le bonhomme renifla :

— Je ne veux pas ! Vous allez me rouer de coups ou pire encore. Tout bien considéré, je préfère me noyer plutôt que de prendre une raclée.

— Savez-vous au moins nager, espèce de crétin ? fit Aven.

— Non.

— Si vous nous libérez, personne ne se noiera. Pas même vous.

Chacun approuva avec enthousiasme, tout en surveillant du coin de l'œil le *Dragon Noir* qui s'éloignait.

— Promis ? gémit le Régisseur, le regard implorant.

— Promis ! dit Charles. Détachez-nous et il n'y aura pas de raclée, du moins jusqu'à ce que nous soyons sains et saufs sur la terre ferme.

— Soit. Que ce soit mis par écrit...

Charles, exaspéré, lui balança un nouveau coup de pied en plein crâne. Le Régisseur s'effondra, inanimé.

— Bravo ! ironisa Jack. Il était notre dernière chance !

— Désolé ! Désolé ! Mais c'est tout ce qu'il méritait, non ?

— Accrochez-vous ! commanda alors Bert. Voilà le *Dragon Noir* !

Le navire du Roi Hiver avait viré de bord et revenait droit sur eux. Ils eurent à peine le temps de réagir. Le grand bateau noir éperonna le *Dragon Indigo*, qui fut brisé en deux. L'arrière coula presque aussitôt, et ils se retrouvèrent tous à la mer. La proue flottait encore, mais elle s'enfonçait lentement. Les torches s'éteignirent une à une, plongeant progressivement la scène dans l'obscurité.

Le *Dragon Noir* s'éloignait déjà. Le Roi Hiver semblait persuadé que rien ne sauverait les naufragés.

Il se trompait, mais tous auraient fait la même erreur que lui : ils avaient sous-estimé Puceron. À l'instant où ils étaient précipités dans les flots, le garçon avait défait ses liens.

Nageant rapidement de l'un à l'autre, il libéra d'abord John, puis Aven. Celle-ci détacha son père et Jack, qui s'occupa de Charles. Ce dernier comprit qu'il était de son devoir d'aider le Régisseur inconscient, sous peine de le voir périr noyé.

— Peste soit de l'imbécile ! marmonna-t-il.

Jack et Aven s'éloignèrent à la nage des débris du navire. John, au contraire, revint vers l'épave. Il s'engouffra dans la cabine juste avant qu'elle ne soit submergée. Il réapparut quelques instants plus tard.

— J'ai retrouvé mon manteau, annonça-t-il d'un air satisfait.

— Vous devriez revoir l'ordre de vos priorités, fit Charles, acerbe.

Pendant ce temps, l'infortuné Régisseur reprenait conscience. Bert, lui, était en difficulté. Il était plus vêtu que les autres, et le poids de ses habits imbibés d'eau menaçait de l'entraîner par le fond.

— J'arrive, cria Puceron en venant lui porter secours.

— Merci, mon garçon. Mais comment avez-vous réussi à défaire vos liens ?

Puceron eut un large sourire :

— Facile ! Je me suis entraîné à Avalon. Tous les matins, les Morgane me liaient les mains derrière le dos, puis le Chevalier Vert m'emmenait en barque jusqu'au milieu de l'étang. Là, je devais me libérer et regagner la rive à la nage.

— C'est terrible !

— Oh non ! Le plus difficile était de m'extraire du gros sac de toile.

Ce dialogue fut interrompu par Aven :

— Jack ! Vite ! John a besoin d'aide.

John se trouvait effectivement en mauvaise posture. Il se maintenait à flot en agitant les pieds, les bras agrippés autour de son manteau roulé en boule, qu'il serrait fermement contre sa poitrine.

En quelques brasses puissantes, Jack le rejoignit et le prit sur son dos selon la technique des sauveteurs. John, qui refusait de lâcher son manteau, continuait d'avaler de l'eau.

— Je crois qu'il est en état de choc, lança Jack. Il ne fait rien pour m'aider, et je ne vais pas pouvoir nager longtemps comme ça.

— Vous n'en aurez pas besoin ! dit Bert en désignant le ciel nocturne, éclairé par la lune. Regardez !

Très haut au-dessus de leurs têtes, d'incroyables volatiles tournoyaient. Leur envergure paraissait presque aussi large que le pont du *Dragon Indigo*.

— Ce sont des oiseaux ? s'émerveilla Charles. Je n'ai jamais rien vu de tel !

— De sacrés bestiaux…, marmonna Jack.

— Du calme, les enfants, fit Bert. Ce sont des amis. Enfin, j'espère…

Sept immenses grues au plumage mêlé de pourpre et d'argent virèrent sur l'aile, s'appuyant sur un courant descendant. Chacune d'elles saisit l'un des naufragés dans ses serres puissantes. Leur sauvetage accompli, les créatures ailées remontèrent et filèrent vers le sud.

Pendant ce temps, les vagues avalaient les derniers débris de ce qui avait été le *Dragon Indigo*.

Les compagnons s'éveillèrent l'un après l'autre. Ils étaient allongés sur une grève, séchés par une brise tiède soufflant du sud. Il n'y avait plus aucun signe des oiseaux géants.

Ils étaient éparpillés sur le sable, à quelques dizaines de mètres les uns des autres, au-delà de la ligne des eaux. De toute évidence, leurs sauveteurs les avaient déposés en lieu sûr, afin qu'ils puissent dormir sans crainte d'être emportés par la marée.

John, étendu de tout son long, la tête appuyée sur son manteau, somnolait, le visage tourné vers le soleil levant.

À quelques pas sur sa droite, Bert ronflait paisiblement. Par on ne sait quel miracle, il avait conservé son chapeau.

Plus loin, à gauche, au grand dépit de Jack, Aven dormait, la tête nichée au creux du bras de Puceron. Charles, lui, était serré contre le Régisseur de Paralon, qui l'observait, les yeux mi-clos.

Charles se redressa et empoigna le Régisseur par le revers de sa veste.

— Ne faites pas semblant de dormir ! rugit-il. Je vous fracasserai le crâne avec une noix de coco si je vous surprends à nous espionner pour le compte de votre maudit maître !

À ces mots, le petit homme poussa un hurlement lugubre qui réveilla tout le monde et suscita même un début de sympathie.

— Charles, vous lui faites peur ! dit John en bâillant. Priez-le plutôt de se taire !

— Rappelez-moi, comment le Roi Hiver l'a appelé ? demanda Jack. Maggot[1] ?

— Magwitch, si vous permettez, renifla le Régisseur. Mon nom est Magwitch. Et j'étais prisonnier, tout comme vous.

Aven, encore ensommeillée, battit des paupières avant de découvrir dans quelle position elle s'était endormie et dans les bras de qui. Puceron et elle se levèrent d'un bond, s'étirèrent, espérant que leurs compagnons ne remarqueraient pas la rougeur qui leur montait aux joues.

— Je... euh... Vous avez bien dormi ? balbutia le garçon.

— Je déteste dormir dans des vêtements mouillés.

— Vous avez belle allure, même mouillée, lui assura Puceron.

139

---

1. En anglais, *maggot* signifie asticot. (NdT.)

— Oh ! taisez-vous, grommela Aven, sans réussir à masquer un bref sourire.

Elle s'avança vers le cercle qui s'était formé autour du Régisseur :

— Qu'est-ce qu'il a encore à pleurnicher, celui-là ?

— Il était lui aussi prisonnier du Roi Hiver, à ce qu'il prétend, expliqua Charles. En ce cas, pourquoi n'était-il pas entravé, lui aussi ?

— Ne me regardez pas comme ça, gémit Magwitch. J'étais son otage, pas son complice !

— Hum... hum..., fit John. Et on va vous croire ?

— Il s'est servi de moi ! Je ne voulais pas. Il m'a forcé !

— C'est possible, admit John. Après tout, Jaboteur et les animaux ont bien été utilisés de la même manière.

Bert approuva :

— Quel intérêt aurait-il à mentir ? En dépit de son allégeance, le Roi Hiver l'a condamné à mourir en même temps que nous.

— C'est certain, dit Aven. Il n'avait plus besoin de lui. Moi, je propose qu'on le tue, pour ne pas devoir constamment surveiller ce qui se passe dans notre dos.

— Je vote pour ! s'exclama Charles.

— Je vous trouve bien assoiffé de sang, Charles ! s'étonna John.

— Je suis un éditeur, lui rappela ce dernier. Je prends ce genre de décision en permanence.

Le Régisseur pointa sur Jack un doigt accusateur :

— Si vous cherchez un traître, vous devriez vous intéresser à lui. Le Roi Hiver ne lui a-t-il pas confié quelque chose *en particulier* !

— Je n'ai rien compris à ce qu'il m'a marmonné, se défendit Jack. Pour le reste, vous avez tous été témoins. Il m'a offert de me joindre à lui. Et j'ai refusé.

— Vous avez hésité, insista Magwitch.

— Vous n'étiez pas attaché, que je sache ! Vous aviez les mains libres. Si vous étiez si malheureux à bord du *Dragon Noir*, pourquoi n'avez-vous pas sauté par-dessus bord ?

— J'ai horreur de l'eau. Je ne sais pas nager. Je déteste les bateaux et la navigation. Si le Roi Hiver n'avait pas eu besoin de moi à Paralon pour cette petite... euh, supercherie, il m'aurait ramené à Londres. Croyez-moi, je ne demandais pas mieux.

— À Paralon, vous donniez l'impression d'agir en avocat plutôt qu'en otage ! attaqua Charles. Mais... Attendez. Vous êtes allé à Londres ?

— Je le savais ! s'exclama John.

Poussant Charles de côté, il se planta face à Magwitch :

— Je savais que je vous avais déjà vu !

Il se tourna vers ses amis :

— Cet homme était à Londres. Et, avant cela, dans le Staffordshire. Il a pris le même train que moi. Et je l'ai revu sur le port avec les Wendigos.

Un nouveau morceau du puzzle se mettait en place.

— C'est vous qui avez conduit les Wendigos jusqu'au club, continua John. Nous avons dû fuir pour sauver notre peau. Tout ça par votre faute !

Magwitch s'était recroquevillé sur lui-même :

— Je ne vous aurais pas tués ! Je voulais seulement trouver la *Geographica*. Rien d'autre. Tout ce qu'il désirait, c'était le livre.

— Est-ce vous qui avez conduit le Roi Hiver chez le professeur ? demanda Bert. Êtes-vous complice du meurtre de mon ami ?

— Oh non ! souffla Magwitch avec une sorte de soulagement. Je n'étais chargé que de le conduire à John. Mais lui non plus n'avait pas la *Geographica*. Et vous avez tous réussi à vous échapper, n'est-ce pas ? Alors, où est le problème ?

John se tourna vers Charles :

— J'ai changé d'idée. Tuez-le !

Magwitch se remit à crier et partait déjà en courant, lorsqu'il comprit que la suggestion de John n'était pas sérieuse. Enfin, pas tout à fait.

— Ça n'a plus d'importance, soupira Aven. Le Roi Hiver a eu ce qu'il voulait. La *Geographica* est entre ses mains.

— Eh non ! fit John.

Il ramassa son manteau, en boule par terre, et commença à le déplier.

— Si vous ne vous étiez pas cramponné à votre habit, grommela Jack, je n'aurais pas eu besoin de vous repêcher !

— Et je vous en suis reconnaissant ! Mais ce n'était pas mon manteau que je voulais sauver. C'est ce qui est enveloppé à l'intérieur.

John rabattit les pans de l'étoffe, dévoilant l'*Imaginarium Geographica*. Un peu humide mais intacte.

Tous se pressèrent autour de lui avec des hourras et des exclamations de surprise. Seul Magwitch se tint à l'écart en reniflant dédaigneusement.

Bert rayonnait :

— Mon ami, vous avez tenu avec brio votre rôle de Conservateur !

— Bravo, John, renchérit Charles.

— Je dois le reconnaître, je suis impressionnée, avoua Aven. Mais, si vous avez conservé la *Geographica*, qu'y avait-il dans le paquet qu'a emporté le Roi Hiver ?

Jack fut le premier à comprendre. Il se tordit de rire :

— Évidemment ! La même forme, la même taille...

John souriait jusqu'aux oreilles :

— Je pensais simplement gagner quelques précieuses minutes, je ne m'attendais pas à ce que ça marche. Je lui ai refilé le livre de recettes de Jaboteur !

— Donc, pour l'instant, nous avons repris la main, résuma Charles. Nous détenons toujours l'objet de sa convoitise. Toutefois, la question demeure : pourquoi le Roi Hiver désire-t-il tant posséder la *Geographica,* au point d'être prêt à détruire l'Archipel pour s'en emparer ?

Toutes les têtes se tournèrent vers Magwitch, qui lâcha un soupir résigné :

— C'est à cause de l'Anneau de Pouvoir. Il a besoin de la *Geographica* pour trouver l'anneau du Grand Roi.

Les compagnons échangèrent des regards étonnés. Charles se pencha vers le Régisseur, qui affichait une mine boudeuse.

— Pourquoi veut-il cet anneau ? Qu'a-t-il de si important ?

— Les dragons, lâcha Magwitch. C'est ce que dit le livre. L'incantation appropriée, lue par le Grand Roi portant l'anneau, convoque les dragons.

— Voilà donc le secret de la puissance du Trône d'Argent ! s'exclama Bert. Contrôler les dragons lui permettrait d'administrer les frontières entre les deux mondes, peut-être même l'Archipel tout entier.

— Exactement, approuva Magwitch. Le Roi Hiver espère découvrir l'emplacement de l'anneau dans les pages de la *Geographica*. Alors, croit-il, les dragons serviront de nouveau le Grand Roi – lui !

— En ce cas, il joue de malchance ! s'exclama Jack.

Tirant un petit objet de sa poche, il le lança en l'air et le rattrapa :

— Parce que l'Anneau de Pouvoir, c'est moi qui l'ai !

Magwitch sauta sur ses pieds.

— Quoi ? piailla-t-il. Vous l'aviez sur vous ? Depuis quand ?

– Depuis tout ce bazar, à Paralon. Il nous a été remis par...

– Par un allié de l'ancien roi, coupa Bert. Mais il nous a prévenus, rappelez-vous. Cet objet n'est peut-être pas ce que nous croyons...

– Le Roi Hiver a dû sentir que vous étiez en sa possession, Jack, intervint Charles. Voilà sans doute pourquoi il a essayé de vous rallier à sa cause.

– C'est peu vraisemblable, rétorqua Aven. S'il a voulu s'emparer de la *Geographica,* c'est en partie parce qu'il pensait y découvrir où chercher l'anneau.

John, qui avait feuilleté la *Geographica* pendant cette conversation, s'écria alors :

– Je crois avoir trouvé l'incantation. Voyez ! Cette phrase parle d'un Anneau de Pouvoir et d'un appel aux dragons. Seulement, c'est un mélange de latin et d'ancien égyptien. La traduire va me prendre un certain temps.

– Ce n'est pas nouveau, ironisa Aven. Enfin, vous avez empêché ce sinistre individu de mettre la main sur le livre. Vous n'êtes pas aussi bête que je le pensais.

Dans sa bouche, c'était un compliment.

– Je vous remercie.

– Désolé de vous interrompre, monsieur John, intervint Puceron. Mais il y a là un très, très gros chat qui nous observe...

Un énorme félin, dont le pelage doré ondoyait sous la brise, était assis à l'ombre des arbres, à une dizaine de mètres de là. Il les contemplait paresseusement, d'un air détaché, comme s'il rencontrait des naufragés tous les jours.

– Ce n'est pas un chat, dit Jack en maîtrisant de son mieux le tremblement de sa voix. C'est un lion.

– Oh! fit Puceron. Le Chevalier Vert m'en a parlé. Les lions, disait-il, sont appelés les Rois de la Forêt.

Avant que personne n'ait le temps de l'arrêter, Puceron s'approcha du gros chat, les bras tendus.

Au lieu de transformer le garçon en amuse-gueule, ainsi que tous s'y attendaient, le lion lui permit de caresser sa crinière, puis de le gratter derrière les oreilles. Un sourd grondement monta de la gorge de l'animal, et ils finirent par comprendre qu'il ronronnait.

– J'ai dû prendre un coup sur la tête pendant le naufrage, marmonna Charles. J'ai des hallucinations.

Médusés par l'apparition du lion les compagnons n'avaient pas remarqué qu'il n'était pas seul. Des centaines de félins les observaient, couchés sous les arbres ou perchés sur les branches.

– Je ne saurais dire si nous sommes en danger ou non, commenta Charles. Mais je suis bien content que Puceron ait noué amitié avec ce gros-là.

– Des chats…, songeait Bert à haute voix. L'île des chats… Ça me rappelle quelque chose. John, puis-je consulter la *Geographica*?

– Certainement.

– J'ai vu ça quelque part, près de la carte représentant l'île du Cartographe. Si je ne me trompe, c'est une des plus anciennes.

Tandis que les deux hommes se penchaient sur l'atlas, les autres constataient que, si les bêtes étaient de tailles et d'aspects variés, beaucoup appartenaient sans conteste à la catégorie des grands prédateurs. Jack le fit observer à Charles.

– Des prédateurs? tempéra celui-ci. Tous les félins n'en sont-ils pas?

– Sans doute. Mais c'est la première fois que je me sens appartenir à la catégorie des proies!

Après quelques minutes de recherche, Bert frappa triomphalement du poing une page ouverte :

– Là ! C'est là ! Je le savais !

Invitant ses compagnons à s'approcher, il leur indiqua une île de forme vaguement ovale :

– Je crois savoir où nous sommes !

– Vous êtes chez nous, lança une voix aussi amusée qu'amicale. Vous n'avez pas été invités. Soyez cependant les bienvenus.

À ces mots, tous les félins se dispersèrent, tels des nuages emportés par la mousson, et un vieillard aux cheveux gris et à la barbe blanche s'avança vers eux. Il s'appuyait sur un long bâton noueux à l'extrémité duquel dansait une flamme. Sept autres hommes, les plus jeunes paraissant avoir l'âge de Jack ou de Puceron, sortirent du sous-bois et s'approchèrent à sa suite.

– Je suis Ordo Maas, dit le vieil homme. Bienvenue à Byblos.

Dans toutes les cultures du monde, il est de tradition de révérer les anciens. Depuis l'époque de Mathusalem, on considère que les vieillards bénéficient d'une plus longue expérience. On peut donc présumer qu'ils possèdent plus de sagesse.

À ce compte, songea John, Ordo Maas devait être plus avisé que tout autre être vivant sur Terre. Il dégageait une telle aura et il semblait si âgé qu'il aurait pu assister à la naissance des grandes cités antiques de la Mésopotamie ou du Céleste Empire, voir surgir les Andes et les Alpes. En tout cas, il avait certainement plus d'expérience qu'aucun humain, à part Adam lui-même.

S'il y avait eu le moindre doute quant au respect dû à Ordo Maas, il se serait aussitôt dissipé devant l'attitude de Bert. Ôtant son chapeau, le bonhomme se prosterna, face contre terre, devant le patriarche. Samaranth lui-même n'avait pas eu droit à une telle marque de vénération.

Aven hésita un bref instant avant de s'agenouiller d'un air digne, vite imitée par Jack, John, Charles et Puceron. Seul Magwitch resta debout, véritable figure de l'effroi. La tête dans les épaules, il tremblait de tout son corps. (Ce qui ne lui faisait pas de mal, de l'avis de Charles.)

Ordo Maas fronça les sourcils et se voila les yeux :

– Voilà pourquoi j'ai renoncé à régner ! Ces prosternations, ces ronds de jambe, quelle perte de temps ! À mon âge, ça ne m'intéresse plus.

Il toucha de son bâton l'épaule de Bert :

– Relevez-vous.

– Veuillez me pardonner. Je ne souhaitais pas vous offenser avec ces formalités.

– Des formalités ? s'étonna John.

– Nous sommes sur l'île de Byblos, mon garçon. On m'en parle depuis le premier jour où je suis devenu Conservateur...

– Je vous demande pardon, intervint Charles. Mais nous avons visité Paralon. Et, en matière d'île impressionnante, elle me semble difficile à surpasser.

– Paralon ? répéta Ordo Maas. Dites-moi, comment se porte mon bon ami monsieur Jaboteur ? Écrit-il toujours des livres ?

– Vous connaissez Jaboteur ?

– Je le connais très bien. Je connais tous les Enfants de la Terre.

– Comment est-ce possible ?

L'un des sept hommes qui avaient suivi Ordo Maas, le plus âgé, prit alors la parole :

– Parce que tous les Enfants de la Terre – les animaux – descendent de ceux qu'il a introduits ici autrefois, il y a plusieurs milliers d'années.

– Oui, confirma Bert. C'est ce que j'essayais de vous expliquer. Il existait autrefois, sur les terres sauvages, des créatures qui sont les ancêtres des quatre races disséminées sur les îles. Mais l'Archipel a vraiment pris naissance ici, sur l'île de Byblos. Ordo Maas est aux humains ce que Samaranth est aux dragons.

– À vous entendre, je me sens infiniment vieux, soupira Ordo Maas. Élever les animaux fut une tâche aisée ; leur apprendre à parler fut autrement difficile.

– En ce cas, dit Charles, je suis très honoré de vous rencontrer.

– C'est réciproque.

Levant son bâton, Ordo Maas désigna l'étroit sentier sous les arbres par lequel il était arrivé :

– Venez, allons chez moi. Vous pourrez dîner et vous reposer. En chemin, vous me donnerez des nouvelles de mon ami Jaboteur.

11
LE CONSTRUCTEUR
DE NEFS

Escortés par une horde de félins, Ordo Maas et les sept hommes qui l'accompagnaient – ses fils – conduisirent les compagnons à travers l'épaisse forêt jusqu'à une poignée de chaumières, au centre de l'île.

— Des maisons intéressantes, commenta John. Le bois avec lequel elles ont été bâties provient-il d'autres parties de l'île ? Je ne reconnais aucune des essences de cette forêt.

— Notre navire d'origine était très grand, répondit Ordo Maas. Sachant que nous n'aurions plus à l'utiliser, du moins pas de la même manière, nous avons prélevé les bois de charpente pour bâtir nos habitations, ainsi que deux ou trois choses utiles.

— C'est peu dire ! commenta Bert. Si la légende de Byblos est vraie...

— Il existe des tas de légendes. Mais, oui, tout ce que vous avez entendu est exact.

— De quoi parlez-vous ? s'enquit John.

— C'est notre père qui a construit les nefs, expliqua le plus jeune fils. Toutes les nefs.

— Hap ! le gourmanda Ordo Maas. Pas de vantardise !

— Quels nefs ? questionna Charles. Vous voulez dire les dragons-nefs ? C'est vous qui les avez créés ?

Ordo Maas acquiesça, un sourire relevant les coins de sa bouche :

— Moi et mes enfants.

— Vos fils ?

— J'ai une nombreuse progéniture. Les sept que voyez ici m'ont aidé à construire le premier de ce que vous appelez les dragons-nefs.

Les compagnons, y compris Magwitch, furent invités à pénétrer dans la plus grande chaumière et à prendre place sur des coussins bien rembourrés, jetés un peu partout à même le sol. John remarqua qu'ils dégageaient une légère odeur de fauve. Ce n'était pas étonnant : la double porte était assez large pour laisser passer un cheval. Et, à plus forte raison, un lion.

L'habitation était modeste, mais d'une simplicité qui n'était pas pauvreté. Les fils d'Ordo Maas leur servirent un thé brûlant, accompagné d'épaisses tranches de pain assaisonnées de poivre, qu'ils dévorèrent sans se faire prier. Plusieurs dizaines de tasses supplémentaires étaient disposées le long des murs. Quelques félins qui les avaient suivis s'étaient déjà installés devant.

Tous étaient curieux d'entendre Ordo Maas leur parler des dragons-nefs. Mais, tant que leur hôte les servait si aimablement, ils se gardèrent de le questionner. À vrai dire, ils lui étaient reconnaissants de cette collation et de ce moment de répit. Ils s'allongèrent avec délices sur les coussins en avalant une grande quantité de thé.

Une fois que leur faim et leur soif furent assouvies, et après que la vaisselle eut été retirée, Ordo Maas entama son récit.

— Il y a très longtemps, quand nos deux mondes étaient beaucoup plus jeunes, la frontière qui les séparait n'était qu'un léger voile facile à traverser. Je voyageais alors souvent entre les îles, particulièrement celles que l'on nomme à présent les Terres Englouties. Mais, à cette époque, je demeurais principalement dans *votre* monde...

— Sur lequel notre père régnait en roi très sage, l'interrompit Hap.

— J'étais déjà fort âgé, reprit Ordo Maas. J'étais renommé pour détenir des savoirs oubliés de tous. Je découvris ainsi que le monde allait bientôt être détruit par un cataclysme. Il serait submergé par les eaux, à la suite d'une inondation qui durerait une année entière, et la plupart des empires existants seraient anéantis.

« Les anciens se moquèrent de ma prédiction. Ils m'interdirent non seulement de la révéler à mes sujets mais de prendre des mesures de protection, tant pour moi que pour mon épouse bien-aimée. Aussi, sous le couvert de la nuit, nous nous enfuîmes dans le désert pour y fonder notre famille.

« Mes fils et moi, nous entreprîmes la construction d'un grand bateau. La tâche nous prit de nombreuses années. Quand il fut terminé, nous commençâmes à y rassembler tout ce qu'il fallait pour rebâtir un monde.

— Ça me rappelle quelque chose..., murmura Jack.

— Cela n'a rien d'étonnant, reconnut Ordo Maas. Depuis l'aube des temps, les dieux ont plusieurs fois inondé l'humanité pour la punir. À présent, les hommes en ont suffisamment appris pour se détruire tout seuls. Mais revenons à mon navire. Quand cette arche fut achevée, nous y plaçâmes l'énergie des dieux, que mon père leur avait dérobée pour me la donner. Ainsi, le jour où la terre émergerait de nouveau, nous posséderions l'un de leurs pouvoirs.

Ordo Maas éleva son bâton-torche, dont la flamme se mit à danser :

— Mon père l'a pris dans la demeure des dieux. Depuis il ne m'a jamais quitté. Lorsque, mon heure venue, je m'en irai

151

vers le Pays d'Été – car tel est le sort de tout vivant –, je le transmettrai à mes fils.

« Nous possédions un autre objet de pouvoir, l'ultime cadeau des dieux, donné, pensions-nous, pour nous aider à rebâtir le monde. Or, c'était un fardeau autant qu'un don, plus lourd que ce qu'un homme ou une femme pouvait supporter. De même qu'on m'avait remis le Feu, qui nous permettrait de fabriquer des outils, mon épouse reçut un grand chaudron de fer. Il était marqué du sceau de la Création, fermé par le bouclier de Persée et scellé à la cire.

« Les dieux nous révélèrent que les Talents de l'Homme étaient à l'intérieur, tout ce qui permettrait à la vie de renaître quand les eaux se seraient retirées. Il ne devait en aucun cas être ouvert avant que le monde n'y soit prêt. Hélas ! Nous prenant pour leurs égaux, nous n'écoutâmes pas leur avertissement. Mon épouse brisa le sceau, et l'humanité paya au prix fort ce geste d'orgueil. Car le chaudron ne contenait pas seulement les Talents de l'Homme. Il renfermait aussi ses Vices. Tous les maux du monde, jusqu'alors retenus captifs, furent libérés.

Le vieillard soupira profondément, et l'un de ses fils vint poser les mains sur ses épaules.

– Ma femme fut bannie de l'Archipel, continua Ordo Maas, et la garde du chaudron fut confiée à quelqu'un d'autre. Non que cette précaution soit, à mon sens, un remède définitif. C'est le destin de l'Homme que de rechercher le changement, fût-ce pour le pire. Mais je m'éloigne de mon sujet... Je vous parlais de nos navires.

« Donc, lorsque le déluge prit fin, nous nous retrouvâmes ici, sur cette île, à laquelle nous donnâmes le nom de Byblos. La géographie était bouleversée. Cependant, l'Archipel avait été en grande partie épargné par l'inondation, et nous comprîmes qu'il ne faisait plus totalement partie du monde d'où nous venions. La Frontière s'était refermée devant les eaux, barrant le passage aux navires. Un seul avait pu la franchir : le nôtre. C'est la flamme, voyez-vous, dit-il en montrant son bâton-torche. C'est elle, vivante manifestation de la divinité, qui nous a ouvert un passage jusqu'ici.

« Au fil du temps, quand les blessures furent guéries, mes enfants recommencèrent à circuler d'un monde à l'autre, parfois avec succès, parfois non. Je finis par comprendre ce qui nous permettait d'effectuer ces traversées. Je résolus de concevoir un nouveau navire capable de naviguer librement sur toutes les eaux où il s'engagerait.

« Je récupérai une épave, un bateau de votre monde qui possédait cependant une touche de divin. Je le rebâtis lentement, laborieusement, et en fit don à un lointain parent.

– Le *Dragon Rouge* ! commenta Bert. C'était le *Dragon Rouge*.

153

– Oui, confirma Ordo Maas, le premier des dragons-nefs. La figure de proue de l'épave avait été brisée par une tempête. J'en retaillai une à l'effigie des protecteurs de l'Archipel, des gardiens de la divinité en ce monde : les dragons.

« Pour construire les nefs suivantes, il me parut bon de me servir de bâtiments qui avaient déjà beaucoup navigué. Des navires qui possédaient une âme, pour ainsi dire.

« Mille ans plus tard, alors que le monde semblait à nouveau sur le point de s'autodétruire, un grand roi arriva dans l'Archipel : Arthur Pendragon.

« Arthur possédait le don de commander aux dragons. Il avait déjà créé un vaste empire dans votre monde. Le temps était venu de réunir les deux mondes sous la direction d'un seul souverain, qui régnerait avec force et sagesse. Je décidai donc de partager avec lui – et avec lui seul – le secret de mes dragons-nefs.

— Je vous demande pardon, interrompit Charles. Mais, après nous en avoir autant dit, j'espère que vous allez le partager aussi avec nous.

— Ce sont leurs yeux, répondit Ordo Maas. Les Yeux d'Or des Dragons, voilà ce qui leur permet de franchir la frontière entre les mondes. Je vous le révèle à présent, car vous êtes les Conservateurs de l'*Imaginarium Geographica* et, en tant que tels, vous avez utilisé une de mes nefs. Le *Dragon Indigo*, si je ne m'abuse. Alors, comment se fait-il que vous vous retrouviez sans navire, échoués sur mon île ?

— C'est là que notre histoire commence..., lança Bert.

Les uns et les autres intervenant à l'occasion, il narra à Ordo Maas les évènements qu'ils venaient de vivre.

*

*   *

— Le *Dragon Noir*..., reprit Ordo Maas, songeur. Ce n'est pas l'un des miens. Je n'ai plus construit aucun navire depuis quatre siècles. Le *Dragon Indigo* fut le dernier, béni soit-il ! À présent, je ne suis plus qu'un meneur de chats.

— Comment vous y prenez-vous ? s'étonna Jack. Ces bêtes-là ne viennent jamais quand on les appelle ; alors, diriger tout un... euh... troupeau !

— C'est simple. Il suffit de désigner chacun par son nom. Les chats sont très cachottiers, ils ne révèlent que rarement leur identité. Mais ceux qui la connaissent peuvent les convoquer quand ils le désirent. Les chats viennent toujours quand on les appelle par leur vrai nom.

— Eh bien, ça !

— Connaître le vrai nom d'un être confère un pouvoir sur celui-ci. Un petit pouvoir, parfois, mais un pouvoir tout de même.

– Connaissez-vous le vrai nom du Roi Hiver ? reprit Jack. Ça me plairait assez d'avoir du pouvoir sur ce type...

Ordo Maas secoua la tête :

– Je ne saurai vous répondre. C'est l'un de ses plus grands secrets.

– Ça ne coûtait rien de demander, soupira le jeune homme.

– Vous, vous n'avez pas hésité à nous révéler votre nom..., fit remarquer John.

– J'en ai tant porté ! répliqua le vieillard. Et j'espère vivre encore assez longtemps pour m'en ajouter quelques autres.

– Ça paraît bizarre d'avoir plusieurs identités, intervint Charles. Et pourquoi se donner un faux nom ?

– C'est ce que font plusieurs d'entre vous.

– Moi, c'est un diminutif, se défendit Bert.

– Je ne parle pas de vous.

Jack sentit le besoin de se justifier :

– Je déteste mon prénom. Alors, mon frère a commencé à m'appeler ainsi...

155

– Et toi... ? dit Ordo Maas en se tournant vers Puceron.

– Mais..., balbutia le garçon, on m'a toujours appelé Puceron. C'est ainsi que les Morgane m'ont baptisé...

– Non, corrigea Ordo Maas. C'est ainsi qu'elles t'appelaient. Ton vrai nom t'a été donné avant que tu arrives chez elles.

– Comment le savez-vous ?

– Parce que ce n'est pas la première fois que tu viens chercher refuge sur mon île...

– Il y a quelques années de cela, bientôt vingt ans pour être précis, commença Ordo Maas, mes fils pêchaient dans les eaux méridionales, lorsqu'ils aperçurent une petite barque gravement endommagée. À son bord, se trouvait une très jeune femme, presque encore une enfant. Son nom m'était inconnu, mais je sus qu'elle était la fille cadette du Grand Roi, la seule survivante du massacre de Paralon. Ayant dérivé en mer pendant des jours, elle s'accrochait encore à la vie. Quand elle écarta la couverture qui la protégeait, je compris pourquoi.

« Accroché à son sein, absorbant les dernières gouttes de lait que son corps ravagé par la soif pouvait encore lui offrir, il y avait un bébé. Un petit garçon. Lorsque je le lui retirai des bras, l'ultime étincelle qui brillait dans ses yeux s'éteignit, et elle mourut. Elle avait lutté jusqu'au bout pour que son fils survive.

Nous l'avons enterrée ici, au sommet de l'île. Mais que faire de l'orphelin ? Il n'avait plus de famille pour le réclamer. Tout ce qui lui restait de son héritage, c'était le médaillon qu'il portait autour du cou. On y lisait « Artus ».

— Qu'avez-vous fait de lui ? demanda Charles.

— Il m'était impossible de l'élever. Autrefois, peut-être, lorsque la mère de mes enfants était encore en vie... Mais, là, j'étais trop vieux, et mes fils avaient trop de travail pour que nous nous ajoutions cette tâche : soigner un nourrisson et le mener jusqu'à l'âge d'homme. Pensant que l'éducation du dernier héritier du Trône d'Argent nécessitait une affection... plus maternelle, je l'ai déposé chez une personne plus apte. Trois personnes, pour être exact.

« Je connais ces femmes depuis longtemps, car elles maintiennent un lien entre les deux univers, le vôtre et celui de l'Archipel. On les nomme parfois « les Trois Qui Sont Une ». Dans les temps anciens, on les appelait Pandore.

Ce fut John qui fit le lien le premier :

— Les Morgane ! Vous avez porté l'enfant chez les Morgane.

— Oui. Je leur ai suggéré de le prénommer Artus. Après tout, c'était son véritable nom. Deux d'entre elles étaient d'accord, mais la troisième ne voulut rien entendre.

– Kul, vraisemblablement..., souffla Charles. Elle est odieuse, celle-là !

– Elle trouvait l'enfant trop petit pour porter un tel nom. Elle suggéra donc Puceron.

– Hé ! fit le garçon. C'est mon nom !

Ils se tournèrent tous vers lui, contemplant leur passager clandestin dans un silence stupéfait.

– Quoi ? s'exclama Jack. Vous voulez nous faire croire que le... le petit valet des Morgane serait l'héritier du Trône de Paralon ?

– Jack, le gourmanda Charles. Pas la peine d'être sarcastique !

– Je suis écuyer, maintenant, protesta Puceron. Pas valet !

– Ah oui ? L'écuyer de quelqu'un qui n'est même pas chevalier !

– Ne me mêlez pas à vos salades ! grommela John.

– Ça suffit ! coupa Charles. Puceron... euh... Artus... 157
Ce qu'Ordo Maas vient de raconter peut-il être vrai ?

Artus haussa les épaules :

– Je ne sais pas. Les Morgane ne m'ont jamais rien dit. Seul le Chevalier Vert m'a déclaré une fois que j'étais promis à un grand destin. J'en avais déduit que je deviendrais un jour chevalier.

– Mieux que ça, mon garçon ! s'exclama Bert. Le sang d'Arthur coule dans tes veines. Cela fait de toi le véritable roi de l'Archipel des Rêves.

Ayant dit cela, Bert salua très bas, aussitôt imité par John et Charles. Aven hésita une seconde avant de s'incliner à son tour. Jack et Magwitch s'y refusèrent, se contentant d'observer la scène avec la plus grande perplexité.

– Tu vois ? souffla Ordo Maas à Artus. Une fois qu'ils ont commencé avec ce genre de simagrées, on ne peut plus les retenir.

– Relevez-vous, s'il vous plaît, dit Artus. Je n'aime pas vous voir courbés devant moi. Même si je suis l'héritier, je ne suis pas roi. Pas encore.

Il réfléchit un moment avant de se tourner vers le vieux constructeur de bateaux :

– Cela signifie que mon grand-père a massacré ma famille. Il m'aurait tué moi aussi s'il avait pu...

– Oui.

– Voilà qui fait de vous un homme puissant, commenta Aven. Si un héritier revendique le Trône d'Argent, le Roi Hiver cesse d'être une menace. Nous voici avec la *Geographica*, l'Anneau de Pouvoir et un descendant d'Arthur. Il a perdu la partie, c'est clair et net.

– Très juste, dit John. J'avais oublié l'anneau. Vous l'avez encore, Jack ?

Comme à regret, celui-ci sortit l'objet de sa poche et le tendit à Artus. Le jeune homme hésita. Enfin il le prit et le passa à son doigt.

– Hé ! s'exclama-t-il. Il me va.

– Il reste un dernier point à considérer, reprit Ordo Maas. L'apparition d'un roi avec l'attribut de sa charge ne suffira pas à abattre le Roi Hiver. Il possède toujours un talisman capable de tourner les évènements en sa faveur. Malgré les exploits que vous avez accomplis, c'est un maléfice que vous ne parviendrez peut-être pas à vaincre.

– Quel talisman ? demanda Bert. Il est à la recherche de la *Geographica* et de l'anneau. Or, nous possédons l'un et l'autre. En quoi peut-il encore être une menace ?

– Il a déjà tué un roi, expliqua Séti, le fils aîné d'Ordo Maas. Il peut recommencer.

– Oui, poursuivit un autre fils, un nommé Amun. Il a accumulé une puissance considérable au cours des ans. Sans anneau ni *Geographica*, il a conquis de nombreuses terres.

– C'est exact, admit John, découragé. Je l'avais oublié. Il n'a pas eu besoin des dragons pour s'emparer des Terres Ombreuses. Et personne n'a pu l'arrêter. Au mieux, nous l'empêcherons de faire pire...

– Mais comment s'y prend-il ? reprit Jack. D'où tient-il son pouvoir ?

– Il a trouvé le moyen d'exploiter le Mal enfoui dans le cœur des hommes, expliqua Ordo Maas. Vous les avez vus à bord du *Dragon Noir*, ses serviteurs, ceux qu'il appelle les Nés de l'Ombre.

*
* *

– Que savez-vous d'Archibald, l'ancien monarque ? demanda Ordo Maas. Connaissez-vous l'histoire de son règne et de son déclin ?

– Nous savons qu'il est devenu maléfique et qu'il a massacré sa famille.

– Archibald régnait sur l'Archipel à une époque particulièrement troublée. Votre monde connaissait des conflits, dont les répercussions ébranlèrent le nôtre. Pour la première fois depuis des générations, des désordres secouaient l'Archipel, et le souverain en portait le poids. Pourtant, rien ne saurait justifier ses actes ultérieurs.

« À plusieurs reprises, il fit appel à ses alliés des Quatre Races. Il eut aussi recours aux dragons pour maintenir l'ordre. Mais Archibald voulait une paix durable. Il rêvait d'un règne dont personne ne contesterait l'autorité. Après de longues années de recherches, il trouva la solution.

« Il découvrit un antique objet, capable d'arracher leur esprit aux êtres humains, les laissant aussi inertes que des pierres, tels des morts vivants. Pire encore, leur esprit – ou plutôt leur

Ombre – serait à son service. Avec un nombre suffisant de telles créatures, il constituerait une armée qui ne craindrait pas la mort, et qu'aucune force de la Terre ne saurait vaincre.

– Moi qui le prenais pour un bon roi, fit Charles. C'était un démon !

– Au départ, reprit Ordo Maas, ses intentions étaient pures : établir la paix à n'importe quel prix. Il a cru que ce talisman l'y aiderait. Il s'est égaré en pensant qu'il pourrait remplacer le libre arbitre des hommes par sa propre volonté.

– Un objet aussi maléfique ne devait pas être inconnu, s'étonna Bert. L'un des Conservateurs aurait dû en entendre parler, non ? Ou Samaranth ?

– Il était connu, en effet, tant dans ce monde que dans le vôtre. Moi-même, je vous en ai parlé aujourd'hui. Mais personne ne croyait à son existence ; on savait encore moins comment en faire usage. Il a porté de nombreux noms. Le plus connu lui vient de celle a qui il appartenait à l'origine : la Boîte de Pandore[1].

– Le chaudron que vous aviez emporté à bord de votre arche ? Celui qui enferme tous les maux de l'Humanité ?

– Oui. Il était conservé à Avalon depuis des siècles, jusqu'au jour où un agent du roi le déroba. Archibald l'ouvrit et trouva la manière de s'en servir pour créer les Nés de l'Ombre. C'est alors qu'il commit sa plus grande erreur : il tenta de l'utiliser pour s'emparer de l'esprit des dragons, et créer les plus redoutables serviteurs qui soient.

– Et ça n'a pas fonctionné, devina John.

---

1. Selon la mythologie grecque, Pandore, créée sur l'ordre de Zeus, était la première femme. Elle possédait une boîte (en fait une jarre) contenant tous les maux de l'humanité, qu'il lui était interdit d'ouvrir. Mais, un jour, elle céda à la curiosité et tous les maux, la vieillesse, la maladie, la guerre, se répandirent sur la Terre. (NdT.)

— En effet. Les dragons étaient d'un âge et d'une puissance égaux à ceux de la Boîte. Il était impossible de les piéger. Mais ils comprirent ce qu'Archibald était en train de devenir. Samaranth lui retira son anneau, proclamant qu'il n'était plus digne de recevoir l'aide des dragons. De ce jour, ceux-ci commencèrent à quitter l'Archipel.

« Peu après, Archibald sombra dans la folie. Il massacra toute sa famille. Nul n'en réchappa, à l'exception de sa fille cadette, la mère d'Artus, et Artus lui-même.

À ce moment, le Roi Hiver gagna en puissance. Il tua Archibald, s'empara de la Boîte de Pandore. Au cours des années suivantes, les terres de l'Archipel passèrent les unes après les autres dans le royaume des Ombres. Je compris que la Boîte était toujours ouverte, et que le Roi Hiver s'en servait pour créer une armée de Nés de l'Ombre. Ainsi débuta sa conquête de l'Archipel.

— Les Morgane, ou les Pandore comme vous les appelez, ne se laissent pas facilement abuser, objecta Charles. Elles avaient tenu la Boîte cachée pendant très longtemps. Comment le sbire d'Archibald est-il parvenu à s'en emparer ?

— Bonne question, approuva Ordo Maas. D'autant qu'il est à côté de vous...

— Quoi ! s'exclama Jack. Le voleur est ici ?

Pour toute réponse, du bout de son bâton-torche, Ordo Maas désigna Magwitch.

12
LE DRAGON BLANC

— Et voilà, geignit Magwitch. Quand ça tourne mal, on accuse le pauvre Régisseur !

Jack et Aven se levèrent pour le coincer au moment où il allait prendre la fuite. Résigné, il retomba sur son coussin en dodelinant de la tête :

— Oui, oui. Je l'ai volée. Je n'en suis pas fier, vous savez. Avoir été obligé d'obéir à Archibald, qui était un être faible, puis de suivre le Roi Hiver ! Et pourquoi ? Pour rester en vie, voilà tout !

— Vous êtes tombé de mal en pis ! commenta Charles. Quel genre d'individu êtes-vous donc ?

— Je vous préviens, intervint Aven, si nous ne le tuons pas, nous le regretterons tôt ou tard.

— Vous ne pouvez pas me tuer ! supplia Magwitch en s'agrippant aux jambes de Jack. Je suis l'un des vôtres ! Un homme du monde réel ! Je suis arrivé ici il y a des années avec un des précédents Conservateurs, qui m'a abandonné. Depuis, j'essaie seulement de survivre.

— Quel Conservateur ? l'interrogea Bert.

— Qu'est-ce que ça peut faire ? J'ai assisté à l'une de ses conférences et il m'a convaincu de l'accompagner dans l'Archipel.

— Vous étiez un apprenti Conservateur ? rugit Bert. Je n'y crois pas !

— Vous devriez. Il a même donné mon nom à un personnage d'un de ses romans. Je n'étais pas aussi mauvais que vous le pensez.

Ils comprirent d'un coup.

— Dickens ! s'écria Bert. C'est Charles Dickens qui vous a recruté[1] ?

— Pourquoi vous a-t-il abandonné, s'il avait entamé votre formation et vous avait même emmené dans l'Archipel ? s'étonna Jack.

Magwitch agita les mains :

— Ce fut un complet malentendu, je vous assure.

— Il a volé quelque chose et s'est fait pincer, supposa Charles.

— Je n'ai jamais été inculpé de quoi que ce soit ! Dickens m'a bel et bien abandonné ici. C'était une erreur de quitter Cambridge, je le savais !

Les compagnons échangèrent un regard ; ils venaient tous d'avoir la même pensée.

Bert tendit un doigt accusateur :

— C'est vous qui avez renseigné le Roi Hiver sur la *Geographica*. Et, grâce à l'enseignement que vous avez reçu, vous lui avez traduit le passage concernant l'Anneau de Pouvoir et la formule pour convoquer les dragons.

— Vous en auriez fait autant s'il vous avait menacé de vous plonger dans le chaudron pour s'emparer de votre Ombre ! se défendit Magwitch.

----

1. Un des héros du roman *Les Grandes Espérances*, écrit en 1861 par Charles Dickens, se nomme Magwitch. (NdT.)

— Eh bien, conclut Aven, c'est clair : il faut retrouver le Roi Hiver et refermer la Boîte de Pandore. Sinon, nous n'en finirons jamais.

— Je suis d'accord, dit John. Surtout si les effets du conflit qui ravage l'Archipel se répercutent sur la guerre dans notre monde.

— Votre séjour auprès des Morgane vous a sûrement beaucoup appris, *Asticot* ? susurra Charles. C'est bien ainsi qu'elles vous surnommaient, n'est-ce pas ? Puisque vous leur avez volé le chaudron, si vous nous disiez comment on le referme ?

— On ne peut pas ! Aucun humain ne le peut. Il faudrait plonger son regard dedans. Si vous faites ça, vous êtes perdu. La Boîte ne sera jamais refermée !

— Bah ! on réglera ça le moment venu, déclara John. Avant, il nous reste une tâche à exécuter : détruire la *Geographica*.

— Quoi ? s'écrièrent Magwitch et Bert d'une même voix.

— La détruire ? répéta Bert. Mais pourquoi, mon garçon ?

— Nous devons nous en débarrasser, c'est évident. À l'heure actuelle, le Roi Hiver a sûrement découvert le tour qu'on lui a joué. Combien de temps, selon vous, va-t-il lui falloir avant qu'il n'envoie une armada de navires écumer les mers à notre recherche ?

— Un point pour John, approuva Jack. Le Roi Hiver n'aura de cesse de nous trouver. Et de *la* trouver.

— Samaranth pensait lui aussi qu'il fallait la supprimer, aussi triste que ce fût, poursuivit John. Une seule raison pourrait nous en empêcher : l'affirmation de Magwitch selon laquelle le Roi Hiver ne s'est mis à sa recherche que pour découvrir l'anneau.

— Ça me convient, approuva Charles. Localisons l'île du Cartographe et détruisons ce damné bouquin. Après cela, nous déciderons quoi faire des Nés de l'Ombre et du rejeton royal.

165

— Avant de nous mettre en route, dit Puceron, puis-je vous demander une faveur ?

— Certainement, répondit Ordo Maas.

— Puis-je voir la tombe de ma mère ?

Les compagnons ressentirent un brusque mélange de confusion et de sympathie. Plongés comme ils l'étaient dans ces récits légendaires de déluge, d'empires et de dragons-nefs, ils en avaient oublié que leur ami Puceron, le jeune Artus, venait de découvrir ses origines, d'apprendre l'histoire de sa famille et celle de sa mère, qui l'avait aimé au point de donner sa vie pour le sauver.

— Bien sûr, mon garçon, dit Ordo Maas. Suis-moi.

Hor, un des plus jeunes fils du patriarche, s'engagea le premier sur une sente envahie par les fougères. Elle menait à une petite zone défrichée dominant le hameau. Tout autour, de grands arbres dépourvus d'écorce dressaient vers le ciel leurs troncs bizarrement tordus.

Ordo Maas s'arrêta et, désignant la trouée, dit à Artus :

— La tombe est là, marquée du sceau de Paralon. Veux-tu qu'on te laisse seul ?

— J'aimerais que John m'accompagne, s'il est d'accord.

— Bien sûr, Artus.

— Moi, je garde un œil sur Asticot, décréta Charles.

— Je m'appelle Magwitch, protesta le Régisseur.

— C'est vrai, j'oubliais. Au fait, racontez-nous : comment avez-vous réussi à voler le chaudron aux Morgane ?

— Facile. Whisky américain. Ça les a mises hors de combat.

— Vous les avez saoulées ?

Magwitch haussa les épaules :

— Ce fut rapide et sans violence. Une seule a tenté de résister. J'ai dû lui masser le dos pour qu'elle s'endorme.

— J'espère pour vous qu'il s'agissait de Keridwen ou de Keledriel.

— Non, c'était Kul. Mes mains ont pué pendant des mois.

Lorsque Artus et John rejoignirent le groupe, Bert souleva une question capitale : comment iraient-ils de Byblos jusqu'à l'île du Cartographe ?

— Nous devrions peut-être invoquer les grues géantes qui nous ont sauvés du naufrage ? Elles porteraient un message à Paralon pour demander un navire. À moins qu'elles n'aillent trouver mon ami Uruk Ko...

— C'est bien pensé, reconnut Ordo Maas. Mais ça prendrait trop de temps. Le Roi Hiver fait peut-être déjà voile vers Byblos pour vous capturer. Non, si vous voulez partir, c'est maintenant. Et en toute hâte.

— Pour cela, il nous faudrait un dragon-nef ! Aucun autre vaisseau ne navigue avec autant de sûreté et de célérité. Et il n'en existe que sept.

167

— Non. Il existe sept dragons-nefs dont *vous* avez entendu parler...

Escortés par des dizaines de félins, Ordo Maas et ses fils entraînèrent les compagnons vers la côte nord de l'île. Là, dans une petite rade, un beau galion flottait paisiblement.

— Le *Dragon Blanc*, déclara Ordo Maas, non sans fierté. Le dernier descendant de la grande arche.

— Aviez-vous prévu un nouveau déluge ? s'enquit Charles.

— Non. Mais il fut un temps où j'aurais pu le souhaiter...

— Hé ! s'exclama Jack. Ce bâtiment est équipé d'un canot à rames.

— C'est une idée qui m'est venue le jour où une voie d'eau s'est ouverte dans la coque de la grande arche. Il nous a fallu une semaine pour la localiser et deux jours de plus pour la réparer. En attendant, nous faisions eau en abondance ; nous avons craint de couler, nous et nos animaux. J'ai alors amèrement regretté l'absence d'un canot de sauvetage.

Se tournant vers John et Artus, Ordo Maas s'inclina :

– Je suis heureux d'offrir cette nef au futur Grand Roi et au Conservateur de l'*Imaginarium Geographica*. Usez-en à volonté et voguez au-devant de votre destin.

– C'est ce que nous allons faire, dit John. Merci.

– Et souvenez-vous : le moment venu, vous ne serez pas seuls. Il existe des liens d'allégeance plus puissants que ceux qui attachent le Roi Hiver à ses serviteurs. Des liens qui ne reposent ni sur la crainte ni sur la douleur, fondés sur les antiques promesses de l'Esprit et de la Volonté de Vivre. Un jour, ils resurgiront, et vous trouverez des alliés dans votre combat.

Sur ces mots, le patriarche s'inclina avec respect ; puis il s'écarta pour permettre aux compagnons de monter à bord.

– Par ici, les enfants ! lança Bert. Venez ! Regardez ! Un spectacle comme vous n'en avez jamais vu !

Tandis que le *Dragon Blanc* gagnait la sortie du chenal, tous vinrent s'appuyer au bastingage, les yeux tournés dans la direction désignée.

Au centre de Byblos s'élevait une haute montagne à la cime couronnée : la carcasse de l'arche, échouée là depuis plusieurs milliers d'années, lançait vers le ciel les vestiges de ses bois de charpente, telle une parure au front d'un géant. De la proue à la poupe, la carcasse dominait la moitié de l'île. La gigantesque nef d'Ordo Maas avait dû facilement contenir tout ce qu'il fallait pour que naisse après le déluge une Terre nouvelle, avec ses peuples, ses animaux, ses végétaux.

De grosses gouttes de pluie cinglèrent le pont, signe avant-coureur de l'orage qui montait à l'horizon – cet horizon vers lequel ils faisaient voile.

Le *Dragon Blanc* leur parut soudain bien petit. Oui, bien petit.

Ordo Maas et ses fils restèrent à observer le navire jusqu'à ce qu'il ait disparu dans le lointain.

– Père, dit Amun. Il y a une chose que je ne comprends pas. Si vous saviez que Magwitch était leur ennemi, pourquoi leur avez-vous parlé si franchement en sa présence. Pourquoi révéler tous ces secrets devant celui qui leur veut du mal ?

Le patriarche gloussa :

– Tu es bien le fils de ta mère ! Aucun de tes frères ne m'aurait posé cette question. Oui, c'est un choix qui comporte des risques. Mais, si j'avais parlé aux Conservateurs en confidence, Magwitch aurait deviné que je connaissais sa traîtrise. Il se serait alors comporté comme le Serpent dans le Jardin, guettant l'occasion de frapper. Non, mieux vaut qu'ils sachent qui est leur ennemi, et que *lui* sache qu'ils le savent. La dissimulation est l'arme du Roi Hiver et de ses semblables : ils conservent le pouvoir tant que leurs secrets ne sont pas dévoilés.

Tous les fils approuvèrent, même s'ils n'avaient pas tout compris, car ils avaient foi en la sagesse de leur père.

– Mes fils, continua Ordo Maas, j'ai une requête à vous adresser. Il va y avoir un grand conflit, plus violent qu'aucun de ceux que ce monde a connus. Les braves qui se lèvent pour combattre les maléfices de l'Ombre le font sans grand espoir de survie. Ils sont courageux, et leurs cœurs sont purs. Mais ils ne vaincront pas sans aide. Et nous n'avons plus de Grand Roi pour fédérer des alliés susceptibles de leur porter secours.

Quant aux êtres capables d'inverser le cours des évènements, il existe un unique moyen de les appeler à temps. Et encore...

Les fils d'Ordo Maas restèrent muets. Ils savaient ce que leur père attendait d'eux ; lui-même savait qu'ils ne le lui refuseraient pas.

— Ça prendra plus d'une nuit, objecta Sobek. Pour réussir, nous devrons demeurer métamorphosés tout le jour...

— Oui.

— Mais si cette mutation n'est pas inversée au lever du soleil..., commença Aki.

— N'y a-t-il aucun autre moyen ? demanda Amun. Il existait autrefois une possibilité d'annuler le changement.

— Nous l'avons perdue, rappela Ordo Maas. Ce secret a quitté l'Archipel avec Pyrrha, votre mère.

Séti, l'aîné des fils, déclara d'un air résolu :

— Nous n'aurons donc aucune possibilité de retrouver notre apparence actuelle. Nous resterons tels que nous étions autrefois, mais toujours honorés d'être les fils de Deucalion, notre vrai père. Et d'accomplir les tâches qu'il nous demande.

Les larmes montèrent aux yeux du vieux constructeur de nefs, debout au milieu du cercle de ses fils. Il les fixa tour à tour et, l'un après l'autre, chacun s'inclina devant lui, conscient de ce qu'il lui restait à accomplir.

Aussitôt, leur transformation commença. Leur cou s'allongea, mince et effilé ; des plumes noires et argentées recouvrirent leur peau, frémissantes.

Un par un, les fils d'Ordo Maas se transformèrent en grues, magnifiques d'élégance.

Et les grands oiseaux prirent leur envol dans le ciel nocturne.

La navigation à bord du *Dragon Blanc* ressemblait à ce qu'ils avaient connu sur le *Dragon Indigo*, à quelques détails près : ce bâtiment était bien plus spacieux. Et beaucoup plus rapide.

— J'aimais le *Dragon Indigo*, dit Aven, qui tenait le gouvernail. Mais je sens que je m'habituerai très vite à celui-ci. Je me demande si Nemo le connaît.

— Nous allons à bonne vitesse, c'est certain, reconnut Bert. John, avez-vous fait le point ? Dans quelle partie de l'Archipel sommes-nous ?

Ayant étalé les cartes de la *Geographica* sur le pont, John, Charles et Artus étudiaient la route entre Byblos et leur destination. De son côté, Jack examinait le gréement et les voiles. Personne ne se souciait de ce que Magwitch fabriquait, ce qui convenait au Régisseur. Il se tenait aussi loin d'eux que possible. Son crâne endolori se ressentait encore du coup de pied de Charles.

John se mordit la lèvre et rédigea quelques notes rapides avant de répondre à la question de Bert :

— Nous sommes plus au sud que je ne l'espérais, mais plus à l'ouest que je ne le pensais.

S'adressant à Aven, il lança :

— Pouvez-vous mettre le cap sur six degrés nord nord-ouest ? Ça devrait faire l'affaire.

— Pas de problème.

Posant son bras sur l'épaule de Bert, John l'attira pour lui montrer les cartes et la route qu'il projetait de suivre :

— L'île du Cartographe est la plus grande de ce chapelet d'îlots. Un archipel au cœur de l'Archipel. Sans doute les vestiges d'un immense cratère volcanique surgi du fond de l'océan il y a plusieurs milliers d'années. Il a dû s'effondrer sur lui-même ou être submergé par la montée des eaux, car il ne subsiste de sa circonférence que des fragments isolés, formant un cercle d'îles irrégulières.

— Combien y en a-t-il ? voulut savoir Artus.

John examina de nouveau la *Geographica* :

— Près d'une douzaine. Celle qui nous intéresse se trouve au centre, droit devant nous. tel un pendentif accroché à un collier.

Charles était allé fouiller dans les provisions. Il en revint avec un gros sac plein de galettes de Farfadets préparées par Jaboteur. Il se pencha sur l'atlas par-dessus l'épaule de John et, tout en mâchant un biscuit, il demanda :

— Comment s'appelle-t-elle ?

— Je ne vois pas d'indication pour cette île-ci. Mais l'ensemble est désigné, par un mélange de latin et de grec ancien, comme le *Chamenos Liber*.

— Drôle de nom. Sait-on d'où il vient ?

John feuilleta vainement plusieurs pages avant de se tourner vers Bert, qui haussa les épaules :

— Aucune idée. Stellan Sigurdsson le savait peut-être ; en tout cas, il ne m'en a rien dit. Quant à moi, je n'ai ni lu ni entendu quoi que ce soit à ce sujet. C'est un des endroits les plus anciens de l'Archipel, et le Cartographe est le créateur de la *Geographica*. Si on ne trouve pas la réponse dans l'ouvrage, il est possible que le Cartographe lui-même l'ignore.

Ayant défini le cap, Aven laissa le *Dragon Blanc* effectuer les corrections nécessaires et descendit dans la cambuse pour aider Artus à préparer le dîner. Comme lors de la collation prise sur l'île de Byblos, le menu était végétarien, à base de pain et de céréales, agrémentés de diverses conserves et compotes. Un agréable changement après les biscuits de Jaboteur et les fromages rances dont raffolait l'équipage du *Dragon Indigo*.

Toujours plongé dans la *Geographica*, John s'acharnait à déchiffrer les nombreuses annotations se rapportant à l'île du Cartographe. Plus pour lui-même que pour ses compagnons, il marmonna :

— Selon ce texte, si je peux me fier à mon italien, le Cartographe habite une haute tour appelé le Garde-Temps. À l'intérieur, un escalier en colimaçon ouvre sur une série de portes. Le Cartographe doit être derrière l'une d'elles.

— Le livre ne précise pas laquelle ? demanda Charles.

— Non. Mais je lis ici un avertissement : ne jamais ouvrir aucune de ces portes. Je ne saisis pas bien pourquoi...

— Nous n'aurons qu'à nous tenir au pied des marches et crier son nom jusqu'à ce qu'il réponde, dit Artus, remontant de la cambuse avec un plateau copieusement garni. C'est comme ça que j'appelais le Chevalier Vert, quand il me laissait au fond du Puits des Vœux, à Avalon.

— Il vous en a fait voir, hein ? fit Charles.

— Vous n'avez pas idée ! Il prétendait qu'il s'agissait d'un « entraînement de chevalerie ». En fait, c'était une façon de se débarrasser de moi dès qu'il n'avait plus besoin de mes services.

— Le Puits des Vœux ? répéta John. C'était un puits magique ?

— Non, je l'appelais comme ça parce que, lorsque j'étais au fond, je passais le plus clair de mon temps à souhaiter être ailleurs.

*
* *

John enveloppa l'*Imaginarium Geographica* dans un morceau de toile trouvé dans les cales du navire et la rangea en sécurité dans la cabine. Malgré les lourds nuages d'orage qui s'amoncelaient sur l'horizon, la lune brillait à nouveau d'un vif éclat. Le temps était clément. En d'autres circonstances, ce simple repas servi sur le pont aurait ressemblé à de joyeuses agapes nocturnes.

Jack et Bert rejoignirent les autres pour se restaurer. Quant à Magwitch, il ne s'intéressa à la nourriture que pour déplorer l'absence de marmelade. En revanche, il demanda à Aven si elle comptait servir à boire.

Pour toute réponse, elle lui lança le couteau à pain, qui siffla près de sa tempe avant de se ficher dans le mât avec un bruit sec. Artus se leva alors pour montrer à Magwitch l'emplacement de la réserve d'eau avant qu'Aven ne lui envoie d'autres projectiles.

Charles secoua la tête, perplexe :

— Comment Dickens a-t-il pu juger ce type digne d'être Cartographe ?

Bert eut un geste d'ignorance :

— Il ne m'en a jamais parlé. Il est vrai qu'il avait déjà pris sa retraite, lorsque je l'ai rencontré. Il avait transmis la *Geographica* à un certain Jules, l'homme qui, à son tour, m'a recruté.

— Peut-être avez-vous été contacté parce que Magwitch ne faisait pas l'affaire, supposa John.

Bert envisagea cette possibilité en mâchouillant des graines de cumin :

— Je me demande si ce fut une bonne ou une mauvaise chose...

— Ce type est une calamité, fit remarquer Jack. Si on y réfléchit, il est le pivot autour duquel tout tourne : le vol du chaudron, la mort d'Archibald, le meurtre du professeur Sigurdsson, le Conseil truqué de Paralon. Sans lui, le Roi Hiver ne se serait pas lancé à notre poursuite, parce qu'il n'aurait rien su de la *Geographica*.

Aven approuva avec conviction.

Une violente secousse ébranla alors le *Dragon Blanc*, puis une deuxième, comme s'il avait heurté un écueil.

— Bon sang ! jura Aven.

Elle se précipita sur le gouvernail, qui tournait follement.

— Qu'est-ce qui se passe ? lui cria Jack.

— Aucune idée ! grommela Aven en luttant contre la roue. Le *Dragon Blanc* a décidé de virer de bord, dirait-on.

Le jeune homme courut à l'avant et colla son œil à la longue-vue :

— Je ne vois rien. Ni navire ni île. Pas même une épave dérivant à la surface.

Bert fronça les sourcils :

— Quelqu'un est-il tombé par-dessus bord ?

John fit un décompte rapide et lâcha, le visage décomposé :

— Où est Artus ?

Charles bondit aussitôt :

— Et Magwitch ? Où est-il ?

C'est alors que Jack, penché à tribord, hurla :

— Le canot de sauvetage ! Il a disparu !

John retrouva son écuyer étendu sur le sol de la cambuse, inconscient et ensanglanté.

— J'aurais dû m'en douter, grommela le jeune Conservateur. Pardonne-moi, Artus !

Le futur roi cligna des yeux et se redressa lentement :

— Il m'a frappé. Je suis désolé...

— Ce n'est pas votre faute, déclara Aven. C'est la nôtre. Il fallait le tuer, je l'ai assez dit.

— En tout cas, nous en voilà débarrassés, constata Charles. A-t-il volé quelque chose ?

— Rien d'important, semble-t-il, répondit Aven. Le canot, quelques provisions et un peu d'eau.

— Il avait préparé sa fuite, dit Bert. Il a conçu son plan dès qu'il est monté à bord et qu'il a aperçu la chaloupe.

— Dans quel but ? intervint John. Il est détesté dans tout l'Archipel...

Le regard de Jack tomba alors sur les mains d'Artus :

— L'anneau ! Il a volé l'anneau !

— Oh, non..., gémit John.

Il se précipita hors de la cambuse, revint quelques minutes plus tard, effondré :

— Elle n'est plus là ! Il a emporté aussi la *Geographica* !

— Voilà pourquoi le *Dragon Blanc* voulait revenir en arrière, comprit Aven. Il savait, il voulait nous avertir.

Alentour, on ne détectait plus aucune trace de Magwitch. Sans connaître son cap, impossible de le poursuivre.

— Qu'est-ce qu'on fait ? demanda Charles. On retourne à Paralon consulter Samaranth ?

Aven secoua la tête :

— Il nous a déjà révélé tout ce qu'il savait. Il a été clair là-dessus.

— Sans la *Geographica*, intervint Jack, avons-nous encore une raison de chercher le Cartographe ?

— Personne ne connaît le sujet mieux que lui, souligna Charles. Même si nous ne sommes plus en possession du livre, il peut encore nous apprendre à le détruire. Quand nous le retrouverons...

— On n'a plus le choix, conclut Bert. Il faut continuer.

QUATRIÈME PARTIE

Le Garde-Temps

13
LA TOUR

Le cap ayant été déterminé avec précision, ils n'eurent guère besoin de corriger leur trajectoire. Mais, une fois encore, John eut la douloureuse impression d'avoir failli à sa tâche. Aven, furieuse, n'adressait plus la parole à personne. Artus lui-même se tenait à distance. Seuls Charles et Bert se montraient sereins. Jusqu'à un certain point.

— On ne pouvait pas prévoir ça, ressassait Bert. On avait toutes les cartes en main, on pensait la partie terminée. Comment imaginer que ce maudit Régisseur jouerait son denier atout ?

— Et dire que je lui ai sauvé la vie ! soupira Charles

— Ce que je ne comprends pas, ajouta John, c'est pourquoi il s'est emparé de la *Geographica*. Il avait l'Anneau de Pouvoir. Qu'il ait prévu de l'apporter au Roi Hiver, de le vendre ou de l'utiliser pour son propre compte, il n'avait plus besoin du livre. Alors ?

Jack, qui se tenait à la proue, lui donna la réponse sans même se retourner :

– À cause de l'incantation. L'anneau ne suffit pas, il faut prononcer la formule magique pour convoquer les dragons. À présent, il dispose des deux.

*
* *

L'aube finit par se lever. La matinée s'écoula, puis l'après-midi. Les compagnons dormirent, se restaurèrent, vaquèrent à leurs occupations en évitant de se croiser.

Alors que le soleil déclinait, le *Dragon Blanc* arriva enfin en vue d'un large cercle d'îles. Leurs masses de granit gris se dressaient au-dessus des flots comme autant de sentinelles. Ce qu'elles étaient d'une certaine manière.

Les îles du Chamenos Liber n'avaient ni rivage ni flancs en pente. On aurait dit de massives colonnes de pierre tombées du ciel et fichées dans la surface miroitante de l'océan.

À cette distance, l'île principale, noyée dans la brume, était à peine visible. Aven lança un regard interrogateur à John, qui approuva de la tête : ils touchaient au but.

La jeune capitaine manœuvrait déjà pour louvoyer entre les monolithes lorsque Jack s'empara de la barre et la tourna d'un geste brusque. Le *Dragon Blanc* se cabra, manquant de peu de heurter le roc le plus proche.

– Que faites-vous, espèce d'imbécile ? hurla Aven, stupéfaite. C'est moi qui barre, ici !

– Désolé, il était trop tard pour vous prévenir. Je crois préférable d'éviter les petites îles et d'approcher la plus grande par l'est.

– C'est plus rapide de voguer droit devant !

– Probablement. Mais je crains que ce ne soit pas de la brume. Plutôt de la vapeur.

Tous s'alignèrent le long du bastingage, et ils comprirent que Jack avait raison. Le brouillard qui leur masquait l'île du Cartographe semblait contenu dans le cercle des colonnes de granite.

— Je me suis souvenu des propos de John sur l'origine volcanique de cet archipel, expliqua Jack. Je juge plus sage de passer au large, quitte à mettre un peu plus de temps.

— Bien, Jack, approuva Bert. Vous vous montrez digne du *Dragon Blanc* !

— Regardez, fit Artus, désignant l'île principale. Cette tour...

Il se pencha tant en arrière qu'il trébucha contre Charles :

— Impossible d'en apercevoir le sommet !

C'est le Garde, chuchota John. Le Garde-Temps...

Et sa voix se noya dans la brume nocturne.

L'île mesurait moins d'un mile de large. À la différence des autres îlots, abrupts, elle présentait une pente herbeuse, qui s'élevait doucement jusqu'au pied de la tour. Celle-ci, d'une circonférence d'environ quinze mètres, était percée sur toute sa hauteur d'ouvertures disposées en quinconce tous les six ou sept mètres. Les pierres du mur en granite, fort anciennes, étaient d'un gris plus clair que celui des îlots, comme si elles étaient vaguement immatérielles, ou d'une origine différente que le sol sur lequel elles s'appuyaient.

Aven guida le *Dragon Blanc* vers les basses eaux, et ils débarquèrent. Ils foulèrent une plage de galets que l'herbe envahissait peu à peu.

Debout sur le rivage, ils échangeaient des regards incertains : ils n'avaient pas la moindre idée de ce qui les attendait à l'intérieur. Ils n'avaient entrepris ce long voyage et traversé toutes ces épreuves que pour apporter la *Geographica* à la seule personne capable de la détruire. Et ils avaient perdu le livre quelques heures avant d'atteindre leur destination.

Tous se tournèrent vers John, attendant de lui qu'il les conduise à la tour. Le jeune homme se sentit stupide.

La base du bâtiment était ceinte d'arcades ouvrant sur l'intérieur, comme si la tour reposait sur quatre pieds gigantesques. Une luminosité émanait du sol, puis s'estompait progressivement vers les hauteurs, remplacée par la lumière qui brillait aux fenêtres.

Au centre du niveau inférieur s'élevait une plate-forme circulaire. De chaque côté, deux volées de marches s'élevaient en se croisant et en se recroisant à la manière d'une tresse. À chaque intersection, il y avait une porte enchâssée dans la muraille. Ces portes ne comportaient apparemment ni gonds ni poignée. Elles étaient là, c'est tout.

Jack s'avança au bas des marches :

— On dirait un escalier sans fin. Je ne vois pas où il s'arrête.

— De l'extérieur, on n'aperçoit pas non plus le sommet, renchérit Charles. Si le Cartographe ne se trouve pas derrière la première porte, nous sommes bons pour une sacrée ascension !

— Alors, touchons du bois ! dit Artus.

Il grimpa jusqu'à la porte la plus proche et leva le poing pour frapper.

Avant que sa main ne touche le battant, celui-ci tourna tout seul. Or, il ne donnait pas accès à une pièce située dans la tour, comme on pouvait le croire. Il ouvrait sur une étendue de forêt vierge noyée dans la brume. L'intérieur était l'extérieur !

— Un marécage, constata Artus.

— Pas exactement, dit Bert. À mon avis, c'est une ouverture vers le passé, vers l'aube du monde.

— N'est-ce pas un éléphant là-bas ? leur fit remarquer Charles.

— Non. Il s'agit d'un mammouth...

— Un mammouth laineux ? répéta Charles, incrédule. Allons ! Soyez sérieux.

— Ça ne peut pas être un mammouth, argumenta Jack. Ils vivaient sous des climats bien plus rigoureux, dans les steppes ou les toundras enneigées.

— Servez-vous de vos yeux ! Les miens voient un mammouth laineux au milieu d'un marécage.

— Il n'a pas l'air de bouger, constata John. D'ailleurs, rien ne bouge ici. On dirait que tout est sculpté dans la pierre.

C'était vrai. Les feuilles ne frémissaient pas. Les nuages ne dérivaient pas devant l'énorme disque lunaire. Les insectes eux-mêmes semblaient figés en plein vol, comme piégés dans un morceau d'ambre clair. Jusqu'au moment où Artus fit un pas en avant et franchit le seuil...

183

Ils entendirent aussitôt le bourdonnement des insectes, tandis que montait une puissante odeur de chairs putréfiées et, supposèrent-ils, d'excréments de mammouth.

La végétation ondulait doucement sur les berges d'une large rivière qui coulait tout près de l'entrée. La faune aussi s'anima. Une tête d'une taille extraordinaire jaillit hors de l'eau et s'éleva, au sommet d'un cou interminable, jusqu'à culminer à une douzaine de mètres.

— Un monstre marin ? supposa Artus.

— Mon vieux maître, Sir Richard, les appelait « dinosaures », répondit Bert. Quoi qu'il en soit, il est temps de quitter ces lieux. Cet animal paraît affamé. Et je suis loin de courir aussi vite que vous !

Artus recula vivement et tira la porte derrière lui :

— D'accord. D'ailleurs, le Cartographe n'habite pas ici.

— Eh bien, montons ! décida John.

– Dans le sens des aiguilles d'une montre ou le contraire ? demanda Charles, en désignant les deux escaliers jumeaux.

– Dans le sens contraire, trancha Bert. C'est toujours plus prudent.

S'étant ainsi mis d'accord, ils entamèrent l'ascension.

*
* *

À chaque palier, l'un d'eux essayait une nouvelle porte. Chacune s'ouvrait sur un paysage différent, sur une autre période du passé. Charles fut le premier à noter que ces scènes ne se présentaient pas au hasard. Elles se succédaient dans un ordre précis.

– Nous avançons dans le temps, expliqua-t-il. En bas, nous étions à l'aube du monde. À mesure que nous montons, nous traversons les époques successives de la civilisation.

– Qu'allons-nous découvrir au sommet ? demanda Aven.

– Bonne question ! Nous finirons bien par le savoir. Mais, à ce qu'il me semble, nous n'avons pas encore atteint l'âge du bronze.

– Ce qui me frappe dans le passé, commenta Bert, c'est que ça pue ! Mes vêtements empestent encore la bouse de mammouth.

Jack s'approcha de la porte suivante, qui s'ouvrit dès qu'il approcha la main. Derrière, un diorama, aussi figé que les précédents, présentait une brutale scène de combat. Des Vikings affrontaient une horde que Bert identifia comme étant des Mongols. Le sol buvait le sang des combattants, dont beaucoup avaient perdu un bras ou une jambe.

– Ce n'est pas encore la bonne porte, constata le jeune homme. Cependant, à en juger par les haches, je confirme que nous sommes à l'âge du bronze.

— Euh... Jack ? fit Charles.

— Oui ?

— Ces guerriers... Ils viennent dans notre direction.

Jack s'aperçut qu'il avait passé le seuil par inadvertance, libérant la scène de sa pétrification. Il recula d'un bond. Les combattants, pris d'une fureur guerrière, arrivaient déjà au galop.

— Fermez la porte ! crièrent les autres d'une seule voix.

Ce que Jack fit, à l'instant où une pique souillée de sang se fichait dans le battant. Ils retinrent leur souffle, mais il n'y eut pas d'autre impact.

— Apparemment, constata Bert, tirer la porte referme le portail temporel.

— Dieu merci ! soupira Jack.

C'est alors qu'un grondement ébranla la tour, et le sol vacilla sous leurs pieds. Le phénomène cessa, aussi soudaine- ment qu'il avait débuté.

— Qu'est-ce que c'était ? s'inquiéta John.

— Aucune idée, répondit Bert. Mais ça sent toujours aussi mauvais, ici.

— En effet, reconnut Aven. Pourquoi ? Le portail préhisto- rique qui puait tant se trouvait tout en bas. Or, nous grimpons depuis des heures. Nous devons être à plusieurs centaines de mètres plus haut, à présent.

Jack fixait le battant sur lequel les guerriers s'étaient rués :

— Artus ? La porte du premier niveau... Vous l'avez refermée, n'est-ce pas ?

— J'en suis sûr. Tout à fait sûr...

Jack n'eut pas le temps d'insister. Une gueule énorme, dégoulinante de bave et bordée de crocs acérés, s'intro- duisit entre les deux volées d'escaliers. D'un claquement de mâchoires, elle mit en pièces la belle certitude d'Artus.

La tête du monstre précédait un long cou et un corps renflé, soutenu par quatre nageoires colossales qui s'appuyaient sur les deux rangées de marches, s'y agrippant comme à une échelle.

— Comment est-il passé par la porte ? s'exclama Artus, stupéfait. Il est bien trop gros !

— Enfer et damnation ! jura Aven. J'ai laissé mon sabre à bord !

Jack cherchait des yeux une arme quelconque. Les murs de la tour étaient désespérément nus. Soudain, il claqua des doigts :

— S'il est sorti, il pourra rentrer. John ! Charles ! Contournez-le par en dessous et tenez-vous prêts. Artus ! Ouvre une porte derrière moi !

— Laquelle ?

— N'importe laquelle ! Vous y êtes ?

Le monstre observait Charles, la proie la plus proche.

— En voilà, un beau sourire…, ironisa ce dernier. Ce n'est pas de chance : maintenant qu'on a une bête assez grosse pour avaler Magwitch, il n'est plus là !

Jack se mit à gesticuler pour attirer l'attention de l'animal :

— Hé, toi ! Par ici !

Le cou reptilien fendit l'air, et le jeune homme fut soudain nez à nez avec le monstre.

— Enfer ! lâcha-t-il. Ça marche trop bien !

Jetant son poing en avant, il l'abattit de toutes ses forces sur l'œil qui le fixait. Avec un grognement de rage, la bête plongea en avant. Jack sauta dans la cage d'escalier, aussitôt rattrapé par John et Charles, qui le hissèrent en sécurité sur l'autre volée de marches.

Propulsés par la force de son assaut, la tête et le cou du dinosaure s'engagèrent dans l'ouverture de la porte, où ils restèrent coincés. Cependant, de manière inexplicable, le corps de l'animal se contracta jusqu'à franchir le seuil.

Quand il fut entièrement passé, Artus claqua le battant derrière lui :

— Il s'en est fallu d'un cheveu ! En tout cas, cette porte-ci est bien fermée. Désolé pour l'autre !

— Bravo, mes enfants ! s'exclama Bert en applaudissant des deux mains. Bravo ! Bien joué.

— Avez-vous eu le temps de jeter un œil dans cette pièce ? demanda Charles.

— Oui, fit Jack, encore tout essoufflé. J'ai vu des hommes en kilt. Des Écossais. Le XVIe siècle, j'imagine.

— Parfait ! Un monstre aquatique lâché en Écosse ! C'est plein de lacs, là-bas. Voilà qui devrait avoir d'intéressantes répercussions...

Les compagnons s'assirent sur les marches, le temps de reprendre leur souffle. Chacun se félicitait de s'en être sorti de justesse. Seul John semblait au bord des larmes.

— Qu'est-ce qui ne va pas ? s'inquiéta Bert. Haut les cœurs ! On a la baraka !

— C'est Jack qui a la baraka, marmonna John. Quel que soit le danger, il trouve toujours la parade.

— Oui, je suis assez doué pour ça.

— Pas de vantardise, Jack ! le sermonna Charles. Chacun de nous a son rôle à jouer. Et je suis autant à blâmer que n'importe qui pour ne pas avoir tenu Magwitch à l'œil.

— Magwitch n'est qu'une part du problème, objecta Jack. Ce qu'il faut, c'est savoir agir au bon moment. Ce que John n'a pas l'air de comprendre.

John le fixa un instant. Puis il se leva et s'engagea sur les marches. Jetant des regards anxieux en dessous et au-dessus, les autres lui emboîtèrent le pas.

*
* *

Ils grimpaient.

Attentifs à conserver leur souffle malgré l'effort, ils progressaient sans un mot. Seul l'étrange grondement qui revenait environ toutes les heures troublait régulièrement le silence.

Au début, Charles avait entrepris de compter les étages. La bataille contre le monstre lui ayant fait perdre le fil, il recommença. Il finit par abandonner après avoir atteint le quatre centième palier.

— Je comprends pourquoi le Cartographe s'est retiré des affaires de l'Archipel, dit-il. Il lui faut un siècle rien que pour descendre saluer le laitier...

— Je me trompe, ou il fait de plus en plus sombre ? demanda Artus.

Bert leva la tête et poussa un cri de joie :

— Le plafond ! Je vois le plafond ! On est presque au sommet.

Il ne restait que trois niveaux et quatre portes au-dessus d'eux. Au-delà de la dernière porte, il n'y avait plus de marches.

— Le seuil du futur, commenta Bert. Inaccessible. L'avant-dernière porte sera celle du Cartographe. J'en suis sûr.

John, cependant, s'était arrêté devant la porte la plus proche. Il l'examinait avec curiosité tout en humant l'air.

— Qu'y a-t-il, John ? demanda Aven. Un problème ?

— Non, fit-il. Ça sent la cannelle.

14
UNE VISITE NOCTURNE

Transporté par l'odeur de cannelle, le Conservateur de l'*Imaginarium Geographica* se sentit soudain libéré : il n'était plus responsable ni du sort des deux mondes, ni de l'issue de la guerre. Il oubliait les nombreux échecs devenus des chaînes à son cou, de plus en plus pesantes. Il redevenait un simple étudiant soldat, n'ayant d'autre devoir que d'étudier des manuscrits en vieil anglais et de s'assurer qu'il n'avait pas oublié son fusil dans une tranchée.

189

Il tendit la main, effleurant la surface du bois.

— John ! s'exclama Charles. Après ce qui est arrivé dans les étages inférieurs, vous n'allez pas prendre le risque d'ouvrir une nouvelle porte !

— Oui, renchérit Jack. Montons d'abord jusqu'à l'avant-dernière pour vérifier si le Cartographe est là. Nous avons perdu assez de temps avec le passé, si je peux m'exprimer ainsi...

— Celle-ci est différente, argua John. Vous sentez ?

Aven s'approcha :

— Oui. On dirait une odeur de tabac.

— Du tabac à la cannelle, précisa John. Un mélange spécial.

— Bizarre, fit Bert en se grattant la tête. La seule personne de ma connaissance qui fumait ce genre de...

La voix lui manqua, et ses yeux s'écarquillèrent de surprise :

— John ! Ouvrez cette porte !

D'un geste assuré, le Conservateur avança la main. Le battant tourna silencieusement sur ses gonds, et une bouffée de fumée parfumée enveloppa les compagnons.

Ils avaient devant eux le spectacle le plus familier qu'ils aient découvert jusqu'alors dans la tour. Car, à l'exception d'Aven et d'Artus, ils s'étaient trouvés là quelques jours plus tôt.

C'était une pièce de travail à la décoration toute britannique, aux étagères emplies de livres. Et une silhouette connue – qui n'aurait pourtant jamais dû se trouver là – examinait à la loupe de vieux incunables tout en tirant calmement sur sa pipe.

Si les autres tableaux ne prenaient vie que lorsqu'on franchissait le seuil, celui-ci était déjà animé, à croire que les visiteurs étaient attendus. L'homme remarqua le petit groupe debout sur le pas de la porte. Quand il parla, le timbre de sa voix ne laissa aucun doute sur l'identité de celui qui se tenait derrière la grande table de chêne. Le professeur Sigurdsson invita de la main son jeune protégé à s'avancer et à s'asseoir :

— John, mon cher enfant. Je vous en prie, entrez. Nous avons beaucoup de choses à nous dire.

Plissant les yeux derrière la fumée de sa pipe, il continua :

— Y a-t-il d'autres personnes avec vous ? Il m'a semblé apercevoir quelqu'un, dehors.

John se tourna vers Bert. Celui-ci secoua la tête. Quelle que fût l'importance de cette discussion, elle concernait John et lui seul. Le Conservateur entra donc dans le bureau et referma la porte derrière lui.

— Non, professeur, dit-il. Il n'y a que moi.

Le professeur se leva, saisit la main de son visiteur et la secoua énergiquement :

— Je suis si heureux de vous voir, John ! Étant donné la difficulté des transports en cette période troublée, je ne vous attendais pas avant un jour ou deux.

— Croyez-moi, professeur, répondit le jeune homme en s'asseyant face à son maître, moi non plus, je n'espérais guère vous rencontrer.

Il était abasourdi. Tout était allé si vite ! À peine avait-il appris le meurtre du professeur qu'il s'était trouvé plongé, sans même avoir le temps de faire son deuil, dans l'aventure sur l'Archipel. Depuis, ses souvenirs étaient devenus flous, mêlés de regret et de chagrin, et dominés par un amer sentiment d'échec.

L'espace d'un instant, il se demanda si, dans cet univers, cette rencontre n'était pas l'équivalent d'une convocation chez le recteur pour être réprimandé, nonobstant le fait que ledit recteur fût mort.

— Je ne sais pas ce qui nous vaut cette chance inattendue, commença le professeur. Mais elle me réjouit, car je crains de ne pas survivre à cette nuit.

John le regarda fixement. Le professeur Sigurdsson aurait-il eu la prémonition de son assassinat ?

Laissant sans réponse la question muette de son étudiant, le vieil homme poursuivit :

— D'étranges évènements se produisent en ville, depuis peu. Ils m'obligent à m'impliquer bien plus que je ne l'aurais souhaité à mon âge. Mais j'ai des responsabilités, je dois les assumer, quel que soit le prix à payer.

— J'ai reçu votre message, professeur. Qu'avez-vous à me dire ?

— D'après vos lettres, mon jeune ami, j'ai compris que vous étiez empli d'appréhension. Pas seulement à cause de la guerre ; vous craignez aussi pour votre avenir. Vous êtes à la croisée des chemins, sans savoir sur lequel vous engager. Cependant sachez ceci : je vous ai choisi parce que vous avez des dons. Des dons remarquables. Si vous les développez, comme j'espère vous y avoir aidé, vous mènerez une vie extraordinaire. En tout point exceptionnelle.

John demeura interloqué.

Il ne s'était pas attendu à un tel discours. En bon maître, le professeur s'était toujours montré bienveillant à son égard. Mais un ton aussi direct, un encouragement aussi passionné étaient plus qu'inhabituels.

— Je n'ai pas été totalement honnête avec vous, John, reprit le vieil homme. Les études dans lesquelles je vous ai engagé... Je vous ai un peu forcé, je le sais. Je poursuis un but. Un but bien plus important que je vous l'ai laissé entendre. Je suis prêt à vous l'expliquer, à présent.

Tout en l'écoutant, John réfléchissait. Était-il remonté en arrière, revenu à la nuit où le professeur avait été assassiné ? Ou assistait-il à une sorte de manifestation spectrale, un phénomène dû aux mystérieuses énergies du Garde-Temps ? Si tel était le cas, qu'arriverait-il s'il révélait son avenir au professeur ? Cela modifierait-il les évènements du passé ? À moins que cela n'embrouille encore davantage le présent ?

John se décida enfin :

— Vous m'avez formé pour devenir Conservateur.

Le professeur parut soulagé :

— Ainsi, vous savez. Magnifique, mon garçon ! Comment avez-vous fini par comprendre ?

— J'ai rencontré Bert. Et j'ai vu l'*Imaginarium Geographica*. Mais...

— Excellent ! le coupa le vieil homme. Ce qui m'arrivera ne compte pas. Plus maintenant.

– Oh si, cela compte ! Comment pouvez-vous prétendre le contraire ?

Le professeur Sigurdsson tira une bouffée de sa pipe, et la pièce s'emplit d'une senteur aromatique :

– Parce nous avons tous notre rôle à jouer. Le mien était de vous former, de vous préparer à votre fonction. Ni plus ni moins. Je constate que j'ai rempli ma mission. À présent, je peux accueillir ce qui se présentera avec un hochement de tête et un clin d'œil complice.

– C'est bien le problème ! Vous avez tenu votre rôle, je n'ai pas joué le mien. J'étais un mauvais élève, professeur. Et j'ai échoué de la plus lamentable façon.

Le professeur éclata de rire, avant de comprendre que le jeune homme parlait sérieusement.

– Les élèves seront toujours des élèves, John. Les distractions de la vie influencent leur travail et réciproquement. En outre, vous avez été mobilisé, et la guerre a affecté vos études.

– Je ne parle pas de ça, répliqua John.

Il ne parvenait pas à admettre ses échecs depuis son arrivée dans l'Archipel des Rêves : son incompétence en tant que traducteur, et surtout la perte de la *Geographica*.

– Bert, reprit-il, m'a appris ce que l'on attendait de moi en tant que Conservateur Principal, et je ne suis pas sûr d'en être capable. Je ne suis pas prêt.

– La dernière fois que nous avons discuté de vous, Bert a manifesté les mêmes doutes, reconnut le professeur. Pourtant, je lui ai assuré que vous sauriez relever le défi lorsqu'on ferait appel à vous. Et ma parole lui a suffi. Il ne m'en a plus jamais reparlé. D'ailleurs, à dire vrai, Bert a été le premier à vous soutenir, bien avant moi. Si je suis un bon érudit, Bert a de l'imagination. Il en existe peu comme lui. En vous, mon garçon, il a décelé une âme sœur. Écoutez-le, John. Quand j'aurai disparu, Bert sera toujours là pour vous aider et vous conseiller, mieux que je ne saurais le faire. Étudiez l'œuvre des Conservateurs qui vous ont précédés et qui ont consigné leur sagesse dans les pages de la *Geographica*. Ils sont les dépositaires d'un savoir dont vous aurez besoin à votre tour. Notez également ce que vous observez, afin de pouvoir transmettre vos connaissances à ceux qui vous succéderont. Car vous êtes entré dans une longue tradition, mon garçon. Une fois que vous en aurez accepté la charge, elle deviendra partie intégrante de votre vie.

Prenant les mains de John entre les siennes, le professeur conclut :

— Croyez en vous. Vous possédez tout ce dont vous avez besoin. Vous êtes fort, vous êtes intelligent. Et vous avez déjà appris plus qu'il n'est nécessaire pour accomplir les tâches qui vous attendent. À présent, vous devez dominer cette peur qui vous empêche d'embrasser votre destin.

— La peur d'être trop faible ?

— Non. La peur d'être trop fort !

John resta stupéfait :

— Trop fort ? Comment pourrais-je être trop fort ? Tout ce que j'aurais dû faire, je l'ai raté.

— À cause de cette peur, répliqua le professeur. Non à cause de votre inaptitude. À nos yeux ou à ceux des autres, nos faiblesses sont toujours évidentes. Mais nos forces demeurent cachées jusqu'au jour où l'on choisit de les révéler. C'est alors qu'on est réellement mis à l'épreuve, lorsque ce que l'on a dissimulé en soi apparaît au grand jour. Voilà, mon garçon, comment on prend la véritable mesure d'un homme. Croyez en vous. Vous n'étiez pas destiné à passer votre vie dans des bibliothèques poussiéreuses ou sur les champs de bataille. Vous être promis à de plus grandes choses. Croyez en vous, John, et vous connaîtrez une vie extraordinaire. Croyez en vous, mon cher enfant !

Le vent secouait les fenêtres du bureau, indiquant que le temps venait de changer.

— Voilà l'orage, constata le professeur. Je vous ai dit ce que j'avais à vous dire. Il est temps pour vous de partir.

Comme pour faire écho à ses paroles, un martèlement se fit entendre au-dehors. Le professeur se leva et posa la main sur l'épaule de son étudiant.

— Vous réussirez, mon garçon, ajouta-t-il en lui ouvrant la porte. Et rappelez-vous : quoi qu'il arrive, j'ai été et je serai toujours très fier de vous.

Sur ces mots, John sortit du bureau et referma le battant derrière lui.

Il se retrouva à l'intérieur du Garde-Temps.

— Quelque chose ne va pas ? demanda Aven.

— Que voulez-vous dire ?

— Vous avez à peine refermé la porte que vous la rouvrez, dit Charles. Vous n'êtes resté dans la pièce qu'une seconde ou deux.

— Impossible ! Je viens de parler trente bonnes minutes avec le professeur Sigurdsson...

— Les seuils ! comprit Jack. Ce sont les seuils qui brouillent nos perceptions. Pour John, la scène a duré une demi-heure. Pour nous, dans la tour, le temps n'a pas passé.

— Que vous a-t-il dit, John ? demanda Bert.

Le jeune homme sourit :

— Que nous avons une mission à remplir.

À peine achevait-il sa phrase que le grondement familier se fit de nouveau entendre. Le sol vacilla sous leurs pieds, le plafond sembla se dilater, comme si le bâtiment respirait.

— À mon avis, émit Charles, la tour grandit.

— C'est bien possible, dit Bert. Si chacun des seuils précédents s'ouvre sur des époques du passé, il tombe sous le sens que la chambre du Cartographe, qui est presque au sommet, avance constamment vers le futur. Quant à la pièce du dessus, elle est déjà dans l'avenir.

La porte qu'ils supposaient être celle du Cartographe était la seule à être munie d'une serrure. Jack s'accroupit pour y coller son œil.

De l'autre côté, une voix sèche et légèrement irritée protesta :

— Cessez de m'espionner ! Il est extrêmement grossier d'épier par le trou de la serrure. Enfoncez la porte ou bien allez-vous-en !

Jack se redressa.

— Avez-vous une clé ? demanda-t-il à Bert.

— Parmi la centaine de clés que je possède, aucune ne convient à cette serrure.

Charles avança la main et poussa. La porte ne bougea pas.

— Bloquée ! constata-t-il. Elle ne fonctionne pas comme les autres. Faut-il vraiment... l'enfoncer ?

— Il suffit peut-être de lever le loquet ? suggéra Artus en posant la main sur le mécanisme.

Il y eut un déclic, la porte s'entrouvrit avec un craquement.

— Hmm ! fit Artus. Je ne m'attendais pas à ça...

Il poussa le battant. Et ils pénétrèrent dans la dernière pièce, en haut des escaliers.

15
LE CARTOGRAPHE
DES TERRES OUBLIÉES

La chambre paraissait spacieuse, sans plus. Les murs étaient en pierre, autant qu'on puisse en juger tant ils étaient recouverts de cartes : des vieilles, des récentes, certaines topographiques, d'autres portant des indications culturelles, politiques ou agricoles. On y trouvait aussi bien des relevés de la Lune ou de l'Antarctique que des planisphères représentant la Terre au temps où tous les continents étaient encore soudés en une masse unique.

Des étagères surchargées de volumes contenaient probablement d'autres cartes. À l'exception d'une table et d'un siège, la pièce était dépourvue de mobilier. On n'y voyait que des mappemondes, des appareils de mesure et d'innombrables rouleaux de parchemin, comme on pouvait s'y attendre chez ce type d'érudit.

Le Cartographe des Terres Perdues dessinait, assis sur un fauteuil à haut dossier surmonté de l'emblème du Soleil Royal, profondément absorbé par sa tâche. Il esquissa quelques traits avant de replonger sa plume dans l'encrier, réfléchit, traça de nouvelles lignes, recommença.

Malgré l'aura de légende qui entourait son nom, le Cartographe n'avait rien de remarquable. Petit, courtaud, il portait des lunettes perchées au bout de son gros nez. Sa longue chevelure noire, à l'exception de deux mèches blanches le long des tempes, lui tombait sur les épaules.

Tel un chevalier, ou peut-être un membre de l'Inquisition, il portait une tunique rouge par-dessus une sorte de jupe faite de bandes de cuir clouté, serrée par une large ceinture de style gréco-romain. De longues bandes de tissu enveloppaient ses mollets et ses avant-bras.

— Oui ? fit-il, remarquant enfin ses visiteurs. Si vous venez chercher les documents, vous arrivez trop tôt. On n'est encore que ce fichu vendredi.

Sur ce, il se remit au travail comme s'ils n'étaient pas là.

Dans un coin de la pièce, la pendule égrena plusieurs minutes avant que John s'éclaircisse la gorge par deux fois, pour attirer l'attention du Cartographe.

Celui-ci essuya sa plume sur un buvard et leva les yeux :

— Vous venez pour la Guilde des Marchands ? Laurent de Médicis, je présume ?

— Euh... non. Je suis le Conservateur de l'*Imaginarium Geographica*.

Le Cartographe en laissa choir sa plume. Il écarquilla les yeux :

— Le Conservateur ? Vraiment ? Voilà qui est extraordinaire !

Il bondit de son fauteuil et les invita à s'approcher :

— Entrez ! Entrez ! Pardonnez ma méprise. Je suis sous pression, j'ai un délai très court pour terminer les cartes de Florence à l'époque de Laurent le Magnifique...

— Mais, dit Charles, Laurent de Médicis est mort en 1492...

— Vraiment ? Voilà donc pourquoi il ne m'a jamais fourni les références supplémentaires qu'il m'avait promises. J'aurais dû me douter qu'il ne se souviendrait plus de rien, une fois absorbé par ces stupides histoires de Nouveau Monde.

— Vous parlez de l'Amérique ? supposa Jack.

— Oui, un nom dans ce genre. Je n'en suis pas sûr, car je ne prête guère attention à ces nouvelles contrées, tant qu'elles ne sont pas mieux définies.

— L'Amérique est colonisée depuis déjà trois siècles, fit remarquer John.

— Vraiment ? C'est un bon début. Encore trois ou quatre siècles, et ces territoires seront peut-être dignes d'intérêt.

— Je vous demande pardon, intervint Bert. Mais nous sommes venus quérir votre aide.

Le Cartographe souleva ses lunettes pour examiner plus attentivement son interlocuteur et lui lança à brûle-pourpoint :

— Votre visage m'est familier. Pas comme celui d'un parent proche, plutôt dans le genre ne-seriez-vous-pas-sorti-avec-ma-fille ?

— Bert est l'un des derniers Conservateurs, expliqua Charles.

— Non, ce n'est pas cela, répliqua le Cartographe. Je ne vous situe pas. Pourtant, ce chapeau...

Il claqua des doigts :

— J'y suis ! Nous nous sommes rencontrés dans le futur. Je me souviens à présent. Cette sale affaire avec les Albinos. Et comment se porte la charmante Rose ? Va-t-elle bien ?

— Comment pouvez-vous avoir un souvenir de lui dans le futur ? s'étonna John.

— Parce que ceux qui oublient le passé en sont débarrassés, mais ceux qui se souviennent du futur savent s'ils doivent sortir ou non avec un parapluie.

Telle fut la réponse.

— À quoi bon connaître le futur si on ne se souvient pas du passé ? objecta Charles. Votre raisonnement est bizarre.

— Un peu de bizarrerie ne vous ferait pas de mal, ce me semble. Lâchez-vous donc un peu ! Le passé est passé. À trop y repenser, on se complaît à déplorer ses échecs ou à se féliciter de ses réussites. Les uns et les autres n'ont plus d'importance, puisque qu'ils appartiennent au passé. Le futur, lui, est à venir. C'est toujours réconfortant d'espérer les évènements heureux ou d'échafauder des plans pour contrer les mauvais.

— Si on anticipe l'arrivée d'un malheur, peut-on l'éviter ou organiser les choses autrement ? demanda Charles.

— Vraisemblablement. Mais, en ce cas, les évènements heureux perdraient toute leur saveur. Les bonheurs de la vie nous valent souvent des souffrances ultérieures. De même une joie inattendue vient parfois apaiser un chagrin. Ce sont ces aléas qui font le prix d'une vie.

Désignant la pièce, il expliqua :

— Prenez cette tour. C'est un endroit extraordinaire à visiter. Désireriez-vous pour autant y habiter ? Surtout si vous ne pouviez en sortir...

— Vous voulez dire que vous êtes prisonnier ?

— Les circonstances qui m'ont valu de résider ici, dans le Garde-Temps, étaient entièrement de mon fait. Parfois, je rêve de recouvrer ma liberté. Pourtant, si on m'offrait le choix, je suivrais le même chemin.

— Depuis quand vivez-vous ici ? demanda Jack.

— En quelle année avez-vous dit que nous étions ?

— En mars 1917.

— Environ mille cinq cents ans, grosso modo, calcula le Cartographe. Mais ce n'est pas comme si j'étais inactif. L'Archipel des Rêves est vaste, après tout, il faut bien que quelqu'un en consigne la mémoire.

— Vous n'êtes donc pas sorti de cette chambre depuis un millénaire et demi ? insista Charles.

— Oh, ce ne fut pas toujours facile ! C'est souvent horripilant d'attendre que quelqu'un vienne vous apporter une affaire intéressante ou, mieux encore, un cadeau, comme les pommes de Paralon ou une bonne bouteille de whisky. Parfois, j'aurais aimé résider dans votre monde. Pour voir, par exemple, ce que Hitler aurait pensé d'un homme dans mon genre.

— Qui ça ?

— Aucune importance.

Il se tourna vers John :

— Vous êtes le Conservateur, m'avez-vous dit. Je suppose donc que vous venez me demander, soit de pratiquer quelque addition sur la *Geographica*, soit de la détruire, une option que je récuse, autant le souligner tout de suite. Je ne suis pas prêt à déchirer une œuvre qui m'a coûté près de deux millénaires de travail. Alors, où est-elle ?

— Je... euh... Je l'ai perdue, avoua John.

Levant les yeux au ciel, le Cartographe soupira :

— J'aurais dû m'en douter ! Les choses simples s'accomplissent en solitaire ; pour les catastrophes, il faut s'y mettre à plusieurs !

Secouant la tête il ajouta :

— Enfin, ce qui est fait, est fait. On n'y changera rien.

Le Cartographe revint d'un pas vif vers son bureau, s'assit et se remit au travail en chantonnant.

Les compagnons échangèrent des regards incrédules. Finalement, John toussa de nouveau discrètement. Le Cartographe leva les yeux :

— Quoi ? Vous êtes encore là ? Vous avez besoin d'une validation ?

— Euh... non. C'est que... euh... Je veux dire...

— Crachez le morceau, mon garçon ! Je suis très occupé.

— Eh bien, que devons-nous faire à présent ?

Le Cartographe repoussa ses lunettes sur son front :

— Désolé si je n'ai pas parlé net. Laissez-moi vous résumer les choses en trois points : vous avez besoin de la *Geographica* pour écarter les désastres qui menacent l'Archipel. Vous êtes le Conservateur de la *Geographica*. Vous avez perdu la *Geographica*. *Ergo*[1], tous ceux que vous connaissez, que vous aimez ou avec qui vous avez l'habitude d'échanger des plaisanteries ainsi que vous-mêmes allez être plongés dans les ténèbres et périr dans la misère. J'espère que les choses sont claires.

Sur ces mots, le Cartographe se remit à dessiner.

John se pencha vers Bert.

— Qu'est-ce qu'on fait, maintenant ? lui souffla-t-il.

— Je n'en ai pas la moindre idée. Peut-être devriez-vous retourner interroger Stellan ?

— Je ne crois pas que ce soit une bonne idée. La tour s'agrandit, rappelez-vous. Sa porte n'ouvre peut-être plus sur le même temps ni le même espace.

— Peste ! jura Bert.

— Au fait, intervint le Cartographe, comment êtes-vous arrivés ici ?

— Vous nous avez dit d'entrer, lui rappela Jack.

— Je vous ai dit de défoncer la porte ou de vous en aller, corrigea le Cartographe. Et j'espérais bien vous voir disparaître, car il est impossible de défoncer cette porte. Je le sais. J'ai passé la plus grande partie du septième siècle à essayer.

— Alors, comment entre-t-on ? demanda Charles.

— Les Conservateurs y sont autorisés grâce l'*Imaginarium Geographica*. Le livre agit comme la clef d'or qui ouvre toutes les portes ou comme une formule magique, un « Sésame, ouvre-toi ».

— Pour nous, le mot magique est « Alakazam ». C'est ce qui nous a permis d'entrer chez Samaranth, intervint Jack.

---

1. En latin, *ergo* signifie donc. (NdT.)

— Ne reprenez pas vos aînés, mon garçon ! Donc, je me répète : comment avez-vous ouvert cette porte ? Vous avouez avoir perdu la *Geographica*. Or, la seule autre manière de pénétrer ici est d'avoir l'autorisation du Grand Roi. Pardonnez-moi si je me trompe, mais aucun de vous ne me semble de lignée royale.

— Vous faites erreur ! lança Aven en désignant Artus. C'est lui qui a ouvert votre porte.

Le Cartographe bondit de son fauteuil et se précipita sur Artus.

— Ah ! Ah ! marmonna-t-il en examinant le jeune homme, qui ne put s'empêcher de rougir. Je comprends maintenant. Ce nez caractéristique... Vous êtes un descendant d'Arundel, de la Maison d'Eligure, si je ne me trompe. Comment vous appelez-vous, mon garçon ?

— Puce... Artus, en fait.

— Puce-Artus ? Un nom inhabituel pour un roi ! Il est vrai que tous les goûts sont dans la nature. Et que peut faire un modeste Cartographe pour Sa Majesté Puce-Artus ?

— Enfin ! grommela Charles. Nous avons capté son attention.

— Artus tout court, corrigea le jeune homme. Et voici mon ami John, le Conservateur qui requiert votre aide.

Le Cartographe dévisagea John par-dessus ses lunettes, l'air contrarié :

— Encore vous ! Je croyais vous avoir dit clairement qu'il n'y avait rien à faire, d'autant que vous n'avez plus quoi que ce soit à conserver.

Charles et Bert s'apprêtaient à prendre la défense du jeune homme, mais celui-ci les arrêta d'un geste et se campa devant le Cartographe :

— C'est faux. J'ai peut-être perdu la *Geographica*, je reste néanmoins le Conservateur.

Le Cartographe soutint son regard, les bras croisés, avant de soupirer :

— Continuez.

— Lorsqu'on m'a demandé d'être le Conservateur, je ne voulais pas de cette tâche. Je n'y étais pas préparé. Je refusais d'assumer une telle responsabilité. Puis j'ai compris que personne d'autre ne pouvait le faire et que des tas de gens comptaient sur moi. Devant une telle situation, il ne me restait qu'un seul choix : relever le défi et supporter toutes les épreuves jusqu'à avoir accompli ma mission.

— Intéressant, commenta le Cartographe. Mais je vous le répète : vous n'avez pas la *Geographica*. Comment pensez-vous remplir votre fonction ?

— Elle ne concerne pas seulement cet ouvrage. Elle consiste aussi à protéger les terres répertoriées sur ses pages. Pour l'heure, c'est ce que je m'efforce de faire. Posséder un atlas empli de cartes ne sert à rien si l'Archipel est ravagé par la guerre. Trouver un moyen de remédier à cette situation n'est-il pas plus important que de décider si je suis capable ou non de sauvegarder le livre ?

Les yeux du Cartographe étincelèrent :

— Pour la première fois, je vous entends parler comme un vrai Conservateur !

Revenant à son bureau, il prit une nouvelle plume :

— Désolé, je n'ai pas de siège pour vous. Vous allez donc vous servir du coussin naturel dont le créateur vous a pourvu. Dégagez une surface de plancher. Posez-vous tous et racontez-moi ce qui se passe dans le monde.

Il leur fallut près de trois heures pour narrer les évènements survenus entre leur départ de Londres et leur arrivée dans la tour. Par un accord tacite, ils se gardèrent de mentionner leur rencontre avec le monstre marin ; et ils laissèrent à John le soin de décider s'il signalerait ou non sa récente rencontre avec le professeur. Il préféra la passer sous silence.

— Ah oui! Sigurdsson, fit le Cartographe quand ils évoquèrent le meurtre. Un bon camarade! Il m'a rendu visite à plusieurs reprises. Il apportait des biscuits. Avez-vous des biscuits?

— Nous avions un livre de recettes, répondit Charles. Mais nous l'avons... donné.

— Vous avez beaucoup de mal à conserver vos livres, dirait-on. Pourquoi diable vous a-t-on choisi comme Conservateurs?

— C'est une longue histoire, dit John. Mais venons-en à la question: pouvez-vous nous aider?

— Je m'embrouille un peu dans tous ces détails, avoua le Cartographe. Qu'attendez-vous de moi, au juste?

— Pour être franc, je m'embrouille aussi. Nous pensons que Magwitch a porté la *Geographica* et l'Anneau de Pouvoir au Roi Hiver, pour que celui-ci puisse invoquer les dragons...

— Oh! Il possède donc l'Anneau de Pouvoir! Dites-moi, le porte-t-il au cou?

— Euh, non. Probablement au doigt.

— Oh! Oh! Encore mieux! J'aimerais bien voir ça. Le bonhomme devrait avoir une surprise!

Il renifla avant de poursuivre:

— Eh bien, puisque vous êtes déterminé à agir de manière constructive, autant vous soutenir. De cette façon, si les choses vont de travers et que le monde se consume dans la mort et les flammes, vous n'irez pas claironner partout que c'est la faute du Cartographe.

— C'est raisonnable.

— Vous n'avez pas besoin de la *Geographica*, car il n'existe qu'une seule île sur tout l'Archipel d'où le Roi Hiver peut appeler les dragons. C'est là que vous le trouverez avec son anneau, en train d'invoquer les dragons, de voler l'Ombre des braves gens ou d'accomplir l'une de ces atrocités auxquelles les seigneurs du Mal se complaisent de nos jours.

— Cela ne nous indique pas la situation de cette île. La *Geographica*...

— Jeune homme, je suis le Cartographe ! J'ai créé la *Geographica*. Je devrais être capable de reconstituer une malheureuse petite carte.

Il tira d'une pile posée près de son bureau une feuille de parchemin, trempa sa plume dans l'encrier moucheté de taches et traça des lignes d'une main souple et légère. L'image d'une île se forma peu à peu.

— Qu'il dessine des cartes aussi propres au milieu d'un tel désordre, c'est stupéfiant, glissa Jack à Charles. Il a de l'encre jusqu'aux coudes.

Le Cartographe leva les yeux pour questionner John :

— Les directions nautiques ?

— Oui, s'il vous plaît.

— Ce n'est pas ce que je demande. En quelle langue voulez-vous que je les inscrive ?

John haussa les épaules :

— Celle qui vous convient.

Le Cartographe eut un hochement de tête presque imperceptible :

— Très bien, jeune homme.

Il continua à ajouter des lignes et des annotations jusqu'à ce que la carte paraisse assez précise pour être utile. Finalement, il reposa sa plume et se rencogna dans son fauteuil, le temps de jeter à son ouvrage un dernier coup d'œil. Il hocha la tête d'un air satisfait.

Après avoir répandu un peu de sable pour sécher l'encre, le Cartographe roula le parchemin, l'entoura d'un double lien et le tendit à John :

— Souvenez-vous, dit-il en les embrassant tous du regard. Il y a un prix à payer pour chacun de nos choix. Ma réclusion perpétuelle dans le Garde-Temps est ce que me coûtent les miens. Veillez à ce que les décisions que vous prendrez dans les jours à venir n'entravent pas vos cheminements futurs. Sachez ce que vous voulez et tenez-vous-y.

Après un bref silence, il ajouta :

— Vous trouverez celui que vous nommez le Roi Hiver dans l'île du Bord du Monde.

16
L'INCENDIE ET LA FUITE

Tandis qu'ils dévalaient les escaliers, la tour grandit de nouveau trois fois.

– Plus vite, les pressa Bert. Sinon, la descente nous prendra plus de temps que la montée !

L'escalade s'était faite en silence ; au retour, les compagnons ne purent s'empêcher de commenter l'étrange rencontre avec le Cartographe.

– C'était une perte de temps, grommela Aven qui marchait en tête en compagnie de Jack. Si nous avions eu la *Geographica*, il aurait refusé de la détruire, c'est clair.

– On aurait pu la lui confier, fit John, songeur. Pour qu'il la garde en sûreté.

Bert approuva :

– Oui, car j'imagine mal le Roi Hiver se donnant la peine de grimper jusqu'au sommet.

– Sans oublier qu'il n'aurait pas pu pénétrer dans le bureau, ajouta Charles en adressant à Artus un sourire complice. Impossible si l'on n'est pas de sang royal.

– À moins d'être porteur de la *Geographica*, rétorqua Aven. Ce qu'il est.

– Du moins connaissons-nous à présent les enjeux réels, reprit John.

– Que voulez-vous dire ?

– Que le Roi Hiver a l'intention d'utiliser l'Anneau de Pouvoir et l'incantation contenue dans la *Geographica* pour invoquer les dragons. Or, à mon avis, ça ne s'arrête pas là. Rappelez-vous ce qui s'est passé là-haut. Artus a ouvert la porte d'une simple poussée, parce qu'il est le véritable héritier du Trône. Je me demande si cette condition n'est pas également nécessaire pour invoquer les dragons...

– Voilà une excellente déduction, John, approuva Charles.

– Je suis d'accord, enchérit Bert.

– Pas d'affolement ! glissa Jack à Artus.

Curieusement, ils parvinrent en bas beaucoup plus vite qu'ils ne l'auraient cru.

– C'est comme la luge, nota Charles. On goûte d'autant mieux le plaisir de la glissade que la grimpée a été dure.

Arrivés au pied de l'escalier – où Artus referma subrepticement une certaine porte –, les compagnons se mirent à rire, soulagés et reconnaissants. Leurs voix joyeuses se turent à l'instant où ils sortaient du Garde-Temps.

Au loin, se découpant contre le soleil de l'aube, le *Dragon Noir* était ancré près du *Dragon Blanc*. Le Roi Hiver était à leurs trousses.

Aven jura et lança à John un regard vénéneux. Toutes les notes que le jeune Conservateur avait consignées dans la *Geographica* étaient rédigées en anglais moderne. Un enfant aurait su localiser l'île du Cartographe !

Sur la grève, plusieurs dizaines de Nés de l'Ombre tiraient des barques à l'abri. Parmi eux, ils reconnurent Magwitch, qui serrait la *Geographica* contre sa poitrine. Même à cette distance, ils virent que le Roi Hiver portait l'anneau.

— Il a ce qu'il voulait, constata Jack. Il n'a aucune raison de venir nous chercher ici.

— À moins qu'il ne soit parvenu à la même conclusion que nous, raisonna Charles. Magwitch a entendu, comme nous, les explications données par Ordo Maas. À présent, le Roi Hiver sait qui est Artus.

— On part en courant ? suggéra John. Il nous coupe toute possibilité de retraite vers le *Dragon Blanc*.

— Vite ! ordonna Charles. Replions-nous dans les escaliers.

— Êtes-vous stupide ? fit Aven. Nous y serions coincés.

— Non, je ne crois pas !

Sans un mot de plus, Charles fit demi-tour et s'éloigna à toutes jambes.

John et Jack échangèrent des regards perplexes.

— Il nous a fallu la moitié de la nuit pour atteindre le sommet, dit Jack. Pour ma part, je suis exténué. On n'est pas en état de recommencer.

Mais Aven les empoigna chacun par un bras et les projeta en direction des escaliers, où Bert et Artus s'étaient déjà précipités derrière Charles.

— On n'a pas temps de discuter ! C'est notre seule chance.

Curieusement, les sbires du Roi Hiver ne semblaient pas disposés à les poursuivre. Ils restaient en bas.

Ils avaient déjà grimpé plusieurs étages lorsque Jack s'arrêta pour humer l'air. Il se pencha alors pour observer la cage d'escalier.

— De la fumée ! cria-t-il. Ils ont mis le feu à la tour. Il faut redescendre !

Il haletait, sous le coup de la peur autant que de la fatigue.

Charles le retint :

— Jack, durant toute notre aventure, vous n'avez jamais rechigné à vous jeter dans la mêlée. Vous avez accepté les merveilles et les bizarreries auxquelles nous avons été confrontés comme si elles allaient de soi. Moi, dans le même temps, je n'ai cessé de m'interroger et de douter...

— C'est bien pour ça que je ne vous comprends pas. Vous voulez grimper dans une tour à laquelle l'ennemi a mis le feu ? Ça n'a pas de sens.

— Non, ce n'est pas logique. Mais rien ne l'est, ici. J'ai vu mon ami John entrer dans une pièce pour converser avec un homme que nous savons mort, et en ressortir transfiguré. C'est vraiment arrivé. Si je peux croire à une telle chose, pourquoi pas à une autre ? Alors, taisez-vous et suivez-moi !

— Allez-vous remonter jusque chez le Cartographe ? haleta Jack. Il est pris au piège plus encore que nous.

— Je n'irai pas aussi haut. Pas tout à fait.

Bert sourit :

— Je crois comprendre ce qu'il a en tête. Vite ! Suivons-le.

Ils continuèrent donc à grimper, tandis que les sbires du Roi Hiver s'activaient à boucher les orifices à la base de la Tour. La fumée montait vers les fuyards, tel un prédateur à la poursuite de sa proie.

L'hypothèse de Charles se révéla exacte : la tour du Cartographe se jouait des lois ordinaires de l'espace et du temps.

Au lieu des heures qu'il leur avait fallu la première fois, ils atteignirent les derniers niveaux de la Tour en quelques minutes. La fumée de l'incendie, quoique toujours visible, n'avait plus rien d'un nuage asphyxiant. Le bruit des pas de leurs poursuivants s'estompait.

— Ils ne sont plus à nos trousses ? demanda Jack.

— Si, sûrement, répondit Bert. Les Nés de l'Ombre ne craignent pas le feu. Mais la tour est peut-être en train de s'allonger pour eux, alors qu'elle rétrécit pour nous.

— On est presque au sommet, constata John. On a dépassé la porte qui donne sur Londres. Et, au-dessus, le Cartographe ne peut pas nous aider. Alors, Charles, qu'est-ce qu'on fait ?

— Il y avait une porte entre celle du Cartographe et celle qui a vous a ramené à Londres. Si celle du dessous s'ouvre sur un passé récent et celle du Cartographe sur le présent, celle qui est située entre les deux doit être exactement ce que je cherche.

— Et que ferons-nous si nous sommes propulsés en Mongolie extérieure ? ironisa Jack.

— Ça ne risque pas, affirma Charles.

— Comment le savez-vous ?

— Je n'en sais rien, avoua-t-il avec une grimace. Je le crois.

— Ce n'est pas très logique, fit remarquer Bert, en dissimulant un sourire.

— Non, reconnut Charles. Mais était-il logique que la porte ouverte par John donne sur le bureau de son professeur à Londres ? C'était simplement ce dont il avait besoin à ce moment-là.

— Et de quoi avons-nous besoin maintenant ? demanda Bert tandis que Charles tendait déjà la main vers la porte.

— De nous retrouver en bas de la tour à l'heure où nous y sommes entrés pour la première fois.

Il ouvrit la porte.

Le talus herbeux descendait en pente douce vers la rade où était ancré le *Dragon Blanc*. La lune brillait au-dessus de leurs têtes. Ce n'était pas l'aube. Plutôt le milieu de la nuit. Aucune trace du *Dragon Noir* ni du Roi Hiver.

— Attendez ! fit Jack. Si nous ressortons du Garde-Temps juste après y être entrés, ne serons-nous pas encore quelque part à l'intérieur ? N'allons-nous pas — les autres « nous » — être piégés lorsque le Roi Hiver arrivera ?

213

— Je ne crois pas, le rassura Charles. J'imagine que nos autres « nous » agiront comme nous et s'en sortiront indemnes, ainsi que nous allons le faire.

— Et s'ils choisissent une autre tactique ? insista Jack. Si les « nous » dans la tour ne suivent pas votre conseil ?

— Ça ne fonctionne pas comme ça, coupa Bert. Croyez-moi. J'ai pas mal étudié le sujet. C'est tout le secret du voyage temporel. On va toujours de l'avant, même lorsqu'on remonte le temps.

Une fois en sécurité à bord du *Dragon Blanc*, ils larguèrent les amarres et longèrent la côte pour contourner l'île. Ils déroulèrent alors le parchemin du Cartographe.

— La route est moins compliquée que je ne le craignais, constata John. Il faut continuer un peu vers le nord, puis cap à l'ouest, jusqu'à atteindre le Bord du Monde.

— Veillez à ce qu'on ne bascule pas dans le vide, hein, Aven ! plaisanta Charles.

— On y veillera, fit-elle en croisant les bras.

— Ha ! ha ! Merci. Je plaisantais.

— Vous n'auriez pas dû. J'ai entendu parler de cet endroit. Selon le Capitaine Nemo, les marins l'évoquent à voix basse et en tremblant, quand ils ont trop bu. C'est vraiment le bout du monde. Si on n'y prend pas garde, on peut réellement basculer par-dessus le Bord. Mais ne vous inquiétez pas, ajouta-t-elle avec une douceur feinte. Il paraît que l'abîme n'a pas de fin, on ne touche donc jamais le fond.

— Non, fit Bert. On continuerait à tomber, tomber, tomber pour l'éternité.

— Eh bien, voilà qui est rassurant ! commenta Artus.

— Si nous appareillons immédiatement, dit John, nous aurons toute la nuit pour distancer le Roi Hiver. Rappelez-vous. Il est sur le point d'arriver.

— Je ne comprends toujours pas pourquoi il ne nous trouvera pas, reprit Jack. Ces paradoxes temporels me flanquent la migraine !

— Croyez-moi, affirma Bert, nous sommes en avance sur lui. Et de plusieurs manières.

— Qu'arrivera-t-il quand nous atteindrons l'île du Bord du Monde ? s'enquit Aven.

— Nous aurons l'avantage de la surprise, répondit John. Quoi qu'il puisse se produire là-bas, nous aurons eu le temps de nous y préparer, bien avant qu'il nous rejoigne. Le *Dragon Blanc* devrait nous y mener à une vitesse exceptionnelle.

— Alors, allons-y !

Jack et Charles commençaient à hisser les voiles pour mettre le cap au nord, même si le bateau filait déjà dans la bonne direction. La puissance motrice du *Dragon Blanc* ne provenait pas que des vents.

Aven prit la barre et Artus, pour se rendre utile, grimpa dans le nid-de-pie.

Bert et John se tenaient à la proue, heureux de ce répit, si bref qu'il dût être.

— Dites-moi, mon garçon, commença Bert. Que vous a dit le professeur dans la tour ?

John sourit :

— Il m'a recommandé de vous écouter. Et il m'a assuré de sa confiance. Selon lui, nous vaincrons le Roi Hiver.

Bert dévisagea John d'un air bizarre :

— Il a vraiment dit ça ? Le Cartographe nous a répété la même chose, non ? Quand nous sommes entrés chez lui, nous n'avions plus rien, et nous en sommes ressortis avec quelques atouts en main. Pourtant, que nous a-t-il révélé que nous ne sachions déjà ? Simplement que notre victoire, ou notre défaite, était affaire de volonté...

Le vieux bonhomme hocha la tête :

– Je suis heureux que vous ayez eu cette chance, rencontrer Stellan une dernière fois. Moi aussi, j'aurais aimé le saluer. Enfin, peut-être le rencontrerons-nous encore à l'avenir. N'est-ce pas, mon garçon ?

John aurait voulu lui demander ce qu'il entendait par là. Mais Bert avait déjà tourné les talons pour s'entretenir avec sa fille.

Le *Dragon Blanc* quitta l'archipel du Chamenos Liber par une mer calme.

Seuls deux yeux le regardèrent s'éloigner.

Très haut au-dessus de leurs têtes, planant dans le ciel nocturne, une grue argentée observa le navire quelques minutes. Puis elle vira et fila vers le sud à grands battements d'ailes.

CINQUIÈME PARTIE

L'île du Bord du Monde

17
ESPOIR ET TRAHISON

Entre l'île du Cartographe et celle du Bord du Monde, la traversée fut la plus paisible qu'ils aient connue depuis leur arrivée dans l'Archipel des Rêves. Rien de notable ne se produisit. La nuit était légère et les étoiles brillaient d'un éclat inaccoutumé.

Artus désignait à ses amis les constellations qui, pour la plupart, étaient inconnues dans leur monde d'origine.

– Vous voyez cet ensemble d'astres, à l'est ? expliquait-il à John. Et ce groupe éparpillé ? Ce sont Athamas et Themisto. On les croirait à la poursuite de cet autre amas, plus au nord, que nous appelons Salmoneus. Salmoneus était un marchand. Un jour, il déroba quarante pièces d'argent à Athamas ; depuis, ce dernier le pourchasse à travers le ciel pour récupérer son bien.

– Et cette galaxie, là-bas ? demanda Charles. Cette ligne qui ressemble à la Ceinture d'Orion ?

– C'est la Ceinture d'Orion.

– Ah !

– Et celle-ci ? s'enquit John en désignant l'ouest. Ce groupe scintillant, évoquant la forme d'un arbre ?

– C'est Astraeus, intervint Aven, le dieu des quatre vents et l'ami des marins. Récitez une petite prière en le regardant, et il vous accordera de conserver le bon cap.

– Une prière ? s'étonna Jack. À une constellation ?

– À ce qu'elle représente, précisa Aven.

– Et si je ne crois pas à ce qu'elle représente ?

– Les prières ne s'adressent pas aux divinités. Elles sont faites pour nous, pour nous mettre au clair avec nos croyances.

– Est-il besoin pour ça d'invoquer un dieu mort ?

– Non. Mais le ferait-on sans la prière ?

Le reste de la nuit, les compagnons dormirent à tour de rôle : John, Artus et Bert en premier, puis Aven, Jack et Charles, tandis que Bert tenait la barre.

Aven s'éveilla au moment où le soleil émergeait, telle une roue dardant ses rayons éclatants vers le ciel. La ligne d'horizon prit une teinte bleue rappelant celle des œufs de rouge-gorge Au-dessus, l'azur pâlissait à mesure que montait l'astre éblouissant.

Cependant, droit devant eux, l'ouest était barré par une ligne sombre. Ils pensèrent d'abord à un front orageux, une frontière comparable à celle qui marquait les limites d'Avalon. Mais il ne s'agissait pas d'un orage. C'était purement et simplement de l'obscurité. De l'obscurité ou...

... de l'Ombre.

Ils entendirent le bruit avant même que l'île du Bord du Monde ne soit en vue. John fut alors reconnaissant au Cartographe de leur avoir donné des instructions nautiques précises car, s'ils s'étaient approchés de l'île sous un angle de quelques degrés en plus ou en moins, le *Dragon Blanc* aurait été incapable de résister à l'attraction des chutes.

Le bruit était un grondement cataclysmique, celui d'une cataracte de la largeur d'un océan, se précipitant dans un abîme sans fin, aussi profond que le royaume d'Hadès, dieu des Enfers.

L'île du Bord du Monde était plus vaste qu'Avalon et Byblos réunies. C'était une terre plate et rocailleuse s'élevant vers des collines éparpillées en son centre. À l'ouest, ces reliefs culminaient en un pic qui surplombait les chutes.

John frissonna à l'idée du vide, en dessous. Il n'y avait plus d'étoiles, et la lumière du soleil levant semblait absorbée par l'obscurité.

Cette île était véritablement l'Extrémité des extrémités. La confrontation avec le Roi Hiver ne pourrait que s'achever ici.

D'une manière ou d'une autre, elle s'achèverait.

Aven guida le *Dragon Blanc* à travers des récifs pervers jusqu'à une crique de la rive sud, où il pourrait s'ancrer en toute sécurité. La ligne du rivage était visible, de l'est, par où ils arrivaient, jusqu'à l'extrême ouest, où se situait le Bord du Monde. Il n'y avait aucun autre vaisseau dans les parages, pas le moindre signe du *Dragon Noir*.

Les compagnons débarquèrent afin d'entreprendre l'exploration de l'île. Ils en vinrent vite à la conclusion que cette terre était d'une surprenante banalité.

– À l'exception des chutes, souligna Charles. Ça me rappelle le Grand Canyon, en Amérique, un endroit où il n'y a rien à voir sinon un énorme trou, qui sera votre tombeau en cas de dégringolade.

Il n'y avait aucune construction. Juste quelques pierres dressées, dispersées au milieu des champs et au sommet du grand pic, à l'ouest.

– Qu'est-ce qu'on fait, maintenant ? demanda Jack. On campe ici en attendant l'arrivée du Roi Hiver ou quoi ?

– Finissons d'explorer l'île, conseilla Aven. Nous avons une bonne avance sur lui. Autant en tirer profit.

– Bien pensé, approuva Bert.

Sous la conduite d'Aven, ils traversèrent la vallée en direction des collines. À l'exception du pic, elles constituaient le point le plus élevé. Ce serait un excellent poste d'observation, d'où décider de la conduite à tenir.

L'obscurité donnait au paysage des lueurs surnaturelles. Le soleil bas soulignait les couleurs éteintes des roches et de l'herbe, accentuait les reliefs et rendait la vue au-delà des collines presque irréelle.

Comme ils l'escomptaient, le point de vue était parfait : depuis le centre de l'île, ils découvraient toute son étendue, y compris le flanc nord, caché lors de leur approche par la mer.

Le long de cette côte s'alignaient des campements. Des feux rougeoyaient, des guerriers se préparaient au combat dans le tintement métallique des armes.

Ils dénombrèrent des Trolls par milliers, et plus de Wendigos qu'ils n'auraient jamais pu imaginer. Au-dessus de cette agitation flottait la bannière noire du Roi Hiver.

Même John, qui avait connu les champs de bataille et pris part à de terribles combats, en resta sans voix, abasourdi par la violence et la puissance de destruction émanant de cette armée déployée sous leurs yeux.

– C'est donc là sa tanière, murmura Aven. Depuis des années, le Roi Hiver échappait toujours à ses poursuivants. Il passait d'île en île, s'en emparait puis disparaissait. Comment imaginer meilleure cachette ? La véritable extrémité de la Terre...

— On est en mauvaise posture, constata Charles.

— C'est le moins qu'on puisse dire, enchérit Jack. La bataille va être rude.

Aven examinait les centaines de feux :

— Ils sont trop nombreux. Ce ne sera pas une bataille, mais un massacre. Notre massacre !

— Je n'ai plus très envie d'être roi, dit Artus. J'abandonne le titre à Jack.

— Allons, ne perdez pas espoir, intervint la voix de Jaboteur. Nous voici arrivés au moment le plus passionnant de l'histoire, quand les vaillants héros s'apprêtent à affronter un ennemi invincible !

Si les compagnons entendirent la phrase du blaireau, il leur fallut plusieurs secondes pour admettre que l'animal était là, à côté d'eux. Ne l'avaient-ils pas quitté à Paralon ?

— Jaboteur ? s'exclama Charles, incrédule. Est-ce bien vous ?

— Surprise ! J'arrive comme la cavalerie, pour sauver la situation.

Passé le temps des accolades et des souhaits de bienvenue, Jaboteur expliqua aux compagnons ce qui se tramait dans l'Archipel. Et, pour la première fois, ils perçurent une lueur d'espoir.

— Ordo Maas a tout organisé, raconta-t-il. Sachant que vous auriez besoin de secours, il a envoyé ses fils aux quatre coins de l'Archipel. Tandis que l'un d'eux veillait sur le *Dragon Blanc*, les autres alertaient vos amis. Et vous en avez bien plus que vous ne le pensez.

— Ses fils ? s'étonna Jack. Comment sont-ils allés chercher de l'aide ? Nous avons quitté Byblos à bord de leur unique navire.

Pour toute réponse, Jaboteur désigna le ciel. Une grue aux plumes argentées décrivait des cercles au-dessus du *Dragon Blanc* ; elle les salua d'un battement d'ailes.

– J'étais en compagnie de maître Samaranth, lorsqu'une de ces grues est entrée chez lui. J'ai sauté dans un vaisseau, et me voici, prêt à la bataille.

Le blaireau exhiba fièrement un sac à dos avachi et un bouclier bosselé, plus grand que lui, qu'il ne soulevait qu'à grand-peine :

– Je n'aurais pas voulu manquer le moment le plus amusant !

– Et Samaranth ? Viendra-t-il ? demanda Bert. Va-t-il se joindre à nous pour le combat ?

Jaboteur haussa les épaules :

– J'ignore ce qu'il fera. Il a quitté Paralon en même temps que moi, disant qu'il allait chercher d'autres secours. Mais à qui pensait-il ? Je n'en ai pas la moindre idée.

– Comment êtes-vous arrivé ici, si vous n'étiez pas avec lui ? demanda Charles.

– C'est moi qui l'ai amené, déclara une voix autoritaire. Il sait se rendre utile sur un bateau, et j'apprécie particulièrement ses talents culinaires. Nous n'avons jamais aussi bien mangé.

C'était Nemo.

En bas, dans les eaux de la crique, derrière le *Dragon Blanc*, luisait la silhouette allongée du *Nautilus*.

– Ho, Aven ! la salua Nemo, le poing posée sur sa poitrine.

– Ho, capitaine ! répondit-elle en imitant son geste. Soyez le bienvenu.

Nemo se tourna vers Bert, mais, avant même qu'il ait eu le temps de prononcer un mot, le petit homme se jeta sur lui et le serra dans ses bras dans une étreinte digne d'un ours.

– Par ma moustache et mes chaussettes ! Je n'ai jamais été aussi heureux de voir quelqu'un !

– Vraiment ? fit Nemo avec un clin d'œil aux autres.

Désignant la mer, derrière lui, d'un geste du pouce, il ajouta :

— Ceux-là vont être déçus d'avoir manqué un tel accueil, uniquement parce que je les ai battus de vitesse.

— Comment ça ? fit Jack. Qui arrive ?

— Les autres bateaux ! s'écria Bert, contenant difficilement son excitation. Les dragons-nefs de nouveau rassemblés !

Accompagnés par Nemo et par Jaboteur, les compagnons repartirent en courant vers le rivage où leurs navires étaient ancrés. Un premier dragon-nef arrivait au mouillage.

— Le *Dragon Orange* ! le reconnut Bert. Ce sont les Nains, je pense, qui le pilotent, à présent.

C'était un drakkar viking, plat et renflé. Le grand mât central était équipé de la plus large voile que John, Jack et Charles aient jamais vue, et trois rostres acérés pointaient de sa proue. Selon Bert, c'était le seul navire à être orné d'une triple figure de proue en forme de dragon.

— Les Vikings pensent sans doute que trois, c'est mieux qu'une. Si on en juge par leurs exploits en matière de pillage et de dévastation, on ne saurait leur donner tort.

Le capitaine du *Dragon Orange*, qui, leur expliqua Aven, était aussi le roi des Nains, s'avança en pataugeant dans les vagues, une hache massive sur l'épaule. La mine sévère, il serra la main de Nemo et adressa un bref hochement de tête à Bert et à ses compagnons.

— Un brin taciturne, hein ? commenta Charles.

— Taciturne ? s'exclama Bert, surpris. Vous ne connaissez pas les Nains ! Il vient de nous saluer avec exubérance !

— Et voici le *Dragon Bleu*, je suppose ? fit Charles en désignant l'océan.

C'était lui.

Les Elfes arrivaient à bord du plus imposant des dragons-nefs, un vaisseau gigantesque auprès duquel les autres ressemblaient à des jouets. Aussi haut qu'une maison de cinq étages, il était trois fois plus long et plus large que le *Dragon Blanc*. Il présentait peu de voilure, étant à l'évidence doté d'un système de propulsion comparable à celui du *Nautilus*.

Un sas s'ouvrit juste au-dessus de la ligne de flottaison ; les Elfes débarquèrent et s'avancèrent pour saluer leurs alliés. Plusieurs d'entre eux, déjà présents au Grand Conseil de Paralon, reconnurent John, Jack et Charles ; ils s'inclinèrent devant eux comme s'il s'agissait d'ambassadeurs en visite.

Eledir, le roi des Elfes, lança à Bert :

– Ho, Conservateur ! D'après les Anciens, vous auriez besoin de notre assistance.

– Nous vous sommes infiniment reconnaissants, répondit Bert avec chaleur. Combien de combattants amenez-vous ?

Eledir désigna le *Dragon Bleu*, d'où les Elfes, armés et équipés pour la bataille, jaillissaient par dizaines et s'assemblaient sur la grève.

– Six cents. D'autres navires suivront. Ce n'est qu'un premier contingent rassemblé en hâte pour arriver à temps.

– Chaque soldat compte, dit Bert. Nous n'allons pas nous plaindre !

Le vaisseau suivant fut le *Dragon Vert*, apparemment manœuvré par les créatures mythiques de l'Archipel.

Il ne différait guère du *Dragon Blanc*, sinon que les poutres ayant servi à sa construction n'avaient pas renoncé à leur nature d'arbres et continuaient à pousser. Des tiges feuillues jaillissaient de tous côtés. Les voiles, assaillies par cette végétation, semblaient près de s'effondrer sous leur poids. Les marins grimpaient aux branches avec agilité.

Depuis la plage, qui leur offrait un bon poste d'observation, les compagnons reconnurent des faunes et des satyres («Des satyres, grommela Aven. Voilà qui va nous être d'un grand secours!»), accompagnés de quelques animaux, blaireaux, ragondins et au moins un spécimen de ce que Jack identifia comme un diable de Tasmanie[1]. Apparut alors le gros de leur contingent : un troupeau de centaures.

Le capitaine du *Dragon Vert* était lui-même un centaure, que le Capitaine Nemo désigna sous le nom de Charys. Atteignant près de trois mètres au garrot, c'était un être massif, dont les sabots soulevaient des nuages de sable :

— Je vous salue, Fils d'Adam! Lequel d'entre vous est le Conservateur principal?

— C'est moi, dit John.

— Nemo m'a parlé de vous quand il est venu à Praxis pour quérir notre aide. J'aime votre style.

Le centaure hennit de rire :

— Ho! ho! ho! C'est comme ça qu'on naviguait autrefois.

Riant encore, il s'éloigna au petit trot pour aller se présenter aux Nains.

— Il s'est moqué de moi, fit John.

— En effet, approuva Charles. Mais je ne vous conseille pas d'aller lui chercher querelle.

Bert arpentait le rivage, guettant de nouveaux arrivants. D'après ses calculs, deux autres dragons-nefs étaient attendus.

— Il n'en manque qu'un seul, lui fit remarquer Aven. Le *Dragon Pourpre*, le navire du roi des Gobelins.

— Je n'en suis pas si sûr, lui répondit son père. Nous verrons peut-être aussi l'autre, j'en ai le pressentiment.

---

1. Curieux petit animal de la famille des marsupiaux. Court sur pattes, le pelage noir, il garde ouverte sa large gueule pourvue de crocs puissants comme s'il bâillait en permanence. (NdT.)

— Est-ce possible ?

Après avoir longtemps scruté l'horizon, Bert secoua la tête :

— Non. C'était trop espérer, je sais ! Pourtant...

— Qu'attendez-vous ? demanda John.

— Le premier dragon-nef, répondit Aven. Le *Dragon Rouge*. On ne l'a plus jamais revu depuis l'époque où Ordo Maas l'a lancé.

— Comme il nous l'a expliqué, tous les dragons-nefs, y compris notre *Dragon Indigo* – que dieu le bénisse ! – ont été fabriqués à partir de coques anciennes, d'épaves de navires ayant longtemps essuyé les lames et les tempêtes, et prouvé leur capacité de sillonner les eaux d'un monde nouveau. Le *Dragon Rouge* était le plus grand d'entre tous.

— À quoi ressemblait-il ? voulut savoir Charles.

— Il provenait du premier navire d'Ordo Maas, celui qui lui a révélé le passage secret entre les mondes et l'a amené à l'idée d'un mât vivant, car il en possédait un. Avant qu'il ne devienne le *Dragon Rouge*, il était connu sous le nom d'*Argo*[1].

*
* *

Tandis que les rois et les capitaines tenaient un conseil de guerre, les autres s'organisaient pour le combat.

Jack s'affirma d'emblée auprès de Nemo et d'Eledir comme le représentant des Hommes. Pourtant, Bert, désireux de présenter l'héritier du Trône d'Argent, avait révélé la véritable identité d'Artus.

---

1. Dans la mythologie, l'*Argo* servit aux Argonautes pour retrouver la Toison d'or. Ce bateau magique était doté des dons de voyance et de parole. (NdT.)

Si Nemo accueillit cette révélation avec sérénité, Eledir et Falladay Finn, le roi des Nains, se montrèrent plus réservés. Faisant allusion au Grand Conseil, Eledir maugréa :

— On nous a déjà joué la mascarade des faux rois et des prétendues reines soutenus par les Humains ! L'Archipel ne continuera pas longtemps à défendre une race incapable de se régir elle-même.

Falladay Finn approuva, tout en concédant :

— Si c'est vrai, comptez sur l'appui des Nains.

Fixant Artus, il ajouta :

— Mais n'oubliez pas que le premier devoir d'un souverain est de régner pour le bien de ses sujets, non pour le sien. Archibald, votre grand-père, l'avait oublié. Si vous survivez à cette journée, n'agissez pas comme lui.

Il posa sa main sur celle d'Artus, en signe d'hommage ; Charys l'imita aussitôt, puis Eledir, non sans réticence. En dépit de cette reconnaissance officielle, leurs visages témoignaient encore de leurs doutes et de leurs craintes.

Devant la mine déconfite d'Artus, Charys poussa un nouveau hennissement de rire :

— Ho ! ho ! Courage, mon garçon ! Vu ce qui nous attend, aucun de nous ne devrait survivre. Alors, inutile de vous en faire !

Plus au sud, sur le rivage, Charles bataillait avec une cotte de mailles que lui avait donnée un Nain, trop petite d'au moins trois tailles. Alors qu'il s'acharnait vainement sur les boucles de cuir, le blaireau surgit sur le sable, près de lui :

— Quand vous serez prêt, monsieur Charles !

Il était toujours encombré de son lourd sac à dos et de son bouclier de bronze. Il s'était façonné un casque au moyen d'un vieux baquet, qui lui glissait sans cesse sur le nez.

— Jaboteur ! s'exclama Charles. Ne le prenez pas mal. Mais je ne crois pas qu'un blaireau soit taillé pour le combat.

— Vraiment ? De si gentilles créatures, hein ? Vous n'avez donc jamais vu un blaireau avec le poil hérissé ?

— Allons, allons ! temporisa Charles.

Par-dessus l'escarpement, il observait nerveusement ce qui serait bientôt – bien trop tôt ! – un champ de bataille.

— Je sais ce que vous pensez, continua l'animal. Avec sa petite taille et sa nature primesautière, le vieux Jaboteur ne peut être un guerrier. Eh bien, je souhaite que l'ennemi se dise la même chose. Car je sortirai alors mes armes secrètes.

— Vos armes secrètes ?

— Ouais. Je les ai ici.

Le mammifère ouvrit son gros fourre-tout. John, qui écoutait la conversation tout en revêtant une armure, s'approcha avec Charles pour jeter un œil.

— Des beignets ?! s'étonnèrent les deux jeunes gens.

— Pas n'importe lesquels. Des beignets aux myrtilles.

— Oh, mille excuses... ! fit Charles.

Jaboteur ignora la raillerie. Il sortit de son sac un gâteau de la taille d'un poing (un poing de blaireau), visa soigneusement et le lança, beaucoup plus loin qu'on aurait pu s'y attendre. Le beignet fila dans les airs et s'écrasa avec un *pong !* sur le casque d'un satyre attardé près du *Dragon Orange*, cinquante mètres plus loin. Le satyre s'effondra, assommé.

— Bon sang ! jura John.

— Ahurissant ! s'exclama Charles.

— Ils sont durs comme des pierres, commenta Jaboteur. Je les ai préparés après votre départ de Paralon, à tout hasard...

— Ahurissant, répéta Charles. Vous avez transformé un beignet aux myrtilles en projectile !

— N'importe quelle variété de beignet fait l'affaire, précisa le blaireau. J'ai cependant constaté que la myrtille donnait les meilleurs résultats. C'est ma contribution personnelle et secrète à l'effort de guerre.

— Nous n'en soufflerons mot à quiconque, promit Charles.

C'est alors que Jack arriva en courant, tout essoufflé.

— Quoi ? s'inquiéta Charles. Que se passe-t-il ?

— Les Gobelins ! haleta Jack. Le *Dragon Pourpre* vient d'arriver.

Le dernier des dragons-nefs ressemblait à une jonque chinoise, dont les lignes élégantes s'accordaient à merveille avec le maniérisme du roi des Gobelins et de sa cour. De la taille du *Dragon Indigo*, mais plus fin, le *Dragon Pourpre* arborait une splendide grand-voile qui scintillait au soleil.

— Très heureux de vous revoir, déclara Bert, la main tendue.

Il se tourna vers ses compagnons :

— Je vous présente mon ami, le roi Uruk Ko.

Après une brève hésitation, le roi des Gobelins saisit la main du vieil homme et la serra noblement :

— Je vous salue, mon ami, le Voyageur Lointain.

— De combien d'hommes disposez-vous ? demanda Nemo, examinant avec un dédain à peine dissimulé le *Dragon Pourpre*.

Le vaisseau, en effet, ne semblait manœuvré que par quelques marins, mal équipés pour la guerre.

— À moins que vos troupes n'arrivent par un autre moyen ?

— Oui, répondit Uruk Ko. D'autres navires ont transporté mes hommes ici. Plus d'un millier, pour être précis.

Bert et Aven échangèrent un regard soulagé. La bataille serait mieux équilibrée qu'ils ne l'avaient craint.

— Vous rendez-vous compte, remarqua Bert, que vos Gobelins représentent plus de la moitié de nos forces ?

— Je suis heureux que vous le constatiez, dit Uruk Ko. Cela vous rendra la défaite moins dure à supporter.

— Que voulez-vous dire ? demanda Bert, tout en cherchant des yeux les navires transportant l'armée des Gobelins. Quand vont-ils débarquer ?

— Vous m'avez mal compris. Ils sont déjà ici.

— Vraiment ? Comment se fait-il que je ne les aie pas vus ?

— Parce que vous ne regardez pas dans la bonne direction.

— Quoi !?

Comme un seul homme, les rois et les capitaines pivotèrent et grimpèrent sur la colline la plus proche, d'où l'on apercevait les quartiers de l'ennemi. Ils virent les étendards noirs du Roi Hiver, ainsi que les oriflammes d'Arawn. Mais aussi, plus au nord, ils reconnurent avec effroi les inimitables bannières de soie du roi des Gobelins.

— En raison de notre vieille amitié, j'ai mis un point d'honneur à vous en informer personnellement, annonça Uruk Ko. Voilà qui est fait. Aussi, pour avoir autrefois combattu à vos côtés, je vous implore de faire le choix le plus sage, Bert. Quittez le champ de bataille avant que nous nous affrontions en ennemis.

Les visages des autres rois s'assombrirent ; un grondement menaçant roula dans la gorge de Charys tandis que le centaure se plaçait devant Artus pour le protéger.

Aven cracha, jura et se ramassa pour bondir, le sabre à la main :

— Scélérat ! Quel genre d'homme...

Bert la retint à temps.

— Pas un homme, dit Uruk Ko.

Rebroussant chemin pour retourner au *Dragon Pourpre*, il lâcha :

— Je suis un Gobelin, un Fils du Véritable Archipel. Je ne veux que chasser les usurpateurs qui nous ont tenus trop longtemps sous leur joug. Adieu, mes amis ! Voici l'aube d'un âge nouveau, qui naîtra dans le feu. Une nouvelle ère, celle des Gobelins, des Trolls et des Ombres. La domination de l'Homme touche à sa fin.

18
LE CHOC FINAL

À minuit, le *Dragon Noir* fut en vue.

Il s'amarra sur la côte orientale, hors de l'attraction des chutes. De là, le Roi Hiver put mesurer les forces de ses alliés avant de se diriger vers le lieu où campait son armée.

– Ils attaqueront dans une heure, déclara Charys au conseil de guerre.

Tous étaient encore sous le choc de la trahison d'Uruk Ko, roi des Gobelins.

– Vous en êtes sûr ? demanda Bert.

Le centaure montra la trajectoire du soleil, qui déclinait vers l'ouest. L'assemblée comprit son hypothèse. L'astre allait bientôt sombrer derrière les chutes.

– C'est pour ça qu'ils ont déjà allumé ces feux et ces torches, dit Jack. Le Roi Hiver est un habitué des lieux. Il sait qu'il fera bientôt noir.

– Nous allons nous retrouver dans une obscurité totale, enchaîna Charys. Il sera presque impossible de distinguer ses amis de ses ennemis. Et encore plus de répliquer aux attaques des Nés de l'Ombre !

Aven se proposa pour rassembler des torches ou ce qui pouvait en tenir lieu. Entraînant avec elle une troupe de faunes, elle se dirigea vers les navires.

— Malgré les déclarations d'Uruk Ko, intervint Bert, n'oublions pas que le Roi Hiver a un autre plan en tête. Il veut avant tout obliger les dragons à revenir dans l'Archipel.

Eledir lâcha un grognement de mépris :

— Impossible ! Seul le Grand Roi le pourrait. Mes propres ancêtres eux-mêmes, pourtant des confidents du grand Samaranth, n'étaient pas dans le secret.

— Oui, enchérit Falladay Finn. Les dragons ont quitté l'Archipel à tout jamais, suite à l'offense faite par Archibald. Préparons-nous à combattre l'armée assemblée ici et maintenant, et non des troupes imaginaires qui pourraient surgir.

— Sauf votre respect, objecta John, je ne suis pas de votre avis. La formule secrète de l'invocation est consignée dans l'*Imaginarium Geographica*. Or celle-ci nous a été dérobée. Elle est actuellement entre les mains du Roi Hiver. Il détient aussi l'Anneau de Pouvoir, qui, selon la *Geographica*, permet d'accomplir ce rite d'invocation.

— Je possède moi aussi un Anneau de Pouvoir, ricana Falladay Finn, en étendant la main.

À son doigt luisait un anneau comparable à celui dérobé par Magwitch.

— Moi aussi ! renchérit Eledir. Ainsi que mes principaux lieutenants. Ces Anneaux de Pouvoir, comme vous les appelez, sont les symboles de notre charge et de nos liens féodaux, rien de plus. Mon ancêtre Eledin avait reçu le sien en même temps que le roi Arthur. Or il n'y avait pas la moindre différence entre les deux.

— Peu importe ! répondit John. Le Roi Hiver croit au pouvoir de cet Anneau. S'il a raison, nous sommes perdus. Mais, s'il se trompe, peut-être réussirons-nous à distraire son attention au cours de la bataille assez longtemps pour prendre l'avantage.

Les rois et les capitaines échangèrent des regards dubitatifs. John comprit que créer une diversion ne les aiderait guère. Dès le début de la bataille, les forces ennemies allaient déferler et les submerger telle une vague.

— Nous ignorons encore la puissance réelle de l'armée adverse, observa Falladay Finn. Jusqu'à présent, nous n'avons pas vu le moindre Né de l'Ombre dans leurs rangs.

— S'il y en a, c'est inquiétant, reconnut Eledir. Ils sont plus redoutables que les Trolls et les Gobelins, qui, eux, peuvent être tués.

— Puis-je dire quelque chose ?

L'assemblée des chefs se tourna vers le nouvel intervenant. C'était Artus.

Jusque-là, il n'avait pas risqué le moindre mot, laissant John, Jack et Bert s'exprimer au nom des Hommes et de Paralon.

Charys hocha la tête :

— Vous êtes l'héritier du Trône d'Argent. Parlez. Nous vous écoutons.

— Voilà. J'ai réfléchi. Ordo Maas nous a révélé que les Nés de l'Ombre ont été engendrés grâce au chaudron magique, n'est-ce pas ?

— La Boîte de Pandore ? dit Eledir. Un mythe, rien de plus.

— Ce n'était pas l'avis d'Ordo Maas. De toute manière, les Nés de l'Ombre viennent de quelque part, non ? Avez-vous une meilleure explication ?

Eledir resta muet, et Artus poursuivit :

— S'il est vrai que mon grand-père, le roi Archibald, a le premier engendré les Nés de l'Ombre en ouvrant la Boîte, et que le Roi Hiver en a créé davantage en la maintenant ouverte pour s'emparer de l'Archipel, pourquoi ne pas suivre le plan d'Aven : trouver la Boîte et la refermer ?

Cette suggestion tomba dans un silence compact, jusqu'à ce que les hennissements de rire de Charys le fassent voler en éclats.

— Par mon sang et par mes os ! Voilà la parole la plus royale que j'aie jamais entendue, à moins que ce ne soit la plus stupide, fit-il en ruant.

— Si la Boîte est bien à l'origine des Nés de l'Ombre, insista Artus, il suffit de la refermer pour empêcher le Roi Hiver d'en créer de nouveaux.

— C'est un bon plan, approuva Nemo. Et je me demande quel effet la fermeture de la Boîte aurait sur les Nés de l'Ombre existants...

Encouragé par ce soutien, Artus reprit :

— J'ajoute qu'elle se trouve probablement ici, sur cette île. Le Roi Hiver ne prendrait pas le risque de la perdre durant le combat ni de la laisser à bord du *Dragon Noir*. Puisque cette île lui sert de base, la Boîte est dans les parages.

Bert, le capitaine et les deux rois, Eledir et Falladay Finn, échangèrent des regards admiratifs devant la hardiesse des conclusions d'Artus.

— Si le Roi Hiver possède une telle arme, supputa le roi des Nains, il la garde sûrement ici, pour l'intégrer à sa stratégie.

— Exact, approuva Artus. Il faut donc nous infiltrer dans son camp, éviter les Gobelins, les Trolls, les Nés de l'Ombre et les Wendigos, trouver la Boîte de Pandore et la refermer. C'est tout simple.

Charys se frappa le front :

— Beau discours, mon garçon ; quant à sa conclusion...!

— Pourtant, il a raison, décréta Charles. C'est exactement ce qu'il faut faire. Regardez cette île. Elle forme un champ de bataille naturel, et les adversaires ne peuvent s'affronter qu'au milieu. Le Roi Hiver attend que la nuit lui donne l'avantage. Si quelqu'un se glisse derrière son camp, personne ne le verra ; les guetteurs seront bien trop occupés à surveiller notre avance vers le centre de l'île.

— Votre plan se tient, approuva Charys. Bonne chance !

Charles pâlit soudain :

— Quoi ? Je ne me porte pas volontaire. Je ne suis pas un soldat, moi...

— Peu d'entre nous le sont, rétorqua Nemo. Néanmoins, nous devrons combattre de notre mieux. Tous.

— Nous le ferons ! lança une petite voix excitée, à leurs pieds. Monsieur Charles et son fidèle écuyer, Jaboteur, vaincront l'ennemi et... euh... refermeront la Boîte.

Charles cligna des yeux, puis grimaça un sourire à l'adresse de l'exubérant blaireau :

— Nous constituerons donc cette force d'infiltration. Que Dieu nous aide !

Aven s'approcha alors, les bras chargés de torches :

— Voilà de quoi nous éclairer.

— Juste à temps, remarqua Nemo.

S'abritant les yeux de la main, il observa le ciel. Le soleil était à moitié avalé par l'obscurité. Plus que quelques minutes, et l'île serait plongée dans les ténèbres.

On décida que, logiquement, Eledir commanderait les principales forces alliées, puisqu'elles étaient constituées en majeure partie des Elfes du *Dragon Bleu*. Ceux-ci étaient avant tout des archers, même s'ils portaient de longues épées, redoutables dans un combat au corps à corps.

Falladay Finn et ses Nains, comme au conseil de Paralon, étaient les plus lourdement armés : lourdes haches, poignards et arbalètes. Finn serait lieutenant d'Eledir, ainsi que Nemo, tandis que Charys et les créatures mythiques constitueraient l'arrière-garde.

Sans tenir compte des avertissements de Charys et du roi des Elfes, Jack choisit de se ranger aux côtés de Nemo. Aven et Bert tentèrent à leur tour de l'en dissuader, mais il ne voulut rien entendre. À l'idée de vivre un vrai combat, ses yeux brillaient d'une flamme intérieure. Refusant d'admettre que son expérience de la guerre se limitait à quelques escarmouches en mer, il fit valoir qu'il était physiquement aussi apte que John, et sans doute plus désireux d'en découdre.

— Tout ira bien, affirma-t-il. Jusqu'à présent, personne n'a été tué, que je sache. Et je vous ai déjà étonnés par mon audace et mon ingéniosité. Ne vous inquiétez pas. Je vais accomplir des exploits dont vous vous souviendrez toute votre vie.

Aven jeta un regard anxieux à Nemo. D'un signe de tête, celui-ci lui fit comprendre qu'il veillerait à garder Jack près de lui.

En retournant vers la grève pour aller chercher de nouvelles torches, Aven se demanda si, de ces deux hommes, elle se tourmentait pour le bon. Comme un noyé entraîne parfois son sauveteur vers le fond, elle craignait que Jack, par son inexpérience, ne mette le capitaine en danger. Elle fut tentée de revenir leur parler. Mais des tâches plus urgentes l'attendaient et elle oublia bientôt ses inquiétudes.

— Trouvons le Roi Hiver !

John avait parlé sur le ton de l'évidence mais, prononcée à voix haute, la phrase lui parut sonner de façon ridicule.

En accord avec Bert, il avait déduit que le Roi Hiver, si son but était toujours d'invoquer les dragons, ne s'engagerait pas en personne dans la mêlée. En attendant l'issue des combats, il s'installerait le plus loin possible, sur la pointe rocheuse qui culminait au-dessus des chutes, à l'ouest.

— C'est là qu'il se tiendra, j'en suis sûr. Artus et moi, nous devons nous y rendre.

— Pourquoi moi ? protesta Artus. Ne devrais-je pas être sur le champ de bataille avec les troupes ?

Bert prit le jeune héritier par les épaules et le dévisagea par-dessus ses lunettes.

— Non, dit-il avec une affectueuse fermeté. Si John a raison, vous êtes sans doute le seul parmi nous qui soit capable d'invoquer les dragons. Votre vie est trop précieuse pour la risquer dans la mêlée. Allez avec John et voyez ce que vous découvrirez. Nous nous battrons pour vous donner le plus de temps possible.

Le vieux Conservateur serra brièvement le jeune roi dans ses bras et courut rejoindre Aven, qui agitait une torche au sommet de la colline.

Le soleil disparut, et une clameur monta dans le ciel, de l'autre côté de l'île.

La bataille commençait.

L'armée adverse progressait d'un pas lent, délibérément, mais Eledir lança les Elfes pour établir une ligne de front le plus en avant possible dans la vallée. Face à des troupes supérieures en nombre, les alliés ne pourraient que perdre progressivement du terrain, jusqu'à se retrouver repoussés vers leurs navires. Eledir souhaitait donc qu'ils disposent du plus de recul possible.

Falladay Finn et ses Nains ne pouvant suivre le train rapide des Elfes, leur chef leur ordonna de préparer leurs haches et leurs arcs. Ils lanceraient d'abord des volées de flèches sur l'arrière des lignes ennemies, puis, armés de leurs cognées, ils s'élanceraient lorsque les Elfes seraient obligés de reculer.

Charys et ses centaures n'avaient qu'une seule mission : veiller à réprimer toute tentative de débordement ennemi sur leurs flancs. Cela risquait fort d'arriver, un champ de bataille ayant toujours tendance à s'étendre. Or, pour protéger John et Artus partis vers l'ouest, Charles et Jaboteur vers l'est, il fallait circonscrire l'action dans le cœur de la vallée.

De son côté, Nemo utilisait une arme de son invention, une sorte de canon à air comprimé d'une portée insoupçonnée. Il seconderait ainsi Eledir en tenant à distance l'état-major des Trolls et des Gobelins.

Trop vieux pour participer à l'action, Bert observait la scène à l'arrière, depuis la colline. Il s'angoissait, moins à cause de la bataille en cours que de celle qui viendrait ensuite. Les Trolls et les Gobelins se lançaient à l'assaut, mais les hordes de Wendigos, autrement redoutables que les Trolls et bien plus effrayants que les Gobelins, restaient mystérieusement cantonnées autour de leurs tentes. Grâce à la longue-vue d'Aven, Bert avait scruté le camp adverse. Et, pour l'instant, rien ne laissait deviner la présence des Nés de l'Ombre...

242   Le plan de Charles et Jaboteur consistait à longer la rive est, contourner le campement du Roi Hiver et trouver le chaudron. Vêtus de cuir noir, ils avanceraient sans torche, se fiant aux sens aiguisés du blaireau pour progresser dans l'obscurité.

Ils se préparaient à descendre vers la plage quand un mouvement dans la lumière des torches attira l'attention de Charles. Il s'arrêta pour mieux voir, et ses yeux s'agrandirent de surprise. Laissant tomber son barda, il courut trouver Aven.

— Monsieur Charles ? s'étonna Jaboteur.

— Ne bougez pas, je reviens.

La jeune femme extrayait des cales du *Dragon Vert* d'autres matériaux inflammables.

— Aven ! appela Charles. Écoutez-moi, c'est au sujet de Jack ! Quelque chose ne va pas...

Aven faillit le rembarrer, mais le ton du jeune homme l'alarma.

— Qu'y a-t-il ? Qu'est-ce qui ne va pas ?

Charles la prit par le bras pour lui parler en confidence :

— Jusqu'à présent, je n'arrivais pas à le formuler claire-ment. Ces derniers jours, Jack est de plus en plus impétueux, presque trop téméraire. Je pensais...

Il rougit :

— Je pensais qu'il cherchait à vous impressionner.

— Il est comme ça depuis notre rencontre, constata Aven. Et alors ? Il prend confiance en lui. Il devient un homme, peut-être même un guerrier. Quoique je préférerais me couper la langue plutôt que de l'avouer devant lui !

— C'était aussi mon opinion, mais...

— Mais quoi, Charles ?

Charles montra la butte sur laquelle Jack, à une vingtaine de mètres d'eux, disposait des archers faunes et satyres en lignes décalées. Aven avait raison : Jack était de plus en plus sûr de lui. Comme il l'avait prouvé lors des engagements précédents, il faisait preuve d'une autorité étonnante pour son jeune âge. Mais ce que Charles avait suspecté se manifes-tait à présent de façon visible ; Aven retint son souffle quand elle le remarqua.

Jack n'avait pas d'ombre.

Le premier assaut avait mal commencé.

Aussi habiles combattants qu'ils soient, les Elfes ne faisaient pas le poids face aux Trolls, dont le plus petit dépassait de loin la carrure du plus costaud des Elfes. Ceux-ci ne durent leur salut qu'à la qualité de leurs armures elfiques, et battirent en retraite pour utiliser leurs arcs et leurs flèches.

De manière inespérée, les Nains s'en tirèrent mieux au corps à corps contre les Trolls, ce qui favorisa l'action des archers Elfes revenus à l'arrière. À cause de la petitesse des Nains, les Trolls devaient se courber pour les frapper, exposant de ce fait leurs nuques et leurs épaules aux flèches. Les Nains en profitaient pour leur taillader les jambes et les reins à coups de hache. Cependant, la puissance des Trolls était telle qu'ils ne purent les contenir, encore moins les repousser.

Ainsi qu'on l'avait craint, les Gobelins avaient tenté une manœuvre de contournement, heureusement empêchée par les satyres et les centaures. Même si les archers Gobelins faisaient mouche à tout coup, les centaures se débarrassaient des flèches d'un haussement d'épaule, comme s'il agissait de guêpes importunes.

La troupe d'archers et de lanciers, formée de créatures mythiques et commandée par Jack, surgit derrière les centaures, et les Gobelins furent mis en déroute. Les Trolls se jetèrent dans un nouvel assaut. Étrangement, ils reculèrent à leur tour.

Charys, les flancs ruisselants de sang, observait la scène avec stupéfaction :

– Ils battent en retraite ! Les Gobelins et les Trolls se retirent !

Aussi inespéré que ce soit, le centaure avait raison.

Reprenant courage, les Elfes brandirent leurs épées. Ils allaient s'élancer quand Eledir les retint. Les Nains et les centaures s'arrêtèrent aussi.

Nemo adressa à Bert des signes désespérés, désigna le camp du Roi Hiver et cria un avertissement que Bert ne saisit pas dans le fracas de la bataille et le grondement des chutes.

Collant son œil à la longue-vue, il la tourna dans la direction indiquée. Au même instant, les Wendigos ouvrirent les tentes alignées le long de la grève. Les alliés avaient cru qu'il s'agissait du campement des Trolls et des Gobelins.

Ils s'étaient trompés !

Les Nés de l'Ombre s'y tenaient cachés depuis le début, attendant seulement que la chaude lumière du soleil cède la place à l'obscurité, qui décuplait leurs pouvoirs et les rendait presque invisibles.

— Dieu du ciel ! s'exclama Bert. C'est la fin...

Aven réprima un frisson, puis se mit à pleurer en silence.

John et Artus qui n'avaient pas encore pris la direction du pic, gravirent rapidement la colline pour voir ce qui accablait ainsi Bert et Aven. Un coup d'œil leur suffit pour comprendre.

Les alliés s'étaient attendus à lutter contre les Wendigos. La présence des Trolls, menés par ce traître de prince Arawn, n'était pas non plus une surprise. Que certaines des races mineures de l'Archipel aient choisi de se rallier à l'ennemi n'avait pas de quoi décontenancer une combattante aussi aguerrie qu'Aven. Mais le surgissement de ces hordes maudites leur glaçait les sangs et les emplissait d'effroi.

Aux confins du champ de bataille, l'immense armée du Roi Hiver s'était mise en marche. Les Wendigos grondant et hurlant s'avançaient, emplissant tout l'horizon. Avec eux, implacables et muets, venaient par milliers les spectres encapuchonnés des Nés de l'Ombre.

19
LE CERCLE DE PIERRES

Une forme inhabituelle de silence régnait au sommet du pic rocheux qui surplombe les chutes du Bord du Monde, un son étal, créé par les rumeurs mêlées de la bataille, dans la vallée, et du grondement sans fin de la cataracte.

Le Roi Hiver cheminait le long de la ligne de crête, attentif à ne pas déraper sur les rocs détrempés par les embruns. Il avançait lentement. En cas de glissade, il n'aurait eu que son crochet pour se retenir, car sa main valide tenait serrée l'*Imaginarium Geographica*. Il n'accordait aucune confiance à son traducteur pour la transporter. Que Magwitch laisse choir le livre par-dessus bord, accidentellement ou non, et il devrait le tuer. Or, il avait un autre projet pour l'infortuné Régisseur : il l'obligerait à regarder dans la Boîte de Pandore pour qu'il devienne un Né de l'Ombre.

Il l'aurait fait depuis longtemps si les Nés de l'Ombre n'avaient été muets. Or, aussi exaspérant que fût le personnage, il avait besoin que Magwitch reste doué de parole.

Encore un moment, du moins.

– C'est encore loin ? gémit le Régisseur, qui traînait plusieurs pas derrière son maître.

Le Roi Hiver se retourna vivement :

— Quoi ? N'est-ce pas vous qui m'avez indiqué le lieu où prononcer l'incantation ?

— Je vous ai dit que, selon la *Geographica*, on doit utiliser l'Anneau de Pouvoir au point situé le plus à l'ouest de l'Archipel. Théoriquement, c'est ce pic. J'ignore si l'emplacement précis est important.

— Ne me faites pas perdre mon temps, Régisseur ! Y sommes-nous, oui ou non ?

En guise de réponse, Magwitch tendit la main vers la *Geographica*. Le Roi Hiver la lui passa et le regarda avec impatience feuilleter les pages, revenir en arrière et repartir dans l'autre sens tout en fredonnant doucement.

— Alors ?

— Nous sommes à l'endroit idéal, j'en suis presque sûr.

— Presque sûr ? Je vous croyais qualifié pour déchiffrer cet atlas ?

Magwitch haussa les épaules :

— Je n'ai jamais achevé ma formation, rappelez-vous. Certaines des langues utilisées dépassent ma compétence. Mais je comprends l'essentiel ; si des détails nous échappent, c'est sans gravité.

— Assez ! conclut sèchement le Roi Hiver en reprenant le livre. Procédons à l'incantation. Ensuite, quand tout l'Archipel me sera soumis, je veillerai à ce que vous receviez votre récompense.

Magwitch s'inclina très bas :

— Merci, Monseigneur.

— Crétin !

— Qu'avez-vous dit, Monseigneur ?

— Taisez-vous !

— Comme il vous plaira, Monseigneur.

Le Roi Hiver en crissa des dents d'agacement :

— Un mot de plus, je vous plante mon crochet dans les yeux et je vous arrache la cervelle.

— Désolé, Monseigneur.

Le Roi Hiver soupira avec bruit et ouvrit la *Geographica* :

— Montrez-moi l'incantation et dites-moi quels mots prononcer.

Charles n'avait pas fait cent pas le long du rivage qu'il regrettait déjà d'avoir accepté cette mission. Trempé des pieds à la tête par les vagues, il dégageait une vague odeur de saumure. Quant à Jaboteur, tout aussi trempé que lui, il sentait le blaireau mouillé. Pour éviter de tomber sur un Troll ou un Gobelin à la traîne, ils avaient décidé de cheminer à la lisière de l'eau. Mais, à la différence des plages du sud, plates et sablonneuses, cette côte orientale sans cesse battue par les marées engendrées par l'attraction des chutes était rocheuse et accidentée. À chaque instant, l'un d'eux culbutait dans la mer et en ressortait, crachant et dégoulinant.

Ils progressaient bruyamment, laissaient des traces visibles sur les parcelles ensablées et dégageaient une telle odeur qu'un Wendigo enrhumé n'aurait eu aucun mal à les pister.

Selon Charles, ils formaient la force d'infiltration la plus désastreuse qu'on eût jamais vue en temps de guerre.

— Permettez-moi de vous le dire, lança Jaboteur. Vous commencez à sentir fort...

— J'allais vous dire la même chose...

Le blaireau s'arrêta net, visiblement blessé :

— Qu'est-ce que ça signifie ?

— Rien, rien..., fit Charles, comprenant soudain que cette remarque, dans la bouche du blaireau, était un compliment.

Revêtu d'une armure légère, fournie par les Elfes pour remplacer sa tunique de Nain mal ajustée, Charles était muni d'un glaive court et d'une hachette, deux armes qu'il avait jugées appropriées pour cette mission. L'animal, quant à lui, portait un grand coutelas et charriait sa réserve de beignets durcis dans son vieux bouclier de bronze.

— Écoutez, Jaboteur, se risqua Charles, avez-vous vraiment besoin de transporter tout ce... euh, matériel ? Notre but est de nous approcher furtivement de la Boîte de Pandore. Pas de nous battre.

Jaboteur gonfla la poitrine, signe de défi chez les blaireaux :

— Je préfère m'être chargé inutilement plutôt que de me trouver les mains vides au moment où nous aurons besoin d'armes.

Après une brève réflexion, Charles en convint :

— Vu sous cet angle, c'est rassurant d'être bien armé. Mais devez-vous vraiment traîner votre bouclier ? Il laisse une trace énorme derrière vous.

— Maître Samaranth me l'a donné. Il m'a recommandé de l'emporter ici, ajoutant que, tôt ou tard, il nous serait utile. Alors, je l'emporte !

— Parfait ! Mais si je m'en chargeais ? Nous progresserions plus vite.

— Mille mercis, répondit le blaireau, jetant son sac sur son dos et abandonnant le bouclier à Charles.

— Il est lourd ! marmonna ce dernier.

— À qui le dites-vous ! En route !

Après la retraite des Trolls et des Gobelins, la stratégie du Roi Hiver apparut soudain évidente. Le premier assaut donné par les habitants de l'Archipel n'était destiné qu'à tester la résistance des alliés. Et, accessoirement, à en abattre le plus grand nombre. Car les Trolls et les Gobelins n'étaient que de la chair à canon. S'ils survivaient à cette offensive et affaiblissaient l'adversaire, tant mieux. S'ils échouaient et y laissaient leur peau, c'était égal.

Les forces du Roi Hiver reposaient principalement sur les Wendigos et les Nés de l'Ombre. Avec eux, il n'y aurait ni avancée ni reculade. Rien qu'un combat brutal et sanglant. Sans merci.

La première vague de Nés de l'Ombre avait atteint les lignes de front des Elfes et des Nains, et la tactique de combat se révéla de façon aveuglante.

Les Nés de l'Ombre se débarrassaient des flèches comme de cure-dents, et, si un coup de hache ou de lance les retardait un instant, il ne les arrêtait ni ne les détruisait. Arrivés assez près de leurs adversaires, ils s'emparaient de leurs ombres et les leur arrachaient. Les Nains et les Elfes ainsi dépouillés s'effondraient avec un grand cri, privés de toute volonté de résistance. Puis, tandis que les Nés de l'Ombre s'avançaient vers leurs prochaines victimes, les Wendigos se ruaient sur les guerriers sans défense pour les déchirer de leurs griffes et de leurs crocs.

— Éteignez vos torches ! hurla Charys. Éteignez tout !

Eledir et Falladay Finn échangèrent des regards perplexes. Certes, cela réduirait la menace des Nés de l'Ombre. Mais ils devraient affronter les Wendigos dans l'obscurité.

— On n'a pas le choix, insista Charys. Éteignez les torches et reculez, ou nous sommes morts !

À l'arrière, Aven et Bert s'élancèrent pour conférer avec Jack et Nemo.

— Que font-ils ? s'exclama Aven. On ne peut pas combattre dans le noir !

— Charys a raison, déclara Nemo. L'obscurité ne sera pas totale, les Wendigos portent des torches. Mais leur lumière projettera nos ombres derrière nous et non plus devant. Ça nous donnera une chance, au moins tant que...

Il s'interrompit, car il venait regarder le sol, où son ombre se mêlait à celles de Bert et d'Aven. Mais pas à celle de Jack...

Bert le remarqua aussi et lança au jeune homme un regard mêlé de tristesse et d'angoisse.

Jack baissa les yeux, puis fit face aux autres, les mâchoires contractées :

– Je sais. Il y a déjà quelque temps que j'ai constaté sa disparition. Ça n'a pas d'importance. Je suis toujours dans votre camp.

– Pas d'importance ! s'exclama Bert. Jack... Vous êtes devenu un Sans-Ombre. C'est encore pire qu'un Né de l'Ombre.

– Comment cela ? fit le jeune homme, l'air buté.

– Cela signifie que vous êtes attiré par les ténèbres, expliqua Nemo. En pleine lumière, vous pouvez choisir de rester notre allié. Mais votre cœur penche à présent pour l'Ombre.

– Je ne vous crois pas, fit Jack avec un geste tranchant. Jugez-moi à mes actes et non en fonction de mes prétendus penchants.

– Rappelez-vous ce que disait le Cartographe à propos des choix et de leurs conséquences, insista Bert. Pensez à ce qui lui est arrivé, suite à ses propres choix !

– Le Roi Hiver en a parlé aussi à bord du *Dragon Noir*. Vous vous souvenez ? se défendit Jack. Qui dois-je croire ? Le prisonnier incapable de nous aider, ou le possible conquérant de l'Archipel ?

– Celui qui cherche à nous tuer, vous voulez dire, rétorqua Nemo.

– Ne puis-je avoir les deux ? reprit Jack. La conviction du Cartographe et la puissance du Roi Hiver ?

– On ne peut pas marcher en mettant un pied dans un sens et le deuxième dans l'autre ! fit Bert.

Nemo s'adressa à Aven, l'air sinistre :

— On n'a plus le temps de discuter. Si Jack doit devenir un Enfant perdu, qu'il porte sa croix. Moi, j'ai une bataille à livrer.

Aven le retint par le bras :

— Attendez ! Jack est un homme bon. Je le sais. Prenez-le avec vous, combattez ensemble ! Si vous n'avez pas confiance en lui, ayez confiance en moi !

Nemo fixa un instant Aven, puis se tourna vers Jack :

— Soit, suivez-moi ! Au moins, vous serez le seul d'entre nous que les Nés de l'Ombre ne toucheront pas !

Le Régisseur de Paralon, ex-apprenti Conservateur, dut s'y reprendre à trois fois pour définir (à peu près...) l'énoncé de l'incantation, dont le texte se mêlait aux coordonnées de l'île et aux indications sur le lieu où le rituel devait être accompli.

Il fut soulagé que le Roi Hiver ne l'interroge pas sur l'exactitude de sa traduction. Son Maître lui aurait sûrement tranché la gorge s'il avait soupçonné la part de supposition et d'approximation qui soutenait son interprétation.

Mais, se justifiait-il, si les Conservateurs ne pouvaient se permettre un minimum de licence créative, pourquoi mettrait-on à leur crédit une imagination fertile ?

— Alors ? insista le Roi Hiver

— J'y suis, répondit Magwitch. Mettez-vous là. Juste au bord du précipice, levez la main ornée de l'Anneau de Pouvoir et répétez après moi.

Tandis que Magwitch lisait les premiers mots, le Roi Hiver se sentit parcouru par un frisson d'anticipation. Sa main baguée dressée vers le ciel, il souriait en répétant les phrases après le Régisseur. L'anneau scintillait au-dessus du vide, dans l'air embrumé. Soudain...

Rien ne se passa.

253

La main toujours levée, le Roi Hiver lança à Magwitch un regard en coin.

— Peut-être faut-il répéter la formule ? suggéra le Régisseur.

Baissant le bras, le Roi Hiver examina l'anneau. Il ne pouvait s'agir d'un faux. Sur le métal était gravé, écarlate, le sceau royal : un A majuscule. C'était bien l'anneau du Grand Roi.

Et pourtant, rien. Aucun résultat.

— Alors qu'il en soit ainsi ! siffla le Roi Hiver. Si je dois conquérir cet Archipel par le tranchant de l'acier, dans le feu, le sang et la mort, qu'il en soit ainsi !

Il jeta la *Geographica* à Magwitch, tira son épée et s'écria :

— Qu'on en finisse !

Sur ces mots, il pivota sur ses talons et s'engagea sur la pente.

— Où... Où partez-vous ? bégaya Magwitch.

— Je rejoins le champ de bataille pour m'assurer de la victoire, lança le Roi Hiver sans même se retourner. Vous, allez où ça vous chante !

— Mais que... que voulez-vous que je fasse de la *Geographica* ?

Le Roi Hiver se raidit. Puis, glacial, haineux, il jeta :

— Brûlez-la !

John et Artus eurent vite fait de contourner la pointe sud de l'île, puis d'escalader la pente rocheuse qui menait au sommet du pic, même s'ils passèrent plus de temps à discuter qu'à grimper : n'auraient-ils pas plutôt dû être auprès de leurs amis sur le champ de bataille ?

La logique de John l'emporta finalement sur les hésitations d'Artus. Ce choix leur parut d'autant plus avisé quand ils aperçurent au loin les silhouettes du Roi Hiver et du Régisseur.

— Allons-y ! souffla Artus. Ils ont la *Geographica*, et aussi mon anneau, je suis prêt à le parier. Venez ! On va les leur reprendre.

Le jeune héritier aurait facilement le dessus sur Magwitch, John n'en doutait pas. Il était beaucoup moins confiant quant à sa capacité de l'emporter contre le Roi Hiver. Mais, surtout, un message de son subconscient le retenait, un sixième sens qui lui répétait d'une petite voix tranquille : « Attends. Attends. Ils ne sont pas si puissants qu'ils le croient. Attends. »

Il tira Artus derrière un des rochers disséminés sur la pente :

— Pas tout de suite.

Artus leva un sourcil étonné :

— Mais pourquoi ? Et s'il réussit à invoquer les dragons ?

— J'y ai réfléchi. Invoquer et commander sont deux choses différentes.

— Que voulez-vous dire ?

— Vous vous souvenez de Samaranth ?

— Évidemment.

— Il nous a dit qu'il avait repris l'anneau à votre grand-père, lorsque celui-ci ne s'était plus montré digne de le porter. Croyez-vous que le Roi Hiver en soit digne ?

— Certainement pas.

— Bien. Et si jamais le Roi Hiver arrivait à invoquer les dragons, imaginez-vous une créature comme Samaranth lui obéir ?

— Non.

— Exactement. Alors, attendons. Et observons.

Magwitch jura et frappa du pied, exaspéré. Il avait épuisé sa réserve d'allumettes. Il avait tenté d'utiliser ses manches (qui brûlaient fort bien) en guise d'amadou. À peine avait-il réussi à roussir un coin de reliure de la *Geographica*.

Il avait alors voulu déchirer les pages pour alimenter la combustion. Mais elles étaient plus dures que du cuir et impossibles à froisser. Il s'apprêtait à balancer l'objet dans l'abîme – il prétendrait ensuite l'avoir réduit en cendres – quand il entendit un bruit de pas.

– Maître, fit-il en se retournant. J'étais en train de...

Il n'acheva pas ; John lui avait expédié un magnifique crochet du gauche. Le Régisseur de Paralon s'effondra telle une marionnette dont on aurait coupé les fils.

– Bravo ! applaudit Artus. Charles sera déçu de ne pas l'avoir fait lui-même !

Ils virent au loin la silhouette du Roi Hiver qui descendait vers le champ de bataille. Soudain, les torches du camp allié s'éteignirent, comme si elles avaient toutes été soufflées en même temps.

Les deux jeunes gens échangèrent un regard angoissé.

John ramassa l'*Imaginarium Geographica* et feuilleta les pages à la recherche de l'incantation :

– Tout est indiqué ici. Soit l'anneau n'a pas agi, soit ils ont mal lu le texte.

– Soit ni l'anneau ni la formule ne fonctionnent ! De toute manière, nous ne l'avons pas, cet anneau !

– Je ne crois pas que nous en ayons besoin, répondit John, une excitation non dissimulée dans la voix.

– Vraiment ?

John lut, relut et re-relut le texte. Stupéfait de ce qu'il venait de comprendre, il expliqua :

– Ce n'est pas un bijou, c'est un lieu. L'Anneau de Pouvoir est un lieu !

Il se mit à marcher en rond, et Artus se demanda si son compagnon n'avait pas perdu la raison.

– C'est là-bas, fit enfin John en désignant la pente. Un peu plus bas vers l'est.

Artus regarda dans cette direction. Il ne vit rien, sinon ces étranges rochers debout, qu'ils avaient déjà observés par dizaines au cours de leur ascension.

John sentait ses joues s'empourprer et son cœur s'emballer :

— C'est cet endroit. J'en suis convaincu !

— Qu'est-ce qui vous fait croire ça ?

— Dans mon pays, il existe un cercle de pierres dressées semblable à celui-ci. On l'appelle Stonehenge.

20
LE RETOUR DES DRAGONS

Le Roi Hiver pénétra sur le champ de bataille au moment où les torches s'éteignaient. Il accueillit la chose avec un large sourire. Désormais, ses ennemis souffriraient d'un double handicap : ils se battraient dans le noir, et contre des guerriers invincibles. S'ils étaient avisés, ils déposeraient les armes et se réfugieraient à bord de leurs navires pour y trouver un répit temporaire. Tant qu'il avait le pouvoir de créer des Nés de l'Ombre, sa conquête de l'Archipel dans sa totalité n'était qu'une question de temps.

Aurait-il réussi à soumettre les dragons, cette bataille, cette conquête, sans parler de sa future mainmise sur le monde des Humains, auraient été plus rapides. Mais pourquoi se plaindre quand il suffisait d'un peu de patience ?

Le Roi Hiver avait déjà attendu. Il pouvait attendre encore. Brandissant son épée, il poussa un cri de guerre et courut se joindre aux Nés de l'Ombre.

En quelques minutes, les Elfes avaient perdu le quart de leurs effectifs, et les Nains à peine moins. L'extinction des torches ne leur avait apporté qu'un soulagement temporaire.

Les Nés de l'Ombre pénétraient les rangs des archers comme des pierres s'enfoncent dans l'eau.

Eledir fit sonner la retraite, trop tard pour Falladay Finn, qui était tombé. Un Né de l'Ombre lui arracha son ombre. Seule une prompte action des Nains et le sacrifice de plusieurs d'entre eux permirent à sa dépouille inerte et blême d'être portée en sécurité.

Charys, à la tête des centaures, monta en première ligne. Armés de lances et de pertuisanes, ils disposaient d'une meilleure allonge pour contenir l'assaut des Nés de l'Ombre et ralentir leur avance. Sur leurs flancs, des Nains, des faunes et des animaux archers forçaient les Wendigos à reculer sous une pluie de flèches incessante.

Les assaillants se servaient de l'obscurité ; Jack décida d'une offensive lumineuse.

Ayant pris, avant la bataille, le temps d'examiner l'armement du *Nautilus*, il y avait découvert, outre différentes machines de guerre mues par la vapeur ou la force hydraulique, d'autres matériaux plus conventionnels. Notamment de quoi fabriquer de la poudre à canon.

Nemo courait en tous sens, dirigeant les attaques des animaux et des créatures mythiques contre les Wendigos. Jack le héla, et ils s'accroupirent derrière un talus pour examiner l'engin que le jeune homme venait de préparer.

— Ça s'appelle une grenade, expliqua-t-il.

Nemo se montra sceptique :

— Mon jeune ami, j'ai de bonnes raisons de ne pas utiliser les explosifs. Ils sont trop imprévisibles.

— Dans votre monde, peut-être. Pas dans le mien. Ça, c'est une arme que je connais. Puisqu'on peut repousser les Nés de l'Ombre, on peut les faire exploser !

Le capitaine ne semblait guère convaincu :

— Avez-vous une expérience de ce genre de munitions ?

– J'ai beaucoup lu à ce sujet. Et je me suis servi du canon du *Dragon Indigo* avec efficacité.

Nemo ouvrit la bouche pour protester. Jack lui coupa la parole :

– Ici, l'imagination compte au moins autant que la réalité, non ? Ça marchera. Improviser, c'est ce que je fais depuis que je suis dans l'Archipel, et je m'en suis plutôt bien sorti. Alors, j'improvise.

Nemo se donna le temps de la réflexion, puis il regarda Jack dans les yeux :

– D'accord. Que faut-il faire ?

– Sonnez la retraite. Rassemblez nos troupes au sommet de la colline ; ensuite, allumez la mèche et envoyez l'engin au cœur des forces ennemies. Si ça marche, j'en préparerai d'autres avec les réserves que vous avez à bord du *Nautilus*.

Nemo parut impressionné. Puis, observant de nouveau l'objet, il objecta :

– La mèche est-elle assez longue ? Et si...

– Assez de questions ! Faites comme j'ai dit, et tout se passera bien.

Nemo le fixa longuement avant d'acquiescer :

– Aven vous accorde sa confiance, je ne peux qu'en faire autant. Fabriquez d'autres engins. Nous en aurons besoin.

Nemo alla s'entretenir avec Eledir et Charys, et les trompes sonnèrent la retraite. Les alliés abandonnèrent le champ de bataille pour se réfugier sur la colline, loin du carnage, laissant derrière eux leurs camarades tombés au combat.

Sous le commandement direct du Roi Hiver, qui menait la charge, l'ennemi se lança à leurs trousses. Tandis que Jack, au milieu des centaures en fuite, accourait avec une seconde grenade, Nemo alluma la première et la propulsa sur le Roi Hiver.

La charge explosa trop tôt, recouvrant les Wendigos et les Nés de l'Ombre d'une pluie de poussière, rien de plus. Les effets furent autrement dévastateurs pour le capitaine du *Nautilus*.

La moitié droite de son torse, y compris son bras et son épaule, avait été arrachée par l'explosion. Le visage couvert de brûlures et de cloques, les yeux brûlés, aveugle, il agonisait.

Parce qu'il avait fait confiance à Jack !

Celui-ci se laissa tomber à ses côtés. L'armée qui faisait retraite étant passée, les deux hommes étaient seuls sur le champ de bataille, tandis que les hordes ennemies approchaient rapidement. Jack saisit à tâtons la seconde grenade. Avant qu'il ait eu le temps de l'allumer, les Nés de l'Ombre le submergeaient.

Ils passèrent sans ralentir, continuant d'escalader la colline.

Hagard, épouvanté, Jack sentit un flot de formes noires et froides s'écouler autour de lui. Les Wendigos eux-mêmes ne s'arrêtèrent qu'un bref instant pour renifler la dépouille de Nemo. Puis le Roi Hiver apparut, toisant le jeune homme agenouillé. Un éclair cruel brilla dans ses yeux :

— Ils vous ont épargné, Jack, parce que les Nés de l'Ombre ne détruisent pas leurs semblables.

Avec un sourire mauvais, il s'éloigna à son tour.

Jack vit alors avec terreur son ombre réapparaître, vacillante, puis se solidifier. Mais il était trop tard. Le mal était fait. Nemo était mort.

À genoux sur la terre imbibée de sang, Jack se mit à hurler.

À deux reprises, Charles et Jaboteur durent se jeter sous les vagues pour éviter des Wendigos en maraude, qui avaient flairé leur piste. En s'immergeant, ils dissimulaient leur odeur, mais leur moral s'en ressentait.

Néanmoins, ils parvinrent à contourner toute la côte orientale et même à longer le *Dragon Noir*. Charles avait craint de ne pas identifier la tente du Roi Hiver. Or, ce ne fut pas un souci. C'était la plus imposante du camp et la seule à être flanquée de sentinelles, deux Wendigos à l'air hargneux.

— Pas de doute, voilà ce que nous cherchons, souffla Charles. Je suis sûr que la Boîte de Pandore est à l'intérieur. Sinon, pourquoi ferait-il garder une tente à l'arrière d'une armée aussi puissante?

— Je partage votre avis. Quel est votre plan? Une fois à l'intérieur, on s'empare du chaudron ou on se contente de le refermer?

— On le vole, si on peut. Je n'ai pas la moindre idée quant à la manière de le fermer. La magie a un rôle à jouer, je suppose. Il ne suffit sûrement pas de clouer un couvercle dessus et d'ajouter une pancarte «Ne pas toucher»!

263

— D'accord. Vous ferez pour le mieux, j'en suis sûr.

— Dommage que Jack ne soit pas avec nous. Il a le chic pour se débrouiller dans les situations imprévues.

Tout en parlant à voix basse, ils étaient sortis de l'eau, dissimulés derrière la coque du *Dragon Noir*. Une fois sur le sable, le blaireau s'ébroua et s'assit sur son derrière. Charles vint s'accroupir près de lui, soulagé de poser le lourd bouclier.

— Une chose me tracasse, reprit Jaboteur. S'il ne s'agit que d'un vieux chaudron, pourquoi l'appelle-t-on la «Boîte du Paon d'or»?

— La Boîte de Pandore, corrigea Charles. C'est dans la nature des contes: une bouilloire devient un chaudron, qui devient une boîte. Tout dépend du narrateur. Et puisque, selon la légende, sa dernière propriétaire s'appelait Pandore, on connaît désormais le récipient sous ce nom.

Chassant de la main le sable collé au bouclier, Charles poursuivit :

— Cet objet, par exemple, a sans doute servi à un soldat romain, ou à un légionnaire. On l'appelait alors « le bouclier de Polemicus » ou un nom du même genre. Pour moi, c'est le bouclier de Jaboteur...

Charles s'interrompit alors, bouche bée.

— Messire Charles ?

À la surface du bouclier, les ciselures étaient un peu ternies, mais on distinguait encore nettement certains détails. C'était un portrait stylisé de Méduse, la terrible Gorgone de la mythologie grecque.

— Rappelez-moi ce que Samaranth vous a dit quand il vous a donné cet objet ?

— Qu'il avait autrefois appartenu à un héros célèbre dans votre monde. Périclès... Ou Thésée... Ou...

— Persée ! s'écria Charles. Ce bouclier appartenait à Persée[1] !

— C'est ça ! Samaranth a ajouté que le plus petit d'entre nous peut devenir un héros, avec un peu de chance. Et que ce bouclier me porterait chance.

Un sourire digne du chat du Cheshire[2] étira les lèvres de Charles :

— Vraiment ? Eh bien, je crois qu'il a dit vrai. Nous allons porter un coup fatal au Roi Hiver !

En s'approchant avec Artus du cercle de pierres, John réfléchissait à haute voix :

— Tout se tient. Arthur a créé le Trône d'Argent pour régner sur les deux mondes, le mien et celui de l'Archipel.

---

1. Persée est un héros de la mythologie grecque. Fils de Zeus, il mit à mort Méduse, l'une des trois Gorgones. (NdT.)

2. Personnage d'*Alice au pays des merveilles*.

Si une partie de sa puissance reposait sur la capacité d'appeler les dragons, il souhaitait pouvoir les invoquer dans l'un ou l'autre de ses deux royaumes.

Artus resta muet. Il devenait évident pour lui que John l'estimait capable de résoudre la situation, et le futur roi n'y croyait pas lui-même. Au cours des derniers jours, il avait vu se dessiner une ligne dure et nette entre ses rêves enfantins de chevalerie et la réalité d'un monde où chaque acte engendre son lot de conséquences.

Il ne leur fallut que quelques minutes pour accéder au cercle de pierres. Dès qu'ils pénétrèrent à l'intérieur, un vent glacé se leva.

— C'était peut-être une mauvaise idée..., commença Artus.

John le saisit par les épaules et le força à le regarder. Artus s'attendait à un sermon. Mais, alors que le vent soufflait avec une violence accrue, John se contenta de sourire :

— Prenons les choses ainsi : si ça marche, ça marche. Si ça ne marche pas, on aura au moins essayé. Un chevalier qui attendrait d'être sûr du succès pour se lancer dans une quête n'irait jamais nulle part.

— Vous marquez un point.

Le vent tourbillonnait comme s'il cherchait à les arracher du sol pour les précipiter dans l'abîme. Les pierres dressées faisaient écho au grondement des chutes. Les embruns leur trempaient le visage et les cheveux. Les éléments semblaient conspirer pour les chasser, tandis que John ouvrait la *Geographica* à la bonne page et la tendait à Artus.

— John ? Vous êtes sûr ?

— Aussi sûr qu'on peut l'être ! beugla le Conservateur pour couvrir les hurlements de la tempête.

— Je ne peux pas, John. Je ne suis pas prêt !

John lui fourra la *Geographica* dans les mains :

— Toute votre vie, vous avez rêvé d'être chevalier. À présent, proclamez ce que vous êtes ! Devenez un roi !

Artus respira profondément et recouvra un peu de calme. Alternativement, il fixait le visage si honnête de son ami et le livre presque sacré entre ses mains, ce livre capable de faire de lui un roi. Qui *ferait* de lui un roi.

Il lui suffisait d'oser, de lire quelques lignes pour revendiquer son héritage, son trône et son destin. C'était simple. Aussi simple que de retirer une épée d'une enclume[1].

Artus regarda une dernière fois le texte. Puis il referma le livre et récita :

> *Par le droit et par la loi*
> *Pour recevoir le pouvoir*
> *Je fais appel à toi*
> *Je fais appel à toi*

> *Par le sang de ma lignée*
> *Par la parole donnée*
> *Je fais appel à toi*
> *Je fais appel à toi*

> *Pour la vie et la lumière que me donne ta protection*
> *Du cœur de cet Anneau et par l'autorité du Ciel*
> *Je fais appel à toi*
> *Je fais appel à toi*

Dès le dernier mot prononcé, l'ouragan s'apaisa.

Épuisé, Artus scrutait les ténèbres environnantes et l'abîme devant lui :

— Ai-je fait ce qu'il fallait ?

---

1. Allusion à Excalibur, l'épée du roi Arthur.

– Vous l'avez très bien fait. En tout cas, vous avez fait *quelque chose*.

– Ça va prendre longtemps ?

– Le livre n'en dit rien.

Ils attendirent le temps de cinq battements de cœur. Puis de dix.

Puis de vingt. Et de vingt encore.

Rien ne se passa.

Pour laisser la place à Jack, les alliés avaient cédé trop de terrain. Charys et Eledir s'étaient fiés à Nemo, qui s'était fié à Jack. À présent, la ligne de front était irrémédiablement enfoncée. Les alliés avaient perdu plus de la moitié de leurs effectifs, touchés par les Nés de l'Ombre ; même si les Wendigos n'avaient achevé qu'un petit nombre de leurs victimes, les survivants seraient exterminés tôt ou tard.

Les rescapés, Elfes, Nains, animaux et créatures mythiques, s'étaient rassemblés dans un creux de terrain, à l'extrémité de la plage. Charys déploya les centaures autour d'eux, en une ultime ligne de défense.

Les Nés de l'Ombre les dépassèrent et, l'espace d'un instant, Aven et Bert se prirent à espérer un miracle. En fait de miracle, ce n'était qu'un mouvement tactique. Les spectres venaient de leur couper toute possibilité de retraite vers les bateaux. Ils n'en réchapperaient pas.

Au signal du Roi Hiver, un Wendigo sonna du cor, rappelant les Trolls et les Gobelins sur le terrain.

La bataille était perdue.

Ignorants de ces évènements, John et Artus gardaient les yeux fixés vers l'abîme.

Artus jeta un bref coup d'œil à son compagnon, qui demeurait impassible :

267

– Ça ne va pas, John.

– Patience, Artus. Je crois en vous.

– Vous êtes bien le seul...

Le jeune héritier se recroquevilla sur lui-même. John posa sur son bras une main rassurante :

– Ça ira. J'ai assez de foi pour deux.

À cet instant, l'air sembla s'immobiliser ; le vacarme incessant des chutes s'assourdit comme si l'univers retenait son souffle. L'œil de la tempête s'était posé sur l'antique cercle de pierres dressées, telle une porte ouverte jusqu'aux confins de l'éternité.

– Regardez ! cria John. Regardez vers l'abîme..., là-bas, dans l'obscurité ! Vous voyez ?

À l'ouest, très haut au-dessus de leurs têtes, un point de lumière venait d'apparaître, tout petit, mais d'une brillance extrême.

Une étoile.

– Je la vois. Mais que...

– Une autre ! Et, là, une autre encore !

Sous leurs yeux, le ciel se peuplait d'astres scintillants, animés d'une vie lumineuse. Curieusement, certains se mirent à briller plus fort. De plus en plus fort. Ils bougeaient.

– John, lâcha Artus. Ce ne sont pas des étoiles...

– Non. Ce sont des dragons.

Enfin, après une si longue absence, les dragons revenaient dans l'Archipel des Rêves.

SIXIÈME PARTIE

Le Pays d'Été

21
LE GRAND ROI

Au-dessus de l'île du Bord du Monde, l'air résonna de puissants coups d'ailes.

Trois dragons, très vieux à en juger par leur aspect et leur maintien, se posèrent face au cercle de pierres et s'inclinèrent avec respect devant Artus.

— Ils attendent vos instructions, souffla John.

Artus contempla les magnifiques créatures qui se tenaient devant lui, puis il désigna le champ de bataille :

— Aidez-les ! Aidez mes amis !

Cette seule demande suffit. Les dragons se prosternèrent de nouveau. Puis, déployant leurs ailes, ils décollèrent.

À l'est, dans l'étroite vallée, Trolls et Gobelins avaient convergé vers le champ de bataille, prêts à participer à l'extermination finale, privilège des armées victorieuses. Ils furent d'autant plus stupéfaits de se trouver brusquement assaillis par une horde de dragons, bien plus puissante qu'eux.

Uruk Ko, par sagesse ou par couardise, ordonna aussitôt à ses troupes de baisser leurs armes et leurs bannières. Quand ce n'est pas par ses conquêtes, c'est par la diplomatie qu'un roi assure son trône. Il est parfois préférable de s'incliner que de perdre inutilement ses soldats au nom de l'honneur.

Les chefs des Trolls ne tinrent pas le même raisonnement et choisirent de livrer bataille aux dragons.

L'engagement dura à peine trois minutes. Il n'en fallut pas plus aux dragons pour calciner, déchirer ou piétiner les combattants de l'armée Troll.

Les Nés de l'Ombre, eux, ne tomberaient pas si vite ni si facilement...

Jaboteur était vexé.

— Remettez-vous, mon vieux, le consola Charles, en entrant sous la tente du Roi Hiver. Je n'y serais pas arrivé avec dix boulets de canon ; alors, avec trois beignets aux myrtilles !

— Deux auraient dû suffire. Un pour chaque garde, ronchonna le blaireau. Si ce damné Wendigo n'avait pas tourné la tête au moment où je le visais !

— Du calme ! Vous l'avez assommé avec votre troisième beignet. Je suis très impressionné par votre habileté.

— Vraiment ? fit le blaireau, rasséréné. Merci, monsieur Charles.

Charles alluma les torchères placées de chaque côté de la porte, et la lumière leur révéla aussitôt ce qu'ils cherchaient.

Il était au centre de la tente, sur une plate-forme de bois munie de poignées de cuir pour faciliter son transport. Comme ils s'y attendaient, il s'agissait d'un chaudron en fer de trois pieds de haut et d'une circonférence légèrement inférieure, ce qui lui donnait un aspect allongé. Ses flancs étaient décorés d'une frise de corbeaux stylisés, et incrustés de caractères cunéiformes[1] en bronze.

---

1. Les caractères cunéiformes furent employés par la civilisation mésopotamienne à partir du IIe millénaire av. J.-C. (NdT.)

Ils avaient retrouvé la Boîte de Pandore.

Il n'y avait pas de couvercle, seulement quelques traces de cire sur les rebords.

— Alors, monsieur Charles ? Une idée brillante ?

— Il ne faut pas regarder dedans. Le transport va donc être difficile. Revenons à notre plan originel et couvrons le récipient. Samaranth en savait certainement plus qu'il n'a voulu nous en dire. C'est pour ça qu'il vous a donné le bouclier.

— Laissez-moi faire, déclara le blaireau. Je ne risque pas de voir l'intérieur. Je suis un peu court de taille, comme dirait mon ami Falladay Finn.

Charles lui tendit le bouclier :

— Allez-y.

Au prix d'un effort considérable, le blaireau le hissa au-dessus de sa tête. Puis, d'un geste souple, il le fit glisser sur son crâne pour en coiffer le chaudron. Avec un léger clic, le bouclier s'emboîta parfaitement.

Avant que Jaboteur ait eu le temps de faire un pas, le chaudron appelé Boîte de Pandore s'illumina d'une lueur surnaturelle.

— Est-ce un bon ou un mauvais signe ? fit Charles. Je gage que nous le saurons avant longtemps.

Lorsque les dragons surgirent, le Roi Hiver défiait les chefs des alliés, blessés et vaincus. Si Charys et Eledir s'apprêtaient à lutter jusqu'à la mort, Bert et Aven n'avaient plus beaucoup d'espoir. Après la mort de Nemo, puis la disparition probable de Jack, qui avaient porté un double coup à ses adversaires, le Roi Hiver s'attendait à une prompte reddition. Or, en quelques instants, son monde bascula.

Il fut d'abord tenté d'attribuer la soudaine apparition des dragons à sa propre invocation, leur retard étant dû à la rotation de la Terre, à leur manque de réactivité ou à toute autre

273

cause contre laquelle il pourrait vitupérer, puisqu'il était désormais leur maître. Ce n'est que lorsque ces créatures se mirent à écrabouiller les Trolls qu'il comprit qu'elles n'étaient pas à *son* service.

Au cri de triomphe qui monta des rangs alliés, ses lèvres se retroussèrent en un rictus amer.

— Réjouissez-vous donc, gronda-t-il. Vous ne vivrez pas assez longtemps pour savourer votre victoire. Pas tant que je commanderai aux Nés de l'Ombre !

Il aurait mieux fait de se taire ! Il n'avait pas fini de parler qu'il vit vaciller puis disparaître ses milliers de Nés de l'Ombre.

Frappant du sabot, Charys brandit son lourd épieu :

— Mes amis, la conférence sur « l'art de filer une raclée aux Wendigos » vient de commencer...

274   Le champ de bataille redevint le siège d'une activité frénétique. Illuminés par les flammes que projetaient les dragons, les Elfes, les Nains et les centaures formèrent un rempart autour des dragons-nefs et de leurs camarades blessés, tout en tenant les Wendigos à distance sous des volées de flèches.

Faire bloc dans un combat contre les faunes se justifiait ; contre les dragons, nettement moins ! Le Roi Hiver profita du chaos pour s'éclipser. Aven, qui redescendait dans la vallée à la recherche de Jack, vit le fuyard disparaître vers l'ouest. Elle hésita un instant, puis se lança à sa poursuite.

Les troupes adverses ne résistèrent que quelques minutes. Face aux dragons, il était impossible de se défendre et à plus forte raison d'attaquer.

Dès que l'ennemi eut déserté le champ de bataille, les alliés revinrent pour secourir leurs blessés. Ils firent alors une découverte stupéfiante.

Les nombreux cadavres qui gisaient à terre appartenaient à l'armée adverse. Les guerriers alliés tombés au sol étaient tous vivants. Le Roi Hiver avait prévu de récolter plus tard leurs ombres pour grossir les rangs de ses Nés de l'Ombre.

Ainsi, malgré beaucoup de sang versé et quelques membres tranchés, les Elfes, les Nains et les créatures mythiques avaient échappé au pire.

La victoire n'était pas totale pour autant ; la plupart des blessés, ayant perdu leur ombre, n'étaient plus guère que des poupées de chiffon. Mais ils vivaient. Et, là où il y a de la vie, il y a de l'espoir.

— C'est extraordinaire ! s'exclama Eledir. La rapacité du Roi Hiver nous a permis de triompher. Nos pertes auraient été considérables s'il avait simplement cherché à nous massacrer, au lieu de tenter de transformer nos blessés en esclaves. Quand j'ai vu arriver les dragons, j'ai repris espoir. J'ai cru en la victoire. Mais de là à supposer que nous aurions si peu de pertes...

— Détrompez-vous, intervint tristement Bert. Nous avons eu des pertes. Un mort, et un autre qui préférerait sûrement l'être.

Charys revint vers les feux de camp. Il portait sur son large dos deux corps inertes. Le premier était celui du capitaine du *Nautilus*, autrefois appelé *Dragon d'Or*, qui s'était montré le plus vaillant d'entre eux. L'autre, celui d'un jeune homme qui rêvait de guerroyer et de prouver au monde sa valeur et sa hardiesse. Tous deux avaient les yeux clos. Un seul les rouvrirait peut-être un jour...

Debout dans le cercle de pierres, John et Artus assistèrent avec émerveillement à ce renversement de situation. Les dragons avaient assuré la victoire.

— Je comprends mieux pourquoi les vassaux du roi Arthur lui avaient juré fidélité, commenta Artus. Si tel était le sort qui les attendait en cas de litige...

— Arthur ne convoquait sûrement pas les dragons à la moindre fâcherie. Cependant cette éventualité devait constituer une arme de dissuasion efficace.

— En effet, énonça derrière eux une voix glaciale. Comment un roi humain aurait-il pu maintenir les diverses races sous son contrôle, s'il n'avait pas disposé d'une telle force ?

C'était le Roi Hiver. Il entra dans le cercle de pierres, l'épée à la main, prêt à frapper :

— Impressionnant, la manière dont vous avez substitué un livre à un autre ! J'ai torturé le capitaine de mon vaisseau pendant près d'une heure avant de comprendre pourquoi les instructions nautiques mentionnaient des myrtilles...

— Merci, répondit John. Je ne m'attendais pas moi-même à ce que ça marche.

— En revanche, vous auriez dû mieux surveiller cet imbécile, ajouta le Roi Hiver en désignant l'ancien Régisseur, effondré un peu plus loin. Il n'a eu aucun mal à vous filer entre les doigts.

— C'est juste. Malgré cela, il semble que tout se termine à merveille. Sauf pour vous, évidemment !

Les yeux du Roi Hiver étincelèrent :

— Vous croyez ? Vous avez perdu plus que vous ne l'imaginez, mon garçon. J'ai toujours l'intention de remporter la victoire, ici et maintenant.

— Artus a réussi à invoquer les dragons, là où vous avez échoué. Si vous aviez disposé d'un meilleur traducteur que ce stupide Régisseur, vous y seriez peut-être parvenu. Mais quelle victoire pouvez-vous espérer, à présent ? L'anneau que vous portez est sans valeur, et la *Geographica* elle-même ne vous servira à rien.

En entendant qu'on parlait de lui, Magwitch se ranima. Il se mit à vociférer :

— Maître ! Maître, aidez-moi ! Celui-là, il m'a frappé ! En pleine face !

Le Roi Hiver ne jeta pas même un coup d'œil à son infortuné serviteur :

— Je lui ai ordonné de brûler le livre. Mais il est incapable d'accomplir la tâche la plus simple. Peu importe ! Je n'ai besoin ni du livre ni de l'anneau pour devenir le Grand Roi.

— Toutes les races de l'Archipel se ligueront contre vous. Personne ne vous laissera accéder au Trône d'Argent. Pas tant qu'un authentique héritier sera en vie.

Un sourire mauvais tordit le visage du Roi Hiver. Et John comprit avec horreur ce qu'il avait en tête. Il se plaça devant Artus, décidé à lui faire un rempart de son corps :

— Vous pouvez tenter de le tuer. Ça ne fera pas de vous un roi. Ce trône n'est transmis que par les liens du sang ; vous n'obtiendrez pas le mandat du Parlement.

— Je possède ce mandat, coupa le Roi Hiver. Et le sang qui coule dans les veines d'Artus coule aussi dans les miennes.

— Vous êtes un membre de la famille royale ? s'exclama John, abasourdi. Je ne vous crois pas ! Vous mentez !

Le Roi Hiver gloussa :

— Non. C'est la vérité.

Il fit quelques pas devant les jeunes gens, savourant l'effet de sa révélation :

— Croyez-vous que le Parlement aurait siégé et débattu pendant tant d'années, si ma revendication n'avait pas été légitime ? Croyez-vous qu'il aurait accédé à la demande d'un usurpateur ? Non. Il était incapable de choisir un Grand Roi précisément parce qu'il existait un véritable héritier de sang royal – moi – que, dans sa sottise, il refusait de reconnaître.

— Mais comment pouvez-vous être un héritier ? protesta Artus. Toute la famille royale, ma famille, a été massacrée !

— Mon garçon, expliqua le Roi Hiver en riant, je suis beaucoup plus vieux qu'il ne semble. En vérité, je suis presque aussi vieux que cet imbécile de constructeur de bateau, Thoth ou Deucalion ou quelque autre nom qu'il se donne à présent. Je suis plus âgé que le Trône d'Argent lui-même ! Et j'ai juré à l'arrière-grand-père de l'arrière-grand-père de votre arrière-grand-père que ses héritiers s'agenouilleraient un jour devant moi. Et te voici...

Le Roi Hiver abattit soudain son épée, qui entailla la poitrine de John. Le Conservateur tomba à genoux avec un grand cri, tentant maladroitement de dégainer à son tour. Le Roi Hiver le repoussa d'un coup de pied. Puis il fit signe à Magwitch qui s'approchait de le désarmer et de le tenir en garde.

Artus avait tiré sa courte épée du fourreau. Mais il n'était pas de taille contre un tel adversaire. En quelques secondes, le jeune héritier du Trône d'Argent se trouva désarmé, impuissant face à son ennemi.

— Quelle ironie ! ricana le Roi Hiver. Me voici, ma lame posée sur ta gorge, vingt ans après l'avoir tenue contre la gorge de ton père et celle de ton grand-père.

— C'est vous qui les avez tués ?

Le Roi Hiver acquiesça d'un signe de tête :

— N'est-ce pas comique ? Tout l'Archipel tient ton grand-père pour le diable en personne, alors qu'il fut l'un de ses plus grands rois. Sa seule erreur fut de trop vouloir protéger sa famille.

John, dont la blessure saignait, demanda, haletant :

— Que dites-vous ? Archibald a massacré les siens...

— Ainsi court la légende ! En vérité, il ne fut coupable que d'une seule faute : demander à ce stupide Régisseur de voler la Boîte de Pandore. C'était une magie interdite. Et ce seul fait lui valut d'être expulsé de l'Archipel.

– Pourquoi a-t-il pris un tel risque ? La situation était-elle si terrible pour qu'il ose perdre le soutien des dragons ?

Le Roi Hiver agita son crochet sous le nez de John :

– Oui. À cause de moi ! J'étais en exil depuis de longues années, et je venais enfin de découvrir le passage secret vers l'Archipel. J'ai construit le *Dragon Noir* et suis revenu à Paralon. J'ai exigé d'Archibald qu'il renonce au trône en ma faveur. Il a temporisé, jusqu'à ce qu'il ait trouvé une magie suffisamment puissante pour m'abattre : la Boîte de Pandore. Mais, dès qu'il l'a ouverte, il a perdu le soutien des dragons. Ce fou de Samaranth lui a retiré l'anneau. Il aurait mieux fait de se saisir de la Boîte !

– Pourquoi Samaranth refusait-il qu'il s'en serve ? demanda Artus.

Ce fut John qui répondit, crachant du sang en parlant :

– Parce que les rois eux-mêmes doivent se conformer aux règles. Et que combattre le mal par le mal n'est pas un procédé digne du Trône d'Argent.

– C'était en effet mal avisé ! reprit le Roi Hiver. Archibald avait perdu le pouvoir d'invoquer les dragons mais refusait toujours de me désigner comme son successeur. J'ai donc assassiné un par un chacun des membres de sa famille. Lui, je l'ai tué en dernier.

Se tournant vers Artus, il ajouta :

– Je pensais m'être débarrassé de tous. Je vois que je me suis trompé. À présent, je vais t'offrir une ultime grâce. La même que j'ai proposée autrefois à ton grand-père, et qu'il a refusée.

Le Roi Hiver leva son épée d'une main, s'approcha d'Artus, sa main de métal tendue, le crochet tourné vers le sol :

— Agenouille-toi devant moi, mon garçon. Jure-moi fidélité. Reconnais-moi comme seul héritier légitime, je t'accorderai une mort rapide et sans douleur. Si tu refuses, ton agonie n'aura pas de fin...

Agenouille-toi et rends hommage à ton ancêtre...

Agenouille-toi et jure-moi fidélité sur mon vrai nom : Mordred[1]...

— Mordred ! s'exclama John. Je ne vous crois pas !

— Ce que vous croyez importe peu. Tout ce dont j'ai besoin, c'est du serment d'allégeance de ce garçon. Alors, je serai aussi roi dans *votre* monde.

— Cela n'arrivera pas !

Aven se tenait devant le cercle de pierres, ses deux sabres pointés l'un sur Magwitch, l'autre sur Mordred.

— Ah, notre Reine des Pirates ! fit Mordred. Si cela ne vous ennuie pas, nous traitons ici une affaire entre hommes et nous aimerions qu'on nous laisse tranquilles.

— N'y comptez pas ! Tout le monde dans l'Archipel connaîtra vos crimes et, l'enfer m'en soit témoin, jamais vous ne monterez sur le Trône d'Argent !

— Nous sommes à deux contre une, fit remarquer Mordred.

— Oui, à deux contre une, répéta Magwitch d'un ton bravache.

— Avant que vous n'ayez tenté un geste contre moi, ricana Mordred, j'aurai plongé mon épée dans la gorge de ce jeune héritier.

— Vous n'en ferez rien, car vous voulez qu'il vous prête serment. Et il refusera.

280

---

1. Dans les légendes arthuriennes, Mordred est un être ténébreux, présenté soit comme le fils, soit comme le neveu, du roi Arthur. (NdT.)

— Il le fera, répliqua Mordred, si j'ordonne à Magwitch de tuer son ami le Conservateur.

Aven se tourna vers Magwitch :

— Écoutez-moi, Régisseur ! Quoi qu'il arrive, je vous tuerai. Que nous mourions ou non, John, Artus et moi-même, j'utiliserai mes dernières forces pour vous faire passer de vie à trépas.

À ces mots, Magwitch lâcha l'épée de John et, prenant ses jambes à son cou, dévala la colline en hurlant et en battant des bras comme un dément.

John ramassa son arme et se redressa, chancelant.

— Alors ? claironna Aven. Deux contre un, en notre faveur cette fois...

— Mon épée est toujours pointée sur la gorge de l'héritier. Il semble que nous soyons à égalité.

Une voix caverneuse tonna alors :

— Je dirais plutôt échec et mat !

Samaranth plongea du haut du ciel. D'un seul mouvement, il désarma Mordred, le harponna dans ses énormes serres et l'entraîna dans les airs. Il monta très haut, à lents battements d'ailes, puis plana, presque immobile, au-dessus des chutes.

— Tu es un élève impossible ! rugit le dragon. Je comprends ton ambition et ton désir de grandeur. Mais, depuis ton retour, durant ces vingt dernières années, tu t'es terriblement mal conduit. Il est temps pour toi de quitter la scène et de laisser à d'autres le soin de gouverner l'Archipel.

— Vous n'avez pas le droit de décider qui doit régner sur l'Archipel ! vitupéra Mordred.

— Toi non plus. Archibald méritait un autre sort que la mort. Et tu vas périr à ton tour, sans avoir la moindre chance de t'asseoir jamais sur le Trône d'Argent.

— Pauvre insensé ! Je vivrai assez longtemps pour sucer la moelle de tes os !

D'un geste vif, Mordred s'empara d'une dague cachée dans une de ses bottes et frappa les serres qui le retenaient prisonnier. L'arme se brisa net, cassée à la garde.

Samaranth soupira :

– Ce n'est pas que je ne t'aime pas, Mordred. En vérité, je t'aime beaucoup. Mais, au bout du compte, tu n'es qu'un stupide petit homme...

Le dragon ouvrit ses serres.

Mordred – le Roi Hiver – plongea sans un bruit vers l'abîme et disparut dans les ténèbres.

22
TANT DE ROUTES
DEVANT EUX

Le reste de la nuit fut occupé à soigner les blessés et à enregistrer les serments de fidélité du roi des Gobelins et des commandants Trolls. On veilla ainsi à mettre fin à cette guerre et à instaurer les éléments d'une paix future. Car, malgré le retour des dragons et la défaite du Roi Hiver, la lutte pour le contrôle de l'Archipel était encore ouverte.

Pendant qu'il envoyait une partie de ses troupes combattre au côté du Roi Hiver, Arawn, le prince des Trolls, s'était emparé de Paralon à la tête de son armée. Il revendiquait le Trône d'Argent. Il faudrait désormais envisager une opération militaire, avec le soutien de toutes les races, pour reprendre le contrôle de la capitale. Cependant, vu la facilité avec laquelle les dragons avaient semé la panique dans les rangs des Trolls la nuit précédente, ce n'était qu'une question de temps.

Charys et ses centaures avaient encerclé les Wendigos, le plus terrible et le plus effrayant contingent qu'ils aient eu à combattre. Coincés à la base du pic de l'ouest, ceux-ci avaient assisté en direct à l'anéantissement du Roi Hiver. Leur réaction fut totalement inattendue. Tournant le dos aux centaures, grognant et montrant les dents, ils fuirent dans la seule direction qui s'offrait à eux. Ils basculèrent dans le précipice sans cesser de hurler. Le grondement des chutes avala leurs clameurs, et plus personne ne les entendit.

Il ne restait qu'une seule question à résoudre. Qu'était-il arrivé aux Nés de l'Ombre ?

— À mon avis, voici deux personnes qui pourront nous renseigner, annonça Bert en montrant le rivage.

Un curieux spectacle leur apparut à l'est, le long de la grève. Charles avançait lentement, tirant derrière lui un traîneau improvisé, attaché par des lanières de cuir. Sur cet attelage, on apercevait la silhouette caractéristique de la Boîte de Pandore, un grand chaudron noir recouvert d'un bouclier de bronze étincelant. Le blaireau était juché sur l'ensemble, grignotant un de ses beignets rassis.

— Holà, messieurs ! Nous vous rapportons la Boîte de… euh… la Boîte du Paon d'or !

Bert, Aven, Artus et John dévalèrent la plage pour accueillir joyeusement leurs deux amis :

— Vous avez réussi ! Vous l'avez refermée !

— C'est ce qui était prévu, non ? fit Charles.

— Eh oui, enchérit fièrement le blaireau. Ça n'a pas été si difficile. Monsieur Charles n'est-il pas un étudiant d'Oxford ? Il s'est montré à la hauteur de sa réputation.

— C'est vrai, approuva ce dernier. Mais, tout bien considéré, cette nuit a été passablement éprouvante.

Il s'étira et, regardant autour de lui, il demanda :

— Et ici ? Comment ça s'est passé ?

Les alliés étaient curieux d'entendre le récit de leurs exploits dans le camp adverse. Toujours sur la plage, Charles et Jaboteur durent raconter en hâte leurs aventures, ne s'arrêtant que pour se complimenter réciproquement de leur bravoure et de leurs prouesses.

Les Elfes ôtèrent la Boîte de Pandore du traîneau et, après une brève discussion, la portèrent en sécurité à bord du *Dragon Blanc*. Lorsque Charles et Jaboteur eurent revêtu des vêtements secs et se furent restaurés, les compagnons leur narrèrent tous les évènements de la nuit. À une exception près.

— Mordred, dites-vous ? murmura Charles. C'est stupéfiant. Proprement incroyable. Mais dites-moi, où est Jack ? J'imaginais qu'il serait venu à bout de tous ses ennemis à lui seul et que vous l'auriez hissé sur un piédestal pour lui remettre une médaille ou je ne sais quoi.

Personne ne répondit, mais leurs visages affligés parlaient pour eux.

— John, dites-moi ? Il n'est pas... Il n'est pas mort, n'est-ce pas ?

— Non. Pas lui... Un autre...

— John n'était pas là, intervint Bert. Laissez-moi vous raconter.

Ils parlèrent longtemps, pleurèrent beaucoup et déplorèrent non seulement la perte d'un ami, mais aussi le fardeau qu'un autre devrait porter, qu'aucun d'eux ne pouvait soulager.

En fin de matinée, le paysage de l'île se métamorphosa de nouveau. Lors de leur débarquement, elle leur était apparue comme une plaine nue, figée dans l'attente des évènements. Elle avait pris ensuite l'aspect d'un champ de bataille, plein de tumulte et de chaos, enfin celui d'un charnier couvert de morts et de blessés. À présent, elle retrouvait son aspect premier. Les ennemis de la veille avaient été vaincus ou transformés en alliés encore peu fiables. Après avoir accompli leur mission, les dragons avaient quitté l'île et n'apparaissaient que sporadiquement entre les nuages.

Seul Samaranth s'était attardé. Il rejoignit les compagnons près du cercle de pierres pour leur dire adieu.

– Nous ne disposons plus que de quelques instants pour nous entretenir dans ce lieu sacré, annonça-t-il. Alors, parlez. Interrogez-moi, et je vous répondrai de mon mieux.

Artus, John, Aven, Bert et Charles étaient assis sur l'herbe à faible distance des pierres dressées entre lesquelles le dragon s'était posé, les ailes soigneusement repliées.

– Que dois-je faire à présent ? demanda Artus.

Samaranth rit bruyamment :

– Ce que vous devez faire ? Tout ce que vous voudrez. Vous êtes le Grand Roi à présent.

– C'est bien ce qui m'inquiète. Je ne connais rien au métier de roi.

– Vos amis ne connaissaient rien à l'art des Conservateurs. Cependant, ils se sont débrouillés. Même si je constate que l'un d'entre eux est absent.

– Jack ! s'écria Aven. De toute la matinée, il n'a pas adressé la parole à quiconque. Il s'est enfermé dans la cabine du *Dragon Blanc* et refuse d'en sortir.

– Oui, approuva Samaranth. Jaboteur m'a expliqué ce qui s'était passé. C'est très regrettable.

– Regrettable ? reprit John. Le Capitaine Nemo est mort ! À cause de Jack !

– Peut-être. Mais Nemo n'était plus un enfant. Personne ne l'a forcé. Il connaissait les enjeux et les risques. Jack devra tirer une leçon de cette expérience pour en ressortir plus fort.

– Plus fort ? Comment ?

– Une question intéressante venant de votre part, jeune Conservateur. Car, si je me souviens bien, cette expédition a été causée par un autre décès...

– Vous voulez dire celui du professeur Sigurdsson ?

– En effet.

– Oui, mais ce n'était pas ma faute, remarqua John. Pas directement. Je n'aurais rien pu faire pour l'empêcher.

— Sans doute. Cependant n'a-t-il pas déclaré qu'il acceptait la mort, puisque son œuvre était accomplie ?

— Comment le savez-vous ?

Saramanth haussa les épaules :

— Demandez-vous une seule chose, jeune Conservateur. Avez-vous le sentiment d'avoir atteint votre but ?

— Oui.

— Le professeur le dirait-il ?

— Oui.

— Alors, votre rédemption ne dépend pas de sa résurrection, mais de votre foi en un but supérieur. Voilà ce dont Jack devrait se souvenir.

— Pardonnez-moi, intervint Charles. Je pense que vous connaissiez depuis le début le moyen de fermer la Boîte de Pandore. Vous auriez pu nous l'indiquer, lors de notre rencontre à Paralon.

— Oui, reconnut le dragon. Je possédais le bouclier de Persée. Après qu'Archibald eut ouvert la Boîte, Mordred s'en était emparée, abandonnant ce qui lui avait servi de couvercle ; il n'imaginait pas en avoir jamais besoin. Je l'ai gardé, avec l'anneau d'Archibald, en prévision du jour où ces deux objets deviendraient utiles.

— Pourquoi ne pas nous avoir révélé la manière de vaincre les Nés de l'Ombre ? reprit Charles.

— Vous ne me l'avez pas demandé, fit observer le dragon. Vous m'avez seulement interrogé sur la *Geographica*.

— Ne pouviez-vous nous en parler ? insista John. Cela nous aurait fait gagner du temps et épargné bien des tracas.

— Les dragons n'ont pas été créés pour résoudre vos problèmes, mais pour vous apprendre à vous débrouiller. Ce que vous avez fait. Vous et vos amis, vous aviez besoin de résoudre à la fois les mystères de l'*Imaginarium Geographica* et les énigmes de l'Archipel. Vous y êtes parvenus. Il y avait

287

un prix à payer, et chacun d'entre vous s'en est acquitté à sa manière.

Le dragon poursuivit :

— Vous avez établi de nouvelles règles qui régiront désormais l'Archipel et qui auront sûrement une influence bénéfique sur votre monde. Expliquez cela à Jack, quand vous le verrez. Et rappelez-lui qu'en cas de besoin, il compte ici de très nombreux amis, auxquels il peut faire appel.

— J'ai une dernière question, reprit Charles. Dans tout ce tohu-bohu, nous avons perdu la trace de ce serpent de Magwitch. Que devons-nous faire de lui ?

— L'affaire est déjà résolue. Il a été capturé par l'un des miens, qui m'a posé la même question. Après en avoir conféré avec le Grand Roi – il adressa un clin l'œil à Artus –, nous nous sommes souvenus que l'Archipel dispose justement d'un lieu pour les individus de son espèce. J'espère seulement qu'il saura s'amender aussi bien que le fit le précédent Gardien d'Avalon.

Ayant consulté du regard ses amis, Charles approuva :

— C'est juste. J'espérais seulement lui flanquer un bon coup sur le crâne une dernière fois !

Samaranth se leva et étendit ses ailes pour prendre son envol.

— Attendez ! s'écria Artus. Les dragons sont-ils vraiment revenus ? Je veux dire, pour de bon ?

Samaranth sourit au jeune souverain :

— Oui, les dragons sont de retour. Mais qu'ils restent ou non, cela dépend de vous. Gouvernez avec sagesse et intelligence. Et, si le besoin s'en fait sentir, faites appel à nous.

Le dragon s'inclina, couvrant le jeune héritier de son ombre, et il leva une griffe. Artus tendit la main ; Samaranth y laissa choir l'anneau du Grand Roi de Paralon.

– Je l'ai pris à un roi qui n'était pas digne de le porter, dit-il. J'ai fait de même cette nuit. J'espère n'avoir jamais à agir ainsi avec vous. Je vous salue, roi Artus, héritier du Trône d'Argent.

Avant de gagner Paralon, puis leurs propres foyers, les compagnons tinrent un dernier conseil en compagnie des capitaines des dragons-nefs et des rois des diverses races. En attendant que le *Dragon Indigo* soit renfloué et réparé, Aven se vit confier le commandement du *Dragon d'Or*. Elle choisirait ensuite quel navire elle commanderait. Après avoir consulté les grues, demeurées sur l'île la nuit précédente, Bert accepta de conserver le *Dragon Blanc*. Il pourrait ainsi rapporter la Boîte de Pandore à Avalon et reconduire ensuite John, Jack et Charles à Londres.

Arguant du fait que le siège du pouvoir réside là où se trouve le roi, Artus décida que cette île constituerait provisoirement une annexe du Trône d'Argent :

– Je lui ai donné un nouveau nom. L'île du Bord du Monde, c'est vraiment trop long, vous ne trouvez pas ?

– Sans doute, répondit John. Dites-moi comment vous l'appelez, et je porterai les corrections sur l'*Imaginarium Geographica*.

– Terminus, déclara Artus. Cette île se nomme désormais Terminus.

La tâche d'apporter les soins nécessaires aux blessés ayant été confiée à Charys et à ses centaures, il ne restait plus qu'à apprêter les bateaux pour le départ.

Aven et Artus examinaient ensemble les réparations en cours sur la coque du *Dragon Blanc*. D'un mouvement de tête, John désigna les deux jeunes gens et glissa à Bert à voix basse :

— Je crois que notre roi se cherche une reine...

Aven avait toujours la langue aussi acérée. Pourtant, elle considérait à présent le jeune homme d'un autre œil. Elle l'écoutait avec gravité et respect, et même quelque chose de plus. Comme de l'affection en pointillé. Quant à lui, il n'y avait pas de doute à avoir, ni sur ses regards, ni sur la familiarité avec laquelle il la prenait par la taille – ce qu'elle lui permettait – pour l'escorter.

Bert soupira :

— Oui. Voilà plusieurs jours que je les observe. Enfin, elle aurait pu choisir plus mal, hein ?

Un sac tomba derrière eux avec un bruit sourd. En se retournant, ils virent Jack s'éloigner à grandes enjambées.

— Aïe ! fit Bert. Vous croyez qu'il m'a entendu ? Je ne voudrais pas...

— Oui, je vous comprends. De nous tous, c'est lui qui a le plus souffert.

Aven avait remarqué elle aussi le brusque départ de Jack. Elle gratifia Artus d'une tape affectueuse sur l'épaule et traversa la plage pour rejoindre le jeune Anglais.

Parmi les denrées chargées à bord des navires, il y avait d'innombrables exemplaires du livre de cuisine du blaireau, qui avait convaincu Nemo de les emporter à Paralon « au cas où ».

— Jaboteur ! s'écria Charles. Votre détermination m'impressionne. Votre livre connaîtra bientôt le succès, je n'en doute pas.

— J'ai un projet, expliqua le blaireau en exhibant fièrement quelques motifs gribouillés sur un parchemin. Mon prochain ouvrage sera encore meilleur. Regardez !

— Je ne comprends pas. Vous comptez publier l'*Imaginarium Geographica* ?

– Ouais. J'en ai discuté avec notre souverain. Nous sommes tombés d'accord. La plupart de nos démêlés avec le Roi Hiver venaient de tous ces secrets : terres secrètes, lieux secrets, secrets secrets... Si chaque capitaine disposait de sa *Geographica*, plus de secrets ! Peut-être pourrions-nous alors repartir du bon pied.

– C'est bien pensé, approuva Charles. Si chaque fois que nous avions perdu notre exemplaire nous avions pu en acheter un autre à la librairie du coin, cela nous aurait facilité la tâche !

– Et puis, la *Geographica* fera très bien à côté de mon livre de recettes.

– À ce propos, je ne comprends toujours pas le rôle joué par les myrtilles...

– C'est simple. Ces fruits constituent une des principales sources du bien dans le monde.

– Comment expliquez-vous ça ?

– Avez-vous jamais vu un Troll, un Wendigo ou, pire, un Né de l'Ombre, déguster une tarte aux myrtilles ?

– Non.

– C'est parce qu'ils sont incapables de supporter tant de bonté.

– Voilà un argument irréfutable, reconnut Charles.

– Un aliment est bénéfique ou maléfique, tout comme les gens, les blaireaux et même les érudits.

– Un aliment maléfique ? Ça existe ?

– Les navets ! Les navets sont maléfiques.

– Attendez une minute, répliqua Charles, en feuilletant le recueil du blaireau. Page quarante-trois, vous donnez une recette de pudding aux navets. Pourquoi ?

Jaboteur fixa son interlocuteur d'un air grave :

– Pour deux raisons. Premièrement, parce que ce sont les Harpies qui l'ont inventée. Elles viennent toujours à Paralon les jours de marché. Ayant entendu parler de mon projet de livre, elles ont insisté pour que j'y mette leur recette. Et croyez-moi, personne ne souhaite se fâcher avec les sœurs Harpies !

Le blaireau reprit son souffle avant de poursuivre :

— Deuxièmement, le fait que les navets soient maléfiques n'implique pas qu'ils ne puissent un jour devenir bons. Ou du moins être inclus dans une bonne recette. Attention, je ne dis pas que je le ferai ! Mais prétendre qu'il n'existe que de bons aliments serait inexact. Il faut de tout pour faire un monde. Vous me suivez, monsieur Charles ?

— Je vous suis, cher blaireau.

Aven trouva Jack accoudé à une fenêtre, dans la cabine supérieure du *Dragon Blanc*, d'où il observait le chargement des navires. Quand elle entra, il ne réagit pas, mais au changement de sa respiration elle sut qu'il l'avait entendue.

— Jack ? Ça va ?

Au bout d'un long silence, il avoua :

— Je ne sais pas. À vrai dire, j'ai le sentiment que plus rien n'ira jamais bien dans ma vie.

— Nous avons pris de gros risques. Chacun de ceux qui se sont engagés dans ce combat était conscient des dangers et des enjeux.

— Pas moi. Ou du moins je refusais de les envisager. Et Nemo a été tué par ma faute. Il a cru que je savais ce que je faisais. C'était une erreur ; il en est mort.

— Jack, vous n'aviez jamais été confronté à une telle situation. Nous sommes tous convaincus que vous avez agi pour le mieux.

— Ne me traitez pas comme un enfant. Croyez-vous que j'ignorais ce qui m'arrivait ? Croyez-vous qu'un homme ne remarque rien quand il perd son ombre ? D'ailleurs, ça ne s'est pas produit la nuit dernière. Ce n'est même pas dû à ma rencontre avec le Roi Hiver ! C'est moi qui l'ai laissée partir.

Aven demeura interloquée :

– À bord du *Dragon Indigo* ?

– Bien sûr. Il l'a remarqué, lui. Le... Le Roi Hiver. Ce Mordred. Il le savait.

– Il a surtout reconnu votre potentiel, Jack. C'est tout ce qu'il a vu en vous. Or, l'heure venue, vous avez choisi de vous ranger à nos côtés. C'est cela qui compte.

– Mes choix ont tué Nemo. Ce que nous portons en nous finit toujours par affecter nos actes. Tôt ou tard, il faut avoir le courage de le reconnaître.

– Vous l'avez fait, constata Aven en observant l'ombre de Jack qui s'étirait sur le parquet.

– Oui. Trop tard...

Aven resta indécise, ne sachant que dire. Finalement, un argument l'emporta :

– Jack, vous... Vous pourriez rester ici, avec nous, sur l'Archipel.

Il lui lança un bref regard, et une lueur s'alluma dans ses yeux, révélant qu'il y avait songé. Mais l'étincelle s'éteignit aussitôt, et il secoua lentement la tête :

– Je ne peux pas. Je ne crois pas que cela m'aiderait. Je me suis laissé emporter par ma fougue et mes émotions. Le Roi Hiver l'avait compris. Il savait que j'engendrerais la souffrance et la mort autour de moi.

Il eut un rire sans joie :

– Je ne commettrai plus cette erreur.

Jack revint à la fenêtre et regarda Bert diriger le chargement des marchandises à bord du *Dragon Blanc*. Aven resta derrière lui, immobile et silencieuse.

Enfin, elle tendit le bras. Elle aurait voulu le rassurer, le convaincre qu'il ressortirait grandi de cette épreuve, si amère et si dure fût-elle. Aucune phrase ne lui parut capable d'exprimer sa pensée. Les mots moururent sur ses lèvres.

Elle resta un moment, la main posée sur son épaule. Puis elle quitta la pièce.

À bord du *Dragon Bleu* transformé en hôpital de fortune, Charys secouait la tête, l'air abattu :

— Je crains qu'il n'y ait plus rien à faire.

Il était penché sur les formes blafardes de ceux qui, comme Falladay Finn, avaient été victimes des Nés de l'Ombre. Les centaures sont renommés depuis toujours pour leur connaissance de la médecine et leur science de guérisseurs. Mais ce qui était arrivé à ses camarades de combat dépassait sa compétence.

— Je ne comprends pas, répétait-il avec une retenue inhabituelle. Ils sont en vie. Mais ils n'ont plus aucune volonté. Aucune flamme. Leur esprit est ailleurs. Et j'ignore comment le rappeler.

— Leurs âmes sont prisonnières dans la Boîte de Pandore, ça tombe sous le sens, intervint Charles. On crée des Nés de l'Ombre en forçant des gens à regarder à l'intérieur ; ils sont ensuite capables d'arracher... et... d'absorber l'ombre de leurs adversaires. En quel autre lieu pourraient-elles être ?

— C'est exact, approuva Aven. Les spectres ont tous disparu au moment où vous avez refermé la Boîte avec Jaboteur.

— Si nous rapportions ce chaudron aux Morgane, sur l'île d'Avalon ? proposa Bert. Elles l'ont longtemps gardé. Elles sauront peut-être nous aider.

— Ou Ordo Mass, suggéra Charles. Il a eu affaire au chaudron, lui aussi. Quoique... C'est son épouse qui l'a ouvert la première, ce qui lui a valu d'être bannie de l'Archipel. Il ne serait peut-être pas très heureux de le revoir...

— Il y a forcément une solution, insista John. Je n'arrive pas à croire en un processus irréversible. Le problème, c'est que, pour sortir ce que contient la Boîte, il faut l'ouvrir. Or, si on regarde à l'intérieur, on est piégé !

— Il doit y avoir une astuce, conclut Charles. Sinon, Mordred n'aurait pas pu s'en servir lui non plus.

— Je sais comment il s'y est pris, dit une voix depuis le seuil.

C'était Jack.

— Je sais comment il a fait, répéta-t-il. Et je peux le refaire. Je peux libérer les Nés de l'Ombre.

23
Vers les Terres Ombreuses

Jack pénétra dans la pièce et fit face à ses amis, les bras croisés. Et John reconnut le Jack d'avant, confiant, sûr de lui.

— Écoutez, Jack, commença Bert. Je sais que vous voulez nous aider, mais...

Le jeune homme l'ignora. Tout en marchant de long en large, il déclara :

— J'ai beaucoup réfléchi. Il n'y a qu'une seule explication : si Mordred utilisait la Boîte sans être piégé à l'intérieur, c'est qu'il n'avait pas d'ombre.

John et Charles se regardèrent, abasourdis. Ils n'avaient pas envisagé cette éventualité.

— Donc, continua Jack, on peut supposer que seul quelqu'un dépourvu d'ombre, comme lui, pourra rouvrir la Boîte de Pandore, afin de libérer les ombres détenues à l'intérieur.

— Ça paraît logique, mais c'est risqué, objecta Bert. Nous en savons trop peu sur ce chaudron et sur son fonctionnement.

— Je peux le faire, affirma Jack pour la troisième fois. Souvenez-vous de ma rencontre avec le Roi Hiver, à bord du *Dragon Indigo*, lorsqu'il m'a proposé de me joindre à lui et que j'ai refusé.

— Il vous a chuchoté quelque chose à l'oreille, se rappela John. Vous avez affirmé ensuite n'y avoir rien compris.

— C'était vrai jusqu'il y a peu. Sur le moment, ses paroles n'avaient aucun sens. Mais, après avoir discuté avec Aven, une phrase analogue, prononcée par le Cartographe, m'est revenue en mémoire. J'ai su alors ce que je devais faire.

— Que vous a dit Mordred, Jack ?

— « Les ombres n'existent pas sans la lumière. Mais, sans les ombres, la lumière n'a pas de sens. »

— Une sage réflexion, commenta Charys, surtout de la part d'un tel personnage. Cela suffit-il à en déduire que vous pourrez regarder dans le chaudron sans risque ?

— Oui, affirma Jack, parce que je suis le seul à savoir ce que c'est de renoncer à son ombre, puis de choisir de la reprendre.

— Il subsiste un problème, objecta Eledir. Cette Boîte, dit-on, use d'une magie interdite. Samaranth l'a clairement expliqué. Archibald lui-même ne devait pas s'en servir, et nous savons ce qui est arrivé à Mordred après qu'il l'a utilisée. Votre tentative ne va-t-elle pas susciter de nouveau la colère des dragons ?

— Sans chercher à noircir la situation, insista Charles, il y a un autre point à considérer. Quand j'ai refermé la Boîte, avec l'aide de Jaboteur, les Nés de l'Ombre ont disparu. S'ils réapparaissaient quand vous la rouvrirez ? Ne risquons-nous pas d'être submergés ?

— Non, je ne crois pas, déclara Artus. Nous n'avons rien à craindre. Archibald et Mordred ont cherché à asservir des innocents. Jack ne cherche pas à conquérir mais à restaurer. Les dragons eux-mêmes n'y trouveront rien à redire. Tout est affaire d'intention.

— Le Grand Roi a parlé ! s'écria Charys. Si Jack veut essayer, je ne m'y opposerai pas.

— Je suis d'accord, déclara Eledir.

— Parfait, conclut Artus.

Puis, se tournant vers Jack :

— Faites comme vous l'entendez.

Ils reculèrent tous à l'extrémité de la pièce pour ne pas regarder dans le chaudron par inadvertance. Jack prit une chaise et s'assit entre la Boîte et le lit où reposait Falladay Finn. Il adressa à ses amis un petit sourire. Puis, sans autre préambule, il souleva le couvercle et plongea son regard dans l'ouverture.

Il demeura immobile quelques secondes avant d'être agité de soubresauts.

Les compagnons échangèrent des coups d'œil angoissés. Était-il en danger ? Pouvaient-ils s'approcher sans risque ? Sa tête penchée dissimulait son visage, et ils ne comprenaient pas ce qui le secouait ainsi. Enfin Jack se redressa et les regarda. Il sanglotait.

— C'est beau, dit-il. C'est plein de lumière...

Il plongea une main dans la Boîte de Pandore, et elle parut aussitôt absorbée par l'obscurité. Sans hésiter, il tendit l'autre bras et posa sa paume sur la poitrine de Falladay Finn.

Une volute noire jaillit hors du chaudron, s'enroula autour du bras de Jack, traversa sa poitrine, rampa le long de son autre bras, coula sur la poitrine blafarde du roi Nain, formant une ombre qui épousa naturellement la forme de son corps.

La tête penchée, concentré ou peut-être en prière, Jack retira sa main du chaudron et la plaça sur le front du gisant.

Une minute passa. Une autre. Puis Finn battit des paupières et ouvrit les yeux. Il examina le groupe assemblé autour de lui.

— Enfer et damnation ! gronda-t-il. C'est terminé ? J'ai manqué la fin du combat ? Pourrait-on me dire ce qu'il se passe ?

Le roi des Nains venait de recouvrer son ombre et, avec elle, son esprit et sa vivacité.

— Parfait ! s'exclama Jack en retroussant ses manches.

La flamme coutumière brillait de nouveau dans son regard :

— À qui le tour ?

Jack occupa le reste de la journée et une partie de la nuit à restituer aux guerriers leurs ombres arrachées durant la bataille.

Ce fut un grand soulagement pour les rois et les commandants de retrouver leurs soldats, ranimés après avoir été transformés en morts vivants. Et un soulagement plus grand encore pour les compagnons de voir Jack redevenir lui-même.

Tandis que Charys et les centaures l'assistaient dans cette tâche, John attira Bert à l'écart :

— Les guerriers tombés au combat ne sont pas à proprement parler des Nés de l'Ombre, n'est-ce pas ? Pas comme ceux que Mordred avait enrôlés de force.

— Je le pense aussi, bien que je ne maîtrise pas toutes les subtilités de cette magie. Mordred maintenait ces victimes en vie dans le but de les transformer ensuite en Nés de l'Ombre et d'accroître son armée. Avec le temps, et à mesure qu'ils s'emparent de nouvelles ombres, ces spectres acquièrent une substance. C'est pourquoi, à bord de mon navire, nous avons reconnu les rois du Parlement. Sans doute avaient-ils été capturés parmi les premiers. Lorsqu'une ombre dérobée n'est pas encore enrôlée, je suppose qu'elle reste un Né de l'Ombre en devenir. Mais pourquoi cette question ?

— Je viens d'examiner la *Geographica*. Or, si les Nés de l'Ombre ont disparu avec la fermeture de la Boîte, les cartes des Terres Ombreuses restent floues. Comment expliquer cela ?

— Je l'ignore. Personne n'est jamais revenu des expéditions vers ces terres. Nemo lui-même n'a pu que s'en tenir à distance. Elles étaient gardées par des hordes de Nés de l'Ombre.

— C'est ce que je pensais. Et que pouvaient-ils bien garder ?

— Je ne vois pas où vous voulez en venir.

— C'est simple. Les victimes destinées à grossir les rangs de l'armée invincible de Mordred devaient demeurer en vie. Donc, les malheureux habitants des îles qu'il a conquises sont toujours là-bas, sans aucun Né de l'Ombre pour nous empêcher de passer.

Les yeux de Bert s'écarquillèrent :

— Dieu du ciel !

— Eh oui ! Jack est sans doute capable de libérer quiconque a été captif du Roi Hiver. Et l'Archipel tout entier.

Lorsque Jack, ayant achevé sa tâche, s'accorda une tasse de thé, John et Bert vinrent lui exposer leur théorie. Il y adhéra immédiatement :

— Vous avez raison. J'ai senti leur présence dans le chaudron. Il y a forcément un moyen de les délivrer.

— Jack, intervint Charles, ceux que vous venez de ranimer se comptaient par centaines. Or, le Roi Hiver volait des ombres depuis vingt ans. Il reste peut-être des milliers d'âmes à sauver.

— Je sais, dit Jack, les yeux brillants. Et je suis le plus heureux des hommes.

Les compagnons descendirent à terre pour faire leurs adieux, car les dragons-nefs, un à un, quittaient Terminus. Jaboteur avait choisi de partir à bord du *Dragon d'Or* en compagnie d'Aven et d'Artus. Il les embrassa en pleurant et en promettant de les revoir.

À sa grande surprise, Charles eut de la peine à l'idée de quitter le blaireau.

— Courage, Jaboteur, dit-il. Je reviendrai. Et vous trouverez bien une occasion de visiter Oxford.

Le blaireau en frétilla des moustaches :

— Oxford ! Vraiment ? Oh, monsieur Charles, ce serait le plus beau jour de ma vie ! Oui, le plus beau !

Il donna à Charles une dernière accolade avant de grimper à bord du *Dragon d'Or*.

— Eh bien, conclut Bert, il est temps de se mettre en route. Impossible de prévoir la durée de notre expédition. Aussi, nous ferions mieux de lever l'ancre.

— Un instant, le retint Jack. Il me reste un dernier geste à accomplir et, avec votre permission, je voudrais que ce soit fait ici même.

— Qu'est-ce donc, mon garçon ?

Jack se tourna vers Aven :

— Où... Où se trouve-t-il ?

— Dans sa cabine, enveloppé dans une bannière du Grand Roi. Nous pensions l'inhumer sur Paralon.

Jack se tourna vers Artus :

— Vous avez déclaré que Terminus serait le nouveau siège du Trône d'Argent. Nemo a payé la victoire au prix fort. Je suis sûr qu'il aurait aimé reposer ici.

— J'en conviens, approuva Artus.

— Avez-vous besoin d'aide, Jack ? demanda John.

— Non. Je préfère m'en charger moi-même, si vous n'y voyez pas d'inconvénient.

— Bien sûr, bien sûr, approuva Charles.

— Jack ? demanda Aven.

— C'est juste, venez aussi. Je sais que vous étiez très proches.

Ils s'acheminaient tous deux vers la colline lorsque Jack s'arrêta et revint en arrière.

— Artus ? fit-il. Nous aiderez-vous ?

– Certainement, mon ami, répondit Artus en prenant la main tendue. Cela va de soi.

Ils ensevelirent Nemo à l'ouest du cercle de pierres. Samaranth l'ayant désigné comme un lieu sacré, le capitaine du *Nautilus* ne trouverait pas meilleur endroit pour y reposer que ces confins du monde, d'où son esprit contemplerait l'infini.

– C'est là que Samaranth nous a débarrassés du Roi Hiver, fit remarquer Charles.

– La différence, précisa Bert, c'est que Nemo est en paix. Tandis que la chute de Mordred n'aura pas de fin. Il va passer l'éternité à redouter le choc fatal qui ne viendra jamais.

Il leur fallut moins d'une journée de mer pour atteindre la première des Terres Ombreuses, la plus grande perte que l'Archipel eût connue, à en croire Bert.

Il montra la carte effacée, sur la page de la *Geographica* :

– Elle s'appelait Prydain. De nombreux rois et reines du Parlement, ainsi que la plupart des seigneurs combattant au côté du roi Arthur, étaient originaires d'ici. C'était aussi un important centre musical et littéraire. Ses bibliothèques n'avaient d'égales que celles de Paralon. La disparition de Prydain fut un choc pour tout le monde.

Les ombres qui recouvraient l'île étaient constituées de nuages, denses et noirs, qui semblaient posés au sol. Non contents de masquer la terre, ils absorbaient aussi la lumière du soleil. Seule une lueur grisâtre pénétrait l'air épais et, dans cette faible clarté couleur de craie, on croyait aborder la mythique île des morts.

Le *Dragon Blanc* s'approcha lentement, prudemment. Aucun signal ne salua son arrivée, à croire que personne ne la remarquait.

Ils trouvèrent une petite rade où ils purent s'ancrer et inspecter le rivage. Le spectacle s'offrant à leurs yeux avait de quoi briser le cœur.

L'île était couverte d'arbres rappelant ceux de Byblos et de Paralon. Près du rivage, des saules, qui n'avaient pas été taillés depuis des années, croissaient à profusion. Au sein de ces futaies se tenait une foule d'êtres encapuchonnés, à la peau cadavérique.

Ils dénombrèrent ainsi des milliers de silhouettes, immobiles dans la semi-obscurité. Telle était la source de l'armée de Mordred, car ces morts-vivants ressemblaient aux guerriers tombés sur Terminus.

— Mon Dieu ! souffla Bert. Cela va prendre un temps infini.

— Non, dit Jack. Peut-être pas. Il ne s'agit pas seulement de ces gens. L'esprit de la terre lui-même est malade. Ne le sentez-vous pas ?

— Que comptez-vous faire, Jack ? demanda John.

— Aidez-moi à porter le chaudron sur le rivage. Ensuite je procéderai comme précédemment, tant que j'en aurai la force.

Ayant posé la Boîte de Pandore sur un affleurement rocheux, Jack l'ouvrit de nouveau. Il y plongea une main. Mais, au lieu de poser l'autre sur le cœur d'une des victimes, il l'enfouit profondément dans le limon de l'île.

Presque aussitôt, un éclair jaillit du chaudron. Un flux d'ombres et de lumières mêlées courut le long du bras de Jack et s'enfonça dans la terre.

Sous leurs regards médusés, les traits lumineux se répandirent comme des flèches à travers le paysage, frappant chaque arbre, chaque rocher, chaque maison, chaque masure, sans que rien vienne les arrêter.

Tous les êtres qu'ils touchaient vacillaient et tombaient. Puis ils remuaient un peu avant de se redresser en secouant la tête comme au sortir d'un cauchemar.

D'une certaine manière, c'était le cas.

– Comment est-ce possible ? s'étonna John. Comment peut-il faire ça avec un objet magique qui a causé tant de mal ?

– Il le peut, expliqua Bert, parce qu'il y plonge plus profondément que le Roi Hiver a jamais voulu le faire. Rappelez-vous la légende de la Boîte de Pandore ! Lorsqu'elle fut ouverte pour la première fois, les malheurs de l'humanité se répandirent sur notre Terre. Une seule chose y resta, qui pouvait tout sauver...

– L'espérance !

En quelques minutes, le paysage connut une transformation radicale. Chaque silhouette projetait à présent une ombre, de plus en plus apparente à mesure que les nuages se dissipaient, laissant le soleil répandre sa lumière.

Jack se tourna vers ses amis, épuisé mais rayonnant :

– Alors ?

John et Bert l'applaudirent, tandis que Charles levait le poing :

– Bravo, Jack ! Ainsi se comporte un étudiant d'Oxford !

La plupart des Terres Ombreuses étaient situées sur la frange méridionale de l'Archipel. Le *Dragon Blanc* décrivit donc une longue trajectoire incurvée, allant d'île en île, guidé par les masses de ténèbres révélatrices à l'horizon.

À mesure que Jack libérait ces terres, les cartes correspondantes réapparaissaient dans la *Geographica*, comme si elles n'en avaient jamais été effacées.

– Il faudra le faire savoir à Jaboteur, nota Charles. Sinon, son édition ne sera pas à jour.

Ils visitèrent ainsi toutes les îles, les unes après les autres. Certaines leur étaient inconnues. D'autres, comme Xanadu, Lilliput, Thulé ou Eldorado, étaient célèbres dans l'univers des légendes et des mythes. Cette quête dura longtemps, très longtemps. Finalement, après plus de jours qu'ils ne l'auraient souhaité mais, par chance, moins qu'ils ne l'avaient redouté, ils constatèrent que la *Geographica* ne comportait plus aucune page effacée, et qu'aucun nuage noir n'obscurcissait plus l'horizon.

Ils pouvaient rentrer chez eux.

Bert, au gouvernail, mit le cap sur la Frontière.

Un soir, les trois amis vinrent trouver Bert. John prit la parole :

— Nous avons examiné attentivement la *Geographica*. Il manque une île.

— Vraiment ? Je pensais que nous avions délivré toutes les Terres Ombreuses. Comment aurait-on pu en oublier une ?

— Il ne s'agit pas d'une terre disparue, précisa Charles. Mais d'une autre, qui n'y a jamais figuré.

— Je vois. Et à quelle terre pensez-vous ?

— Nous l'avons simplement entendu mentionner, répondit Jack. Ordo Maas l'appelait le Pays d'Été.

— Oh ! fit Bert en souriant. Le Pays d'Été ! C'est une des plus grandes terres et, depuis des siècles, on l'évoque toujours avec respect. C'est intéressant que vous la mentionniez car, plus que de toute autre, Mordred désirait s'en emparer.

— Ordo Maas en parlait comme d'un lieu très particulier, précisa Jack. Où il souhaitait se retirer pour mourir.

— Le Paradis ? Oui, c'est possible. Tout est une question de point de vue.

— Comment l'existence d'un lieu peut-elle être affaire de point de vue ? s'étonna Charles.

— C'est très simple. Auriez-vous oublié le Garde-Temps ?
Ses portes s'ouvraient sur des mondes bien réels. Certes, on
pourrait prétendre qu'ils n'existaient pas avant l'ouverture de
la porte. Quand John a ouvert l'une d'elles et qu'il a retrouvé
le professeur, ce lieu a existé pour lui parce qu'il y croyait.
De même avec la porte qui nous a permis de nous évader.
Elle débouchait sur le lieu où Charles désirait arriver. Disons
qu'il croyait en son existence. Il en va de même avec le Pays
d'Été.

— Ce Pays d'Été est là où l'on souhaite qu'il soit ?

— C'est ainsi que la plupart des gens le comprennent. Mais
vous avez raison : la légende se fonde sur un endroit réel.
Le Pays d'Été est la plus grande terre de l'Archipel des Rêves,
car il contient tout ce qui existe dans l'Archipel. Et même
davantage. Mais, alors qu'Ordo Maas savait la trouver
n'importe où, le Roi Hiver ne l'aurait jamais découverte. Elle
serait toujours restée hors de sa portée. Alors que, en vérité,
elle fut tout le temps sous sa main.

— Il me semble, devina John, que vous parlez de *notre*
monde.

— Oui. Votre monde est le Pays d'Été.

24
RETOUR À LONDRES

Le reste du voyage fut occupé à compléter l'*Imaginarium Geographica*, en ajoutant des notes aux cartes réapparues après la défaite du Roi Hiver et le réveil des Terres Ombreuses.

Quelques jours plus tôt, les trois amis auraient donné n'importe quoi pour rentrer chez eux. À présent, l'Angleterre leur apparaissait comme une lointaine terre de rêve, qu'ils ne rejoindraient qu'à condition d'y croire.

Or, s'ils croyaient encore à l'Angleterre, à Londres, à Oxford et à l'univers des hommes, ils avaient aussi appris à connaître un autre monde, tout aussi réel. Ils n'étaient plus aussi sûrs de vouloir le quitter.

– Cette fois-ci, nous ne disposons que d'un équipage limité, fit observer Charles. Nous quatre, en fait. Le *Dragon Blanc* n'aura-t-il pas de mal à franchir la ligne de tempête ?

– Ce navire est conçu pour sortir de ce monde, expliqua Bert. Vous verrez, c'est beaucoup plus facile que le contraire.

John se garda d'exprimer le fond de sa pensée : il envisageait déjà le jour où il affronterait les tempêtes pour passer de nouveau la frontière dans l'autre sens. Il souhaitait revenir au plus tôt dans l'Archipel des Rêves.

— Je n'aurais jamais pensé déclarer un jour une telle chose, déclara Jack. Mais ne trouvez-vous pas rassurant d'avoir au moins trois dragons planant au-dessus de nos têtes ?

Haut dans le ciel, un dragon vert accompagné de deux autres, couleur d'ambre, semblaient jouer entre les nuées orageuses. Se voyant observés, ils saluèrent les voyageurs à grands battements d'ailes.

— Ainsi, fit remarquer Charles, l'inscription « Ici, il peut y avoir des dragons » ne sert pas à mettre en garde, mais à rassurer.

— Tout dépend de la relation qu'on entretient avec ces créatures, nuança John. Rappelez-vous notre première rencontre avec Samaranth. Il menaçait de nous dévorer.

Une fois franchie la ligne des tempêtes, quand le *Dragon Blanc* se mit à voguer dans des eaux plus traditionnelles, les dragons décrivirent un demi-tour et disparurent dans l'éther.

À l'horizon, la silhouette d'Avalon formait une tache verdoyante dans la lumière du crépuscule.

— Qu'en pensez-vous, mes amis ? demanda Bert. On fait escale pour saluer les Morgane ?

Jack fronça les sourcils :

— Quel jour sommes-nous ? Un mardi, ça irait. Mais j'aime autant éviter Kul si elle est de mauvaise humeur.

— Bien vu, approuva Bert. Ce sera pour une autre fois.

Le soleil disparut totalement dans la masse nuageuse qui marquait la dernière frontière. Bientôt, le navire s'enfonça dans un brouillard familier. Puis les lumières de Londres se mirent à clignoter en signe de bienvenue.

— Ah, je me sens chez moi ! s'exclama Charles. Regardez ces eaux ! Avez-vous jamais rien vu d'aussi sale ? Dieu bénisse la Tamise !

Les rires de ses compagnons s'interrompirent brusquement, car le hurlement des sirènes déchirait la nuit, annonçant une attaque aérienne. John dévisagea ses amis :

— Nous sommes toujours en guerre, constata-t-il, la mine sombre. Nous avons vaincu le Roi Hiver. Mais notre monde continue de se battre.

— C'est évident, fit Bert avec amertume. Et le conflit dans l'Archipel n'est pas terminé non plus.

— Pourtant nous avons gagné ! Artus est le nouveau Grand Roi. Nous avons restauré l'ordre dans l'Archipel, et Jack a libéré les Nés de l'Ombre.

— Vraiment ? fit Bert. Oui, nous avons découvert l'héritier et rétablit la continuité du pouvoir. Mais qu'un homme soit assis sur le trône n'implique pas automatiquement la loyauté de tous.

— Bert a raison, commenta Charles. Le problème avec Arawn, le prince des Trolls, n'est pas résolu. Et les Quatre Royaumes devront accepter l'autorité d'un nouveau Grand Roi. Artus a encore des champs à labourer !

— Cela signifie-t-il que nous demeurerons en guerre tant qu'Artus n'aura pas repris les choses en main dans l'Archipel ?

— Vous m'avez mal compris. Il ne suffit pas d'appuyer sur un levier ! Dans la mesure où le conflit d'un monde se reflète dans l'autre, la paix et l'harmonie que nous avons contribué à instaurer dans l'Archipel vont peu à peu s'établir chez vous. Cependant, les évènements qui ont lieu ici doivent suivre leur cours. Chacun conserve son libre arbitre. Nous avons mis fin au cataclysme, c'est vrai. Mais le monde des hommes doit encore réparer les dégâts commis et, en dernier lieu, opter pour la paix.

— Je comprends. Enfin, je crois..., dit John. J'avais imaginé une solution plus instantanée, plus magique, à la façon des « Mange-moi » et « Bois-moi » d'*Alice au pays des merveilles*.

— Ce n'est qu'une histoire, le sermonna Bert. Restons concentrés sur la réalité, c'est préférable.

Le voyage prit fin là où il avait débuté, sur ces docks de Londres où ils avaient fui les Wendigos. Quelques jours seulement s'étaient écoulés, qui leur paraissaient une vie entière. En un sens, c'était vrai.

— Je dois donner de mes nouvelles à mon épouse. Ensuite, j'espère retourner dans le Staffordshire, déclara John. De là, je rejoindrai sans doute mon régiment en France. J'espère que mon absence n'a pas été trop longue, et qu'on ne m'a pas signalé comme déserteur. Je n'arriverai jamais à expliquer où j'étais passé !

— Moi aussi, j'ai pris beaucoup de retard, constata Charles. J'imagine toutefois que les recteurs d'Oxford seront plus indulgents que les autorités militaires.

— J'envisage toujours de m'engager sous les drapeaux, avant d'entamer ma scolarité à Oxford, ajouta Jack. D'ailleurs, la guerre devrait bientôt prendre fin, n'est-ce pas ?

— Espérons-le, mon ami, répondit Bert.

À John, il déclara :

— Je viendrai vérifier de temps à autre si tout va bien pour vous. Pour l'heure, je suis heureux à l'idée de prendre un peu de repos, je le reconnais. Je sais que la *Geographica* est entre de bonnes mains. À présent, je vous quitte. Je dois restituer le *Dragon Blanc* à Ordo Maas, en attendant que le *Dragon Indigo* soit réparé, que dieu le bénisse !

Il baissa la tête, se mordilla la lèvre et poursuivit d'une voix émue :

— Il reste un dernier détail à régler. Selon une tradition vieille de plusieurs siècles, chaque Conservateur doit ajouter son nom à la liste de ses prédécesseurs. Je serais très honoré si vous vouliez le faire tous trois.

– Nous trois ? s'étonna Jack. C'est John le Conservateur.

– Le Conservateur Principal, corrigea Bert. Les gardiens du Livre sont toujours au nombre de trois. Les deux autres secondent le premier dans l'exercice de ses fonctions. C'est une tâche dont vous vous êtes acquittés à merveille tout au long de nos aventures.

– Je ne voudrais pas paraître ingrat, rétorqua Charles. Mais, au moment où notre ami Jaboteur s'apprête à bâtir un empire éditorial, basé sur ces deux piliers que sont le livre de cuisine et la *Geographica*, à quoi servent les Conservateurs ? Pourquoi continuer à veiller sur un livre auquel tous les peuples de l'Archipel auront désormais accès ?

– C'est bien plus que ça. Vous souvenez-vous de ce que John expliquait au Cartographe ? Vous êtes aussi les gardiens des terres mentionnées dans l'ouvrage. Vous êtes les Conservateurs de l'Imagination du Monde. Et vous avez fait la preuve de votre valeur.

Charles échangea un regard avec Jack avant de se tourner vers John, qui souriait :

– Pourquoi pas ? À qui d'autre pourrions-nous raconter les aventures que nous venons de vivre ?

– Cela me semble correct, agréa Jack. D'ailleurs, je souhaite coucher tous ces évènements sur le papier avant de les avoir oubliés. Même s'il y a peu de risques que cela m'arrive...

– Que nous soyons tous trois de l'université d'Oxford n'est pas une simple coïncidence, j'imagine ? plaisanta Charles.

– En effet. Les Conservateurs originaires d'Oxford sont plus combatifs, c'est un fait reconnu. Chaque fois qu'on a eu recours à une personnalité de Cambridge, John Dee ou Lord Byron[1] par exemple, ce fut un désastre. Je me suis même

---

1. John Dee, mathématicien et occultiste anglais (1527-1608). Lord Byron, l'un des plus grands poètes anglais, diplômé de Cambridge (1788-1824). (NdT.)

laissé dire que Dee n'était pas pour rien dans la disparition de l'Atlantide.

— Où devons-nous apposer nos noms ? demanda John. Sur une des cartes ?

— Allez-vous me faire croire que, durant tout ce temps, vous n'avez jamais remarqué les pages de garde ?

— Non, jamais. Pardonnez-moi, mais je ne m'intéressais qu'aux cartes. J'étais soumis à une rude pression, savez-vous ?

Bert sourit et, prenant une mine faussement consternée, il souleva la couverture de l'*Imaginarium Geographica*.

— Stupéfiant ! s'exclama Charles. Sans l'aventure que nous venons de vivre, je n'y croirais pas !

Sans un mot, John suivit du doigt les noms inscrits sur la garde, qui retraçaient toute l'histoire culturelle et scientifique de l'humanité :

Edmund Spenser, Johannes Kepler, William Shakespeare, Geoffrey Chaucer, Roger Bacon, Alexandre Dumas, Cervantes, Nathaniel Hawthorne, Jonathan Swift, Jacob Grimm (mais pas son frère Wilhelm), Christian Andersen et Washington Irving.

Coleridge y était également. Ainsi que Percy et Mary Shelley. Conan Doyle, comme on pouvait s'y attendre. Mais aussi Harry Houdini, auquel ils n'auraient jamais pensé. Goethe, Dante, Edgar Allan Poe…

— Poe ! nota Jack. Et Mark Twain !

— Il y a aussi Jules Verne, précisa Bert. C'est lui qui m'a transmis cette charge.

— Extraordinaire !

— Les Conservateurs d'origine n'y figurent pas, bien sûr. Après que le Cartographe a commencé sa compilation, il a fallu attendre presque un millénaire pour que le premier soit nommé.

— Qui était-ce ? s'enquit John.

— Geoffroy de Monmouth[1].

Après avoir examiné la page avec grand respect, John remarqua :

— Ce ne sont pas des copies. Toutes ces signatures sont originales.

— Signez ici, dit Bert.

Dans la partie inférieure du folio de droite, John reconnut l'élégante signature du professeur Sigurdsson, suivie d'une autre qui avait été rayée.

— C'est le nom du Conservateur qui s'est révolté, n'est-ce pas ? demanda Charles.

— Oui, Stellan n'a jamais pardonné à Jamie de nous avoir abandonnés.

— Comment s'appelait-il exactement ?

— Vous avez peut-être entendu parler de lui récemment, car il vient d'être anobli. Il s'agit de Sir James Barrie[2].

John se redressa soudainement et, l'air interloqué, se tourna vers ses amis. Jack leva un sourcil :

— Et votre nom à vous, Bert ? Où est-il ? Ne devrait-il pas être sous ces deux-là ?

— Pas en dessous. Au-dessus. Souvenez-vous, j'ai été nommé avant eux. C'est moi qui ai recruté Stellan qui, à son tour, a embauché Jamie.

Les trois hommes se penchèrent sur l'endroit indiqué, et ils restèrent bouche bée en lisant la signature : Herbert George Wells.

— Je n'ai jamais aimé ce prénom de Herbert, déclara Bert. Et George pas davantage.

— C'est un honneur..., un grand honneur de..., balbutia John, en lui tendant la main.

315

---

1. Écrivain anglais médiéval, auteur de *La vie de Merlin, le Magicien* (1148). (NdT.)

2. James Barrie (1860-1937) est le célèbre auteur de *Peter Pan*. (NdT.)

Puis il la retira timidement. Après toutes les épreuves endurées ensemble, Bert n'était plus un étranger pour eux mais un proche, quel que soit son vrai nom.

— Attendez une minute, dit Charles. Il y a un problème. Voyez-vous, j'ai eu l'occasion de rencontrer H. G. Wells et, sans vous offenser, Bert, il est beaucoup plus jeune que vous !

— Ah, vous m'avez mal compris. Je ne suis pas ce H. G. Wells-là. Je veux dire : je suis bien H. G. Wells. Mais pas celui de maintenant, celui du futur.

— Du futur ? répéta John.

— Oui, huit cent mille ans plus tard.

Bert vérifia rapidement sur sa montre et précisa :

— Un mardi exactement.

— C'est fascinant ! s'exclama John. Vous êtes donc devenu ce Voyageur temporel que vous évoquez dans votre livre[1] ?

— Vous m'avez démasqué ! Nemo et moi avons construit cette machine à voyager dans le temps d'après un concept imaginé par Léonard de Vinci. Mon premier saut dans l'avenir m'a permis de rencontrer Weena, la mère d'Aven. De retour à Londres, j'ai voulu écrire le récit de cette aventure, car je rêvais de la partager avec le monde entier. J'ai vite compris qu'on ne me prendrait jamais au sérieux si j'en faisais une œuvre autobiographique. J'ai donc profondément modifié mon manuscrit et l'ai fait publier sous la version romancée que vous connaissez.

— C'est une bonne idée, acquiesça Jack. Déguiser une histoire véritable en fiction ou en allégorie... Je ferais bien de m'en inspirer dans mes futurs écrits.

— C'est cependant navrant, commenta John. Pourtant, vous avez raison. Je sens bien que je ne pourrais jamais

316

---

1. Il s'agit de *La machine à explorer le temps*, l'œuvre majeure de H. G. Wells, où il raconte avoir visité le futur. (NdT.)

partager qu'avec vous trois tout ce que nous avons vécu sur l'Archipel. Personne ne me croirait.

— Et donc, Bert, quand j'ai rencontré... euh... quand je vous ai rencontré..., bafouilla Charles

— Vous avez fait connaissance avec une version jeune de moi-même. Je me souviens parfaitement de cette rencontre. C'est là que je vous ai repéré comme un éventuel Conservateur.

— Vous m'observiez ?

— Absolument. Selon vous, qui vous a recommandé pour cette place de rédacteur aux presses universitaires d'Oxford ?

— Étiez-vous aussi sur ma trace ? s'enquit Jack.

— Non. Désolé, vous n'avez pas encore suffisamment écrit pour attirer mon attention.

— Oh !..., fit Jack, déconfit.

— Jack, nous sommes néanmoins ravis que vous nous ayez accompagnés, le remercia John. Je ne sais pas comment nous nous en serions tirés sans vous.

— Merci.

Charles se posait une question :

— Bert, quand vous nous avez rejoints au club, vous n'avez pas montré que vous me connaissiez.

— Je ne connaissais vraiment que vos travaux. Il y avait alors une dizaine de jeunes écrivains dont les œuvres portaient en germe les qualités d'un futur Conservateur : l'imagination, l'innovation, la conviction et la clarté. J'avais laissé à Stellan le soin de choisir celui qu'il comptait former. Il a désigné John.

— S'il existait plusieurs éventuels Conservateurs, insista Charles, pourquoi ne pas nous avoir recrutés plus tôt, dès que Jamie a quitté son poste ? Le conflit avec le Roi Hiver n'aurait-il pu être évité ?

— Les manigances de Mordred ont débuté bien avant que Jamie n'apparaisse dans cette histoire ! Avant même la nomination de Stellan ou la mienne. Rien ne pouvait empêcher ces évènements, tant que le Roi Hiver ne s'était pas révélé au grand jour. Alors, il était trop tard.

— James Barrie aurait-il pu arrêter la guerre s'il était resté auprès du professeur ? demanda John.

Bert se mit à déambuler, les poings serrés dans son dos :

— Je me le suis demandé. Mais j'en doute. Jamie n'était pas apte à cette fonction. Malgré tout, Stellan a eu le cœur brisé lorsqu'il a abandonné. J'en fus témoin. Quelles qu'aient été vos difficultés au début, je sais que le professeur a considéré votre acceptation comme une sorte de rédemption.

— Une rédemption pour lui ou pour moi ?

— Cela importe-t-il ?

— Peut-être. Oui, peut-être.

— Alors, acceptez ceci en réponse : le moment venu, vous avez accompli tout ce que le professeur et moi-même espérions. Et, si la lutte a parfois été dure, la victoire n'en est que plus douce. Où qu'il soit aujourd'hui, je suis sûr que le professeur est heureux d'avoir cru en vous. Et qu'il est fier de vous, John.

— J'ai un stylo, dit Charles. Qui signe le premier ?

— Allez-y, l'invita John.

D'une main tremblante, Charles inscrivit son nom en belle calligraphie :

Charles Williams[1]

Puis il tendit la plume à Jack.

— Merci, fit celui-ci. Pouvez-vous me tenir le livre, s'il vous plaît ?

---

1. Charles Williams (1886-1945) écrivain anglais qui s'est inspiré des romans arthuriens et a créé le genre du thriller métaphysique. (NdT.)

— Avec plaisir.

Jack réfléchit une seconde, puis il signa et passa le volume à John. Celui-ci lut la signature, un rien étonné :

C. S. Lewis[1]

— J'ai toujours détesté mes prénoms, Clive Staples, expliqua Jack. Mon frère Warnie m'ayant surnommé Jack, cela m'est resté.

— Parfait, approuva Bert. À vous, John.

Le jeune homme se saisit du stylo et prit le temps de contempler ses amis, ces deux hommes devenus ses alliés, ses confidents, ses frères en si peu de temps. Il se remémora leur rencontre et le prix que chacun d'eux avait payé pour accomplir sa tâche.

Quoi qu'il en soit, ils avaient vécu une grande aventure, sans doute pas la dernière qu'ils vivraient ensemble. Le monde est si vaste !

— Je signe en pensant à notre avenir commun, dit-il.

— À l'avenir ! approuvèrent Jack et Charles.

— Bien dit, mon garçon, approuva Bert.

John apposa ensuite son nom d'une écriture élégante :

J. R. R. Tolkien[2]

Et il referma le livre.

---

1. C. S. Lewis (1898-1963) écrivain irlandais connu pour ses travaux sur la littérature médiévale, auteur des *Chroniques de Narnia*.

2. John Ronald Reuel Tolkien (1892-1973) écrivain anglais, auteur de *Bilbo le Hobbit* et du *Seigneur des anneaux*.

ÉPILOGUE

Assis sur un promontoire dominant l'île du Bord du Monde, le Grand Roi mâchonnait une de ces longues herbes qui recommençaient à pousser sur les champs défoncés par la bataille.

Un cercle de pierres dressées le réconfortait par sa seule présence ; chose étrange, la tombe fraîchement refermée d'un ami cher lui procurait un soutien identique.

Il était assis là, le regard plongé dans les profondeurs de la grande cataracte, et il réfléchissait.

En quelques brèves journées, le monde – deux mondes, plutôt – avait été irrémédiablement modifié. En tant que Grand Roi du Trône d'Argent de Paralon, il était maintenant de son devoir de veiller à ce que ces changements bénéficient aux peuples d'une centaine d'îles, y compris ceux qui ne l'avaient pas reconnu comme souverain. Tel était le fardeau d'un roi.

Il pensait à cette jeune femme avec qui il avait voyagé et combattu, dont il avait partagé les rêves. Accepterait-elle de demeurer auprès de lui et de l'aider à gouverner, s'il le lui demandait ?

Quant aux dragons, avaient-ils surgi grâce à son invocation ou n'était-ce dû qu'à l'intervention de Samaranth ?

Que se serait-il passé si les dragons n'étaient pas arrivés au bon moment ou, pire, s'ils n'étaient pas venus du tout ?

Et qu'adviendrait-il s'il devait les invoquer de nouveau ? Depuis la fin du conflit, le spectacle de dragons planant haut dans le ciel n'était pas rare. Mais ils n'étaient pas aussi nombreux que lorsqu'ils étaient apparus au moment crucial, pendant la bataille.

Il s'interrogeait sur la nature réelle de l'abîme, sur ce qu'il y avait tout en bas. Lorsque quelqu'un tombait, emporté par la cataracte, sa chute s'achevait-elle un jour ou continuait-il à tomber jusqu'à la fin des temps ?

Et parfois...

Parfois, il s'étonnait d'être là, tout simplement.

Note de l'auteur

L'Histoire comporte plus de suppositions que de certitudes. Il suffit de remonter dans le temps pour voir les faits se mêler à la fiction ou tout au moins aux contes traditionnels, qui contiennent à leur manière une part de vérité.

À mon sens, les plus belles histoires sont celles qui ont un pied fermement planté dans le fantastique et l'autre dans le monde réel. Pour obtenir la fusion de ces deux éléments, le meilleur moyen est de trouver une de ces brèches de l'Histoire, un de ces moments sur lesquels on ne possède aucune certitude, et qui permettent toutes les suppositions.

Supposons que les terres de la fantaisie possèdent un fond de réalité. Supposons que, dans des circonstances appropriées, nous puissions les visiter. Supposons enfin que les preuves de leur existence soient parsemées un peu partout, dans l'histoire et dans la légende, si nous savons où regarder...

À première vue, on pensera que l'aventure d'Ordo Maas s'apparente à celle de Noé. Son origine, cependant, est plus ancienne et plus secrète. Ordo Maas se flatte d'avoir eu de nombreux noms. Dans la suite du récit, Mordred l'appelle Deucalion.

Selon la mythologie grecque, Deucalion était le fils de Prométhée. Il épousa Pyrrha, fille de Pandore. Lorsque les dieux punirent l'humanité en inondant la Terre, Deucalion et Pyrrha furent sauvés par Prométhée, qui leur transmit le feu et leur dit de construire une arche. Une fois les eaux retirées, ils repeuplèrent la Terre. De la même manière que le père de Deucalion avait offert un cadeau à son fils, la mère de Pyrrha fit un présent à sa fille : sa Boîte. La Boîte de Pandore ! Dans ce livre, j'ai imaginé que c'est Pyrrha, et non sa mère, qui ouvrit la Boîte, après le déluge.

Chez les Égyptiens, le pendant de Deucalion est Thot, dont la fille, Bastet, est la déesse des Chats.

En associant le mythe de Pandore à celui des Parques (les Trois Qui Sont Une) et en leur donnant le nom de Morgane, j'ai mêlé les mythologies grecque, galloise et celte.

Ordo Maas fait de même lorsqu'il affirme que le premier dragon-nef fut reconstruit à partir de l'*Argo*, le navire sur lequel Jason, le héros grec, partit à la recherche de la Toison d'or.

Le Chevalier Vert relie le mythe arthurien à la fiction contemporaine, représentée par Dickens avec son roman *Le conte des deux cités* et ce personnage de Magwitch, tiré des *Grandes Espérances*.

Le Cartographe des Terres Perdues est entièrement de mon invention. Mais, comme pour le reste, son origine et son identité réelles reposent sur une supposition, dont les lecteurs les plus perspicaces auront peut-être trouvé quelque indice.

Enfin, j'ai tenu à situer le début de ce récit dans un lieu chargé d'une résonance particulière. Tous les lecteurs de Sherlock Holmes auront reconnu l'adresse du club où Charles entraîne John et Jack : le 221 B Baker Street n'est autre que le domicile du célèbre détective. L'endroit idéal pour se lancer dans l'aventure par une sombre nuit de tempête !

James A. Owen
Silvertown, É-U

Table des matières

PREMIÈRE PARTIE
L'Imaginarium Geographica

DEUXIÈME PARTIE
L'Archipel des Rêves

TROISIÈME PARTIE
Les enfants de la terre

QUATRIÈME PARTIE
Le Garde-Temps

CINQUIÈME PARTIE
L'île du Bord du Monde

SIXIÈME PARTIE
Le Pays d'Été

Cet ouvrage a été mis en pages
par DV Arts Graphiques à La Rochelle.

Impression réalisée par

La Flèche
pour le compte des Éditions Bayard
en mai 2010

Imprimé en France
Dépôt légal : mai 2010
N° d'impression : 57140